知堂
两梦抄

周作人 著

黄德海 编

作家出版社

目 录

周作人的梦想与决断

黄德海

今年暑期，天还算凉爽，向来不爱出门的我跟着石汝和向阳到绍兴一游。白天坐了乌篷船，吃了罗汉豆，晚上决定到咸亨酒店放松一下。没成想，石汝和向阳一坐下就大谈二周，尤其是近年出了散文全编的周作人，引得我也无法专心品尝绍兴老酒，只好耐心在旁边听两位闲扯。

书房一角

还没等服务员布菜，向阳已经迫不及待地对着石汝说起来：前两年《周作人散文全编》出版，加上1996年出的《周作人日记》，虽然日记还不全，但周作人的面貌大体已具。据说你最愿意刨根问底，喜欢探测别人的精神DNA，我们趁着在绍兴，不妨钻探一下周作人的螺旋密码。

石汝微一摇头：周作人在《书房一角》的序里写，"从前有人说过，自己的书斋不可给人看见，因为这是危险的事，怕被人看去了自己的心思"。出版散文全编几乎已经让周作人的文章巨细靡遗，我们现在居然又跑到其老家来对其心思追本溯源，大有打上门来的意思，好像有些不够厚道。

向阳笑笑：我们该问的是讨论够不够知己，而不是够不够厚道。庄子所谓"有自也而可"，我们沿路追索没有什么问题，只要不是存心找茬。

石汝慢慢点头：谈到周作人的精神DNA，我们应该注意到他的《我的杂学》，这篇文章算是夫子自道……

向阳急忙接口：《我的杂学》中，周作人罗列了自己各种各样的知识兴趣，前三样非正轨的汉文、非正宗的古书、非正统的儒家，是周作人对董仲舒以来中国传统的梳理。杂学的另外种种，像希腊神话、神话学、文化人类学、生物学、儿童学、性心理学、医学史与妖术史和俗曲、童谣、玩具图，是周作人最有兴趣的地方，属于"知"的范围。周作人的杂学中还有很重要的一部分是关于日本的，从日本文化里，周作人汲取了"情"的成分，并养成了他的审美观，像他爱引的永井荷风的话："我爱浮世绘。苦海十年为亲卖身的游女的绘姿使我泣。凭倚竹窗茫然看着流水的艺妓的姿态使我喜。卖宵夜面的纸灯寂寞地停留着的河边的夜景使我醉。雨夜啼月的杜鹃，阵雨中散落的秋天树叶，落花飘风的钟声，途中日暮的山路的雪，凡是无常，无告，无望的，使人无端嗟叹此世只是一梦的，这样的一切东西，于我都是可亲，于我都是可怀。"这种审美观有两个维度，一是把人生看成苦的，一是总能从无奈的人生中找出些东西来咂摸，极像他经常说的"吃苦茶"。周作人杂学中还有很重要的一类是佛经与戒律。"我只是把佛经当作书来看，而且这汉文的书，所得的自然也只在文章及思想这两点上而已。"而他从中看到的思想也不是佛教的"甚深义谛，实在但是印度古圣贤对于人生特别是近于入世法的一种广大厚重的态度，根本与儒家相通而更为彻底……我在二十岁前后读

《大乘起信论》无有所得，但是见了《菩萨投身饲恶虎经》，这里边的美而伟大的精神与文章至今还时时记起，使我感到感激，我想大禹与墨子也可以说具有这种精神，只是在中国这情热还只以对人间为限耳"。

向阳长篇大论的时候，服务员开始陆续上菜。我们每人斟了一点酒，慢慢吃着。石汝接过向阳的话头：从《我的杂学》我们大体可以知道，声称自己的书斋最好秘不示人的周作人，几乎展示了他书房的每一个角落。在这些角落里，周作人酌量容纳了古希腊的重知的传统、日本的人情美，并且把近代西方兴起的进化论纳入其中。

向阳顺着说道：周作人研究者总结他早期思想的所谓"人道主义""平民主义"等，大体可以在这里得到解释。

石汝点点头：周作人1920年至1921年大病期间说，"我近来的思想动摇与混乱，可谓已至其极了，托尔斯泰的无我爱与尼采的超人，共产主义与善种学，耶佛孔老的教训与科学的例证，我都一样的喜欢尊重，却又不能调和统一起来，造成一条可以实行的大路。我只将这各种思想，凌乱的堆在头里，真是乡间的杂货一料店了"。我更想知道的是，他的这些矛盾最终是不是得到了解决，而这，就不得不提到"周作人的三二一"……

三盏灯火

向阳听石汝说到这里，略略一愣，急急说道：你说的"三二一"的"三"，是不是指周作人自己经常说的"中国思想界之三盏灯火"？他以"梦想之一"和"道义之事功化"命名的"两个梦想"该是你说的"二"。至于"一"，我不知道你说的是什么。

石汝呷口酒，慢慢夹一口菜：我一直想编本周作人的集子，以"知堂两梦抄"命名，取他思想核心的"两个梦想"，又对应他爱说的"抄书"。这个集子计划分为三辑，就是"三盏灯火""两个梦想"和……这个不着急说，我们先讨论三和二。

向阳酒杯已放在唇边，听石汝说到这里，连忙放下杯子：就你会卖关子。不从"一"开始，那就先谈"三"。熟悉周作人的都知道，他所谓的"中国思想界之三盏灯火"，指的是王充、李贽和俞正燮，除了关于这三个人的文章，你还打算选些什么？

石汝沉思了一下：从周作人的文章来看，我们不应该把"三盏灯火"看成只有这三个人，而是指中国思想中跟这三人思想相近的一批人，如此，本辑的文章就该包括《禹迹寺》《论语小记》《董仲舒与空头文人》《读初潭集》《谈金圣叹》《焦里堂的笔记》、《俞理初的诙谐》等。

向阳点点头：这个选目选的文章，大约就是周作人在《汉文学的传统》里梳理的，"禹稷颜回并列，却很可见儒家的本色。我想他们最高的理想该是禹稷，但是儒家到底是懦弱的，这理想不知何时让给了墨者，另外排上了一个颜子，成为闭户亦可的态度，以平世乱世同室乡邻为解释，其实颜回虽居陋巷，也要问为邦等事，并不是怎么消极的。再说就是消极，只是觉得不能利人罢了，也不会如后世'酷儒莠书'那么至于损人吧。""单说儒家，难免混淆不清，所以这里须得再申明之云，此乃是以孔孟为代表，禹稷为模范的那儒家思想。"

石汝抬抬眼：周作人倡导的中国思想就是由上古的大禹和稷肇端，中经孔子、颜回、墨子发扬，后由汉之王充承其余绪，再延之明之李贽、清之俞正燮。在周作人看来，这是一个对中国思想及现实有益，却两三千年隐而不彰的传统。

向阳稍一迟疑：其实周作人在这些文章里提到的孔子、颜回、墨子，都是经过他择取的那部分，不是全部的他们，就像他在不同时期提到孟子，标准明确，而褒贬并非一律。如果这个择取成立，那周作人就跟此前我想象的不同了。我心目中的周作人原是个喜谈论的文人，但从这个谱系来看，他竟应是个实干家，起码是个倡导实干的人。

石汝笑笑：提到实干，你是否觉得周作人这个思想谱系跟鲁迅的有那么一点相似？说完之后，不待向阳回答，石汝顾自吃起菜来。

向阳呷口酒，一字一顿地说：鲁迅的思想谱系是中国的所谓禹墨传统，是由女娲和禹、墨、侠等组成的。如果我们不把《故事新编》简单地看成现代意义上的文学作品，这个谱系在其中表达得非常清楚。从你理出的周作人的谱系来看，通常被看成"闲适教主"的周作人竟把自己思想谱系的开头给了大禹，这是周作人跟鲁迅的那点相似吧？

石汝眯着眼睛坏笑一下：周氏兄弟的异同很有意思。鲁迅思想谱系开头的女娲，是开天辟地时补天的英雄，虽难成功，毕竟有益，自有一种向上的气派。而周作人却在禹墨的中间加了一个稷，是虞舜命为农官的，教民耕稼，这一方面可以看出周作人对实际生活的重视，一方面是不是也显示了他人生关注点的某些过度倾向？

向阳没理石汝：我更关注的是两兄弟都倾心的大禹。

石汝抬起头：这大概跟他们生长于斯的"风土"有关。我们今天去看了禹庙，这个禹庙就是周作人笔下的"禹迹寺"。要知道，周家老屋"距（禹迹）寺才一箭之遥"，何况他们还有着极其相似的成长环境。你上面说到"有自也而可"，这是不是周氏兄弟的"自"？

向阳一摆手：周作人的思想谱系虽从大禹开始，但他谈《檀弓》，谈《论语》，谈《颜氏家训》，反复强调"中国思想界之三盏灯火"，强调他们"疾虚妄，爱真实"的一面，跟鲁迅同归却殊途。虽然他们人思想谱系和主张的核心都是大禹的实干精神，但周作人的"实干"大多停留在纸面，能掘发而不能完全奉行；而鲁迅是实实在在地"埋头苦干"。在这个意义上，鲁迅可以部分救正周作人之失。

石汝接道：更有意味的是，有这样一个思想谱系的鲁迅，"投身到'死缠乱打'的现实'混战'中"，撑起了"中国的脊梁"，成为他称述的传统的一个组成部分。而拥有相似谱系的周作人，却并没有完全像他的"两个梦想"表述的那样，虽然他能够伦理本乎自然，却未必道义见乎事功。周作人之所以晚年自言"寿则多辱"，过世多年后大家还要讨论其"是非功过"，不能不说与他对其谱系和"梦想"的现实决断有关……

两个梦想

向阳顿了一下：你刚才说什么，"现实决断"？这个词很陌生啊，你用在这里什么意思？

石汝笑笑：这个我们留在后面讨论，我先略说"两个梦想"一辑准备选的文章。这辑的文章主要应有，《我的杂学》《梦想之一》《道义之事功化》《汉文学的传统》《中国文学上的两种思想》《汉文学的前途》《中国的国民思想》……

不等石汝说完，向阳便接过话头：这组文章围绕的中心是周作人的"两个梦想"，也就是"伦理之自然化，道义之事功化"，跟"三盏灯火"中的文章相似，好像多是周作人1940年前后的作品。你选周作人，不取他此前公认的名篇，而是将选文集中在这一阶段，是不是有些厚此薄彼？

石汝点头：我看中的周作人的大部分文章，多是他一次人生的抉择前后写的。因为自身和社会的原因，当时的周作人已不能像过去一样从容写作，友朋间的酬唱歇绝了，读者的即时反馈也从一呼百应变到几乎消失。这时，周作人不得不沉静下来面对自己的内心。可以说，"三"和"二"都是周作人用以纾解自心困境的文字。人在对外界说话的时候免不了有些表演的成分，大多时候用知识就能应付，而在独自面对内心的时候，"真相"会慢慢逼拢来，人也就需要调用更多的力量来应付"真相"的"袭来"，而自己也免不了把内心的各个角落都动员起来，不只是"书房"的"一角"而已。因此，周作人这段时间的文字或许更需要我们注意。

向阳端起酒杯，匆忙喝了一口：你的思路就是把周作人的"两个梦想"作为核心，然后上溯他反复表彰的"中国思想界之三盏灯火"，也即他的思想谱系。如果把这些看成周作人的精华，他那些哄传一时的闲适名篇应该放在什么位置？

石汝说：我愿意承认周作人那些闲适名篇具有很高的文学价值，我也知道，按照某种理论，这些名篇因为反映了"永恒的人性"，应该具有更加久远的价值。而我想选的这些作品，似乎并不具备"永恒"的品质，它们是对具体时空而发的，大概也会因具体时空的变化而被忘记。

你的意思是说，你选这本书的目的，是让我们看到一个局限在时代中的周作人，而不是一个"永恒"的周作人？向阳睁大眼睛，看着石汝问。

石汝笑着点点头：人必有其生存的时空，没有人能脱离具体的时空而写出所谓"永恒"的作品。一个人面对的当下问题是其思考的焦点，而这个焦点也赋予了思考者能量，让他能调动自己的知识积累，写下属于"这个时空"的文字。而流传的久暂，依赖的是作者的胸襟和见界。

向阳端起酒杯，小心翼翼地抿了一口：如果我理解得没错，你的意思是说，在时间的淘洗下，只有对具体时空而发的文字才具备永恒的可能，而刻意为永恒而写的，都免不了早夭的命运？

石汝也喝了口酒，缓缓地说：我们都是有朽的凡人，讨论永恒的问题未免显得玄虚，还是换个方式说说我刚才的意思吧。周作人那些公认的闲适名作，当然也是他情志的流露，或许像有些人说的，这些恰恰是他对时代的一种独特反应方式，可以说，周作人是用这种"闲适"来面对"现实"，而在应对"现实"上，我认为刚才提到的那些文章有更强的力量，也更具启发——比如一个读书聪睿的人，就不难从"两个梦想"合理地推论出马克斯·韦伯所谓的"责任伦理"。

向阳插话道：也就是说，你认为围绕"两个梦想"的文章是周作人作品的核心，闲适类是其支与流裔。

石汝笑笑：对喜欢周作人闲适作品的人来说，我选的这些是支与流裔，而闲适作品才是其作品的核心。这样的讨论弄不好会陷入各是所是的僵局。其实各人循着自己的性情，从自己喜欢的某个方面出发，到达某个真实的境界就好。

向阳呷口酒，对石汝的说法未置可否，而是往椅背上略略一靠，坏笑着说：下面，你是不是要破"关"而出，谈谈周作人的"一"了？

一桩心愿

石汝没理会向阳的暗讽：你熟悉周作人，应该记得他的遗嘱吧？我就是把他遗嘱中强调的，称为他的"一桩心愿"。

向阳点点头：明白了。周作人在遗嘱中说，"余一生文字无足称道，唯暮年所译希腊对话是五十年来的心愿，识者当自知之"。你把周作人晚年翻译的《路吉阿诺斯对话集》看成他的"一桩心愿"。这部分会选些什么文章？

石汝接道：这部分应该包括《蔼理斯的话》《希腊神话（一、二）》《希腊人的好学》《希腊之余光》《〈路吉阿诺斯对话集〉诸篇引言》《敝帚自珍》《遗嘱》等。

向阳问道：这个选目以路吉阿诺斯为核心，主要涉及周作人对希腊作品的翻译和介绍，同时涉及部分日本文学的翻译。这与前面的"三盏灯火"和"两个梦想"有什么关系？

石汝吃口菜：周作人在《欧洲文学史》中说过，"Lukianos 本异国人，故抨击希腊宗教甚烈，或谓有基督教影响，亦未必然。Lukianos 著 *Philopseudes*（《爱说谎的人》）文中云，唯真与理，可以已空虚迷罔之怖。则固亦当时明哲，非偏执一宗者可知也"。这段文字虽属早期，但其认识至晚期也基本未变。在周作人看来，路吉阿诺斯的精神特征也是"疾虚妄，爱真实"，正与"三盏灯火"相近，且体现了他的"两个梦想"。

向阳接道：有意思的是，你在这部分选了一篇《蔼理斯的话》，是不是要表达什么？

石汝点点头：选这篇《蔼理斯的话》，不但因为周作人自出道以来对蔼理斯的赞赏就没有停止过，在自己的文章中把蔼理斯的话引了再引，并且在各种各样的场合表明了他对蔼理斯有加无已的佩服，还因为蔼理斯是一个代表，在与"三""二"有关的同时，展示了周作人"知"的一面。如果我们能从"三盏灯火"追到"禹稷墨"，就应该能从前面提到周作人喜欢的日本文化的"情"和蔼理斯、希腊神话的"知"追到路吉阿诺斯。这正好能够看出周作人中外两个方向的思想渊源。

向阳喝口酒，作出一副恍然大悟的样子：除此之外，"一桩心愿"应该是周作人引进来救治中国的，因此面向未来，所以你把它放在最后？

石汝轻轻笑了一下：周作人以《路吉阿诺斯对话集》为主翻译希腊作品的开创之功，无论今后的希腊翻译如何进展，"筚路蓝缕，以启山林"的功德都是应该被记住的。但我们不应把眼光局限在周作人身上，即将出版的路吉阿诺斯对话的注疏本，以及这个注疏本彰显的阅读传统，或许该引起我们充分的注意。

向阳急问：说到开创之功，周作人从古籍中爬梳出的"三""二"传统不也是一种开创？

石汝答道：我个人觉得是一种开创。周作人提倡的"疾虚妄，爱真实"，即使现在，对社会某些层面还具有极强的现实意义，甚至有越来越强的现实意义也未可知。同样，"两个梦想"抵抗着传统和生活中某种厌弃现实的倾向，让人间避免了无数凌空蹈虚的活报剧，这也未始没有周作人的提倡之功。但在另外的比较体系中，比如"两个梦想"在追求现实生活的安适、强调世俗的享乐层面，目前已有泛滥之虞，甚之者以此为人生唯一鹄的，这就不能不说是很大的局限。

向阳点点头：现在，我们是不是可以回到你说的"现实决断"了？

现实决断

石汝笑了笑：在谈论"现实决断"之前，我们似乎可以先确认，相对于整个丰厚的中国传统，鲁迅和周作人择取的禹墨，还是免不了有局于一方的嫌疑。而在这个方向上，我们就必须在思考二周禹墨传统的同时再进一步，重新理解我们典籍中生机勃勃的部分。

向阳略一沉思：也就是说，你前面说的"现实决断"跟我们重新理解典籍中的某些部分相关？

石汝点点头：识别典籍中生机勃勃的部分，跟我们对当下的判断有关。有些古籍完成了其在具体时空中的作用，跟现实已经毫无关系，正所谓"菁华已竭"，我们"褰裳去之"可也。而另外一部分内容至今精光闪闪，需要我们不断掘发。而判断什么"菁华已竭"，什么"精光闪闪"，就需要我们对当下有明确的决断。在这里，我们不妨把这种对古典的判断称为"典籍识别"。具体到周作人，之所以他的禹墨不及鲁迅有力量，并且他自己在乱世中出现具体的判断失误，正是其现实决断出了问题。如果把判断局限在书本范围内，没有现实决断，那即使理论再精彩，也不过是推理和逻辑的游戏，于我们的身心和社会均无益处。

向阳蹾了蹾酒杯：刚才东一句西一句，零碎不成片段，你能不能把自己的意思概括一下？

其实我们今天说来说去，总括起来不过是一张图，我画给你们看。石汝说着，从包里拿出纸笔，低头画了起来。

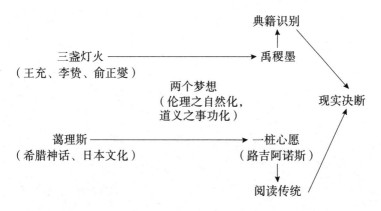

看完石汝的图，向阳拿起酒杯，喝了一口，歪着头看了石汝一眼，坏坏地说：现在周作人的散文全编已经出版，有心人自有其阅读方式，你说的"周作人的三二一"恐怕只能算爝火，《全编》才是日月。

石汝也拿起酒杯喝了一口：全编搜集资料，便于大家研读，功劳自然不小，但我更关心的是在怎样的方向跨上一步。在这个意义上，选编这点爝火是不是也可以看成开端，算是对薪尽火传的期望？并且，接着你说的庄子"有自也而可"，我们还应知道"有自也而不可"？就像绍兴是周氏兄弟的"自"，但他们并未局限于这个"自"，而是部分消除其局限，走出了各自的独特之路。

向阳大笑，朗声道：指穷于为薪，火传也，不知其尽也。但愿你的希望不是奢望。

也许是向阳的笑声太大了，也许只是凑巧，旁边的服务员齐齐看向我们。看看表，已经不早了，于是各尽杯中酒，并示意服务员买单。出门，绍兴城已经渐渐安静下来，远处乌篷船的桨声时隐时现地传来，像一阕优雅的琴曲，慢慢在酒香弥漫上来的我们的头脑中蔓延。

补记

约十年前，我便很想编一本与此前诸选本不同的周作人集子。构思和基本选目都有了，就有了上面一篇对话。对话者的名字，化自《庄子》中的南伯子葵和时女（汝），一为初学者形象，一为不进步的意思，大概变形太过，我自己都快要想不起其间的关联了。这构想本有实现的机会，但出于各种原因错过了，此次因为宏伟的善意，便把当时的思路重新收拾一遍，那本想象中的选集终于变成了现实的书。

周作人写文章时，还没有严格的文字和标点使用标准，多有异体字，不少译名也跟现在不同，甚至在他自己不同时期的文章里也有所变化，所以现在看来有些地方会觉得略生拗。但从周作人到现在的语言使用，本身恰是白话文成长的过程，修治整齐反失去了当时的鲜活，故此次出版，除改动明显的错误，删除冗余，其余一仍其旧。

周作人的大部分文章都在文末标有写作时间，部分未标的，由编者查明标注上刊发时间，加括号示以与原有之区别。《敝帚自珍》未标写作时间，周作人生前也没刊发过，故于年份阙疑。

标注年份和校对文字，多借重《周作人散文全编》及《周作人自编文集》，特此说明。

三盏灯火

禹迹寺

中国圣贤喜言尧舜，而所说多玄妙，还不如大禹，较有具体的事实。《孟子》曾述禹治水之法，又《论语》云：

"子曰，禹吾无间然矣，菲饮食而致孝乎鬼神，恶衣服而致美乎黻冕，卑宫室而尽力乎沟洫。"这简单的几句话很能写出一个大政治家，儒而近墨的伟大人物。《庄子》说得很好：

"昔者禹之堙洪水……亲自操橐耜而九涤天下之川，股无胈，胫无毛，沐甚雨，栉疾风，置万国。禹大圣也，而形劳天下如此。使后世之墨者多以裘褐为衣，以屐蹻为服，日夜不休，以自苦为极，曰，不能如此，非禹道也，不足为墨。"盖儒而消极则入于杨，即道家者流，积极便成为法家，实乃墨之徒，只是宗教气较少，遂不见什么佛菩萨行耳。《尸子》云：

"古者龙门未辟，吕梁未凿，禹于是疏河决江，十年不窥其家，生偏枯之病，步不相过，人曰禹步。"焦里堂著《易余龠录》卷十一云：

"禹病偏枯，足不相过，而巫者效之为禹步。孔子有姊之丧，尚右，二三子亦共而尚右。郭林宗巾偶折角，时人效之为垫角巾。不善述者如此。"说到这里，大禹乃与方士发生了关系。本来方士非出于道家，只是长生一念专是为己，与杨子不无一脉相通，但是这里学步法于隔教，似乎有点可笑，实在亦不尽然，盖禹所为之佛菩萨行显然有些宗教气味，而方士又是酷爱神通，其来强颜附和正复不足怪耳。案屠纬真著《鸿苞》卷三十三《钩玄》篇中有禹步法，颇疑其别有所本，寒斋无他道书，偶检葛稚川《抱朴子》，果于卷十七《登涉》篇中得之。其文云：

"禹步法，正立，右足在前，左足在后，次复前右足，以左足从右足并，是一步也。次复前右足，次前左足，以右足从左足并，是二步也。次复前右足，以左足从右足并，是三步也。如此，禹步之道毕矣。"此处本是说往山林中，折草禹步持咒，使人鬼不能见，述禹步法讫，又申明之曰：

"凡作天下百术，皆宜知禹步，不独此事也。"准此，可知禹步威力之大。不佞幼时见乡间道士作炼度法事，鹤氅金冠，手执牙笏，足着厚底皂靴，蹒跚坛上，如不能行，心甚异之，后读小说记道士禹步作法，始悟其即是禹步，既而又知其步法，与其所以如此步之理由，乃大喜悦。自己试走，亦颇有把握，但此不足为喜，以不佞本无求仙之志，即使学习纯熟，亦别无用处也。

《尸子》云禹生偏枯之病，案偏枯当是半身不遂，或是痿痹，但看走法则似不然，大抵还是足疾吧。吾乡农民因常在水田里工作，多有足疾，最普通的叫做流火，发时小腿肿痛，有时出血流脓始愈，又一种名大脚风，脚背以至小腿均肿，但似不化脓，虽时或轻减，终不能全愈，患这种病的人，行走蹒跚，颇有禹步之意，或者禹之胫无毛亦正是此类乎。会稽与禹本是很有关系的地方。会稽山以禹得名，至今有大禹陵，守陵者仍姒姓，聚族而居，村即名为庙下。禹之苗裔尚存在越中，那么其步法之存留更无可疑了。凡在春天往登会稽山高峰即香炉峰，往祭会稽山神即南镇的人，无不在庙下登岸，顺便一游禹庙，其特地前去者更不必说，大抵就庙前村店里小酌，好酒，好便菜，烧土步鱼更好，虽然价钱自然不免颇贵。做酒饭供客，这是姒姓的权利与义务，别人所不能染指的。但是我们怎能说贵呢。且不谈游春时节，应时食物例不应廉，只试问这设食者是谁呀？大禹的子孙，现在固然只是村农，我们岂能不敬。别的圣贤的子孙或者可以不必一定敬，禹是例外，有些圣子贤孙也做些坏事，历史上姓姒的坏人似不曾有过。古圣先王中我只佩服一个大禹，其次是越大夫范蠡。这一说好像是有乡曲之见，说天下英雄都出在我们村里。其实这全是偶然。史称禹生于石纽，范蠡又是楚人，所以在志书里他们原只是两位寓贤而已。

小时候到过一处，觉得很有意思，地名叫作平水。据说大禹治水，至此而水平，故名，这也是与禹极有关系的。元微之撰《长庆集序》云：

"尝出游平水市中，见村校诸童竞习诗，召问之，曰，先生教我乐天微之诗也。"这又是平水的一个典故，不过我所知道的平水只是山水好，出产竹木笋干茶叶，一个有趣的山乡，元白诗恐怕连村校的先生们也不大会念了。另外有一处地方，我觉得更亲近不能忘记的，乃是与禹若有关系若无关系的禹迹寺。据《嘉泰会稽志》卷七寺院门云：

"大中禹迹寺，在府东南四里二百二十六步。晋义熙十二年骠骑郭将军舍宅置寺，名觉嗣。唐会昌五年例废，大中五年复兴此寺，诏赐名大中禹迹。"这寺有何禹迹，书上未曾说明，但又似并非全无因缘，事隔九百余年，至清乾隆乙酉，清凉道人到寺里去，留有记录，《听雨轩余纪》中陆放翁诗迹一条下云：

"予昔客绍兴，曾至禹迹寺访之。寺在东郭门内半里许，内祀大禹神像，仅尺余耳。寺之东有桥，俗名罗汉桥，桥额横勒春波二字。"吾家老屋在覆盆桥，距寺才一箭之遥，有时天旱河浅，常须至桥头下船，船户汤小毛即住在罗汉桥北岸，所以那一带都是熟悉的地方，只可惜寺已废，但余古禹迹寺一额，尺余的大禹像竟不得见，至今想到还觉怅怅。禹陵大庙中有神像，高可二三丈，可谓伟观，殿中闻吱吱之声，皆是蝙蝠，有许多还巢于像之两耳中，但是方面大耳，戴冕端拱，亦是城隍菩萨一派，初无一点禹气也。数年前又闻大兴土木，仍用布商修兰亭法，以洋灰及红桐油涂抹之，恐更不足观矣，鄙意禹如应有像，终当以尺余者为法，此像虽不曾见，即从尺余一事想象之，意必大有特色在耳。后世文人画家似乎已将禹忘却了，范大夫有时入画，也还是靠他有一段艳闻，其实仍以西子为主，大家对于少伯盖亦始终无甚兴趣也。

禹迹寺前的桥俗名罗汉桥，其理由不能知道。据《宝庆会稽续志》卷四桥梁门下云：

"春波桥在城东南五里，千秋鸿禧观前。贺知章诗云，离别家乡岁月多，近来人事半消磨，唯有门前鉴湖水，春风不改旧时波。故取名此桥。"放翁再过沈园题二绝句，其一云，落日城头画角哀，沈园非复旧池台，伤心桥下春波绿，曾见惊鸿照影来。相传桥名即用放翁诗语，今案《续志》可知其不实，志成于宝庆元年，距放翁之殁才十六年，所说自应可信。现在园址早不存，寺已废，桥亦屡改，今所有的圆洞石桥是光绪中新造的，但桥名尚如故，因此放翁诗迹亦遂得以附丽流传下去。我离乡久，有二十年以上不到那里了，去年十二月底偶作小诗数首，其二说及寺与园与桥，其词曰：

"禹迹寺前春草生，沈园遗迹欠分明，偶然拄杖桥头望，流水斜阳太有情。"今年一月中寄示南中友人匏瓜厂主人，承赐和诗，其二末联云，斜阳流水干卿事，未免人间太有情。匏瓜厂指点得很不错。这未免是我们的缺点，但是这一点或者也正是禹的遗迹乎。——两年不写文章，手生荆棘矣，写到这里，觉得文意未尽，但再写下去又将成蛇足，所以就此停住，文章好坏也不管了。

廿八年十月十七日

读檀弓

我久矣没有读《檀弓》了。我读《檀弓》还是在戊戌年的春天，在杭州花牌楼寓内冬夏都开着的板窗下一张板桌上自己念的，不曾好好的背诵，读过的大抵都已忘记，没有留下什么印象。前回一个星期三在学校里遇见适之，他给了我一册《中国文学史选例》，这只是第一卷，所选自卜辞至《吕氏春秋》，凡二十五项。其中第十六即是《檀弓》，计选了六则，即曾子易箦，子夏丧明，孔子梦奠，有子言似夫子，黔敖嗟来，原壤歌狸首，是也。在从学校回家来的路上我把这六篇读了一遍，觉得都很好，后来又拿《檀弓》上下卷来理旧书，似乎以文章论好的也就不过是这几章罢了。这里边我最喜欢的是曾子的故事：

"曾子寝疾，病。乐正子春坐于床下，曾元曾申坐于足，童子隅坐而执烛。童子曰，华而睕，大夫之箦与？子春曰，止！曾子闻之瞿然曰，呼！曰，华而睕，大夫之箦与？曾子曰，然，斯季孙之赐也，我未之能易也。元，起易箦！曾元曰，夫子之病革矣，不可以变，幸而至于旦，请敬易之。曾子曰，尔之爱我也不如彼。君子之爱人也以德，细人之爱人也以姑息。吾何求哉，吾得正而毙焉斯已矣。举扶而易之，反席未安而没。"这篇文章写得怎么好，应得由金圣叹批点才行，我不想来缠夹，我所感叹的是写曾子很有意思。本来曾子是怎么一个人物我也并不知道，但根据从《论语》得来的知识，曾子这临终的情形给予我很谐和的恰好的印象。我觉得曾子该是这样情形，即使《檀弓》所记的原只是小说而不是史实。据说，天上地下都无有神，有的但是拜神者的心情所投射出来的影。儒家虽然无神亦非宗教，其记载古圣先贤言行的经传实在也等于本行及譬喻等，无非是弟子们为欲表现其理想之一境而作，文学的技工有高下，若其诚意乃无所异。《檀弓》中记曾子者既善于写文章，其所意想的曾子又有严肃而蕴藉的人格，令千载之下读者为之移情，犹之普贤行愿善能现示菩萨精神，亦复是文学佳作也。原壤歌狸首一篇也是很好的文章，很能表出孔子的博大处，比《论语·宪问第十四》所载要好得多。其文曰：

"孔子之故人曰原壤，其母死，夫子助之沐椁，原壤登木曰，久矣予之不托于音也。歌曰，狸首之斑然，执女手之卷然。夫子为弗闻也者而过之。从者曰，子未可以已乎？夫子曰，丘闻之，亲者毋失其为亲，故者毋失其为故也。"要知道这里的写得好，最好是与《论语》所记的比较一下看：

"原壤夷俟。子曰，幼而不孙弟，长而无述焉，老而不死，是为贼。以杖叩其胫。"看老而不死这句话，可知那时原壤已经老了。戴望注，《礼》，六十杖于乡。那么孔子也一定已是六十岁以上。胡骂乱打只有子路或者还未能免，孔子不见得会如此，何况又是已在老年。我们看《檀弓》所记便大不相同，我觉得孔子该是这样情形，正如上文关于曾子我已经说过。执女手之卷然下据孔颖达《正义》云：

"孔子手执斤斧，如女子之手卷卷然而柔弱，以此欢说仲尼，故注云说人辞也。"假如这里疏家没有把他先祖的事讲错，我们可以相信那时孔子的年纪并不老，因为一是用女子之手比孔子，二是孔子手执斤斧，总不会是六十岁后的事情。把两件故事合起来看，觉得孔子在以前既是那么宽和，到老后反发火性，有点不合情理。不过我们也不能就说那一件是真，那一件是假，反正都只是记者所见不同，写出理想的人物来时亦宽严各异耳。清嘉道间马时芳著《续朴丽子》中有一则云：

"传有之，孟子入室，因袒胸而欲出其妻，听母言而止。此盖周之末季或秦汉间曲儒附会之言也。曲儒以矫情苟难为道，往往将圣贤妆点成怪物。呜呼，若此类者岂可胜道哉。"马君主张宽恕平易，故以袒胸出妻为非，但亦有人以严切为理想，以为孟子大贤必当如是，虽有诚意，却不免落于边见，被称为曲儒，两皆无怪也。记原壤的故事两篇，见地不相同，不佞与马君的意思相似，不取叩胫之说，觉得沐椁一篇为胜，读《论语》中所记孔子与诸隐逸周旋之事，特别是对于楚狂接舆与长沮桀溺，都很有情意，并不滥用棒喝，何况原壤本是故人，益知不遗故旧为可信，且与经传中表示出来的孔子的整个气象相调和也。不佞未曾学书，学剑亦不成，如何可谈文艺，无已且来谈经吧，盖此是文化遗产，人人都有分，都可得而接受处分之者也。

廿六年一月

附记

清乾隆时人秦书田著《曝背余谈》卷下有一条云：

"《檀弓》载曾子易箦一事，余深不然其说。若以此箦出季孙之赐，等赵挺之之锦裳，则曾子当日便毅然辞之而不受，不待至是日而始欲易，若等于孔子孟子之交际，即不易何害，乃明日之不能待耶。其诞妄明甚，乃后儒因得正而毙一语，传为千古美谈，殆亦不度于情矣，乌知情之所不有即为理之所必无耶。"又云：

"观隅坐执烛句，意只在作文字耳，奈之何曰经也。"秦君识见通达，其主张理不离情甚是，唯上节似不免稍有误会，曾子之意盖在物不在人，谓不当用大夫之箦耳。下节寥寥数语却很有理解，此本非经，只是很好的一篇描写，若作历史事实看便误，秦君知道他是在作文字，与我们的意见正相近也。二十六年三月四日又记。

读大学中庸

近日想看《礼记》，因取郝兰皋笺本读之，取其简洁明了也。读《大学》《中庸》各一过，乃不觉惊异。文句甚顺口，而意义皆如初会面，一也。意义还是难懂，懂得的地方都是些格言，二也。《中庸》简直是玄学，不佞盖犹未能全了物理，何况物理后学乎。《大学》稍可解，却亦无甚用处，平常人看看想要得点受用，不如《论语》多矣。不知世间何以如彼珍重，殊可惊异，此其三也。从前书房里念书，真亏得小孩们记得住这些。不佞读下中时是十二岁了，愚钝可想，却也背诵过来，反复思之，所以能成诵者，岂不正以其不可解故耶。

（一九三八年）三月五日

论语小记

近来拿出《论语》来读，这或者由于听见南方读经之喊声甚高的缘故，或者不是，都难说。我是读过四书五经的，至少《大》《中》《论》《孟》《易》《书》《诗》这几部都曾经背诵过，前后总有八年天天与圣经贤传为伍，现今来清算一下，到底于我有什么好处呢？这个我恐怕要使得热诚的儒教徒听了失望，实在没有什么。现在只说《论语》。

我把《论语》白文重读一遍，所得的印象只是平淡无奇四字。这四个字好像是一个盾，有他的两面，一面凸的是切实，一面凹的是空虚。我觉得在《论语》里孔子压根儿只是个哲人，不是全知全能的教主，虽然后世的儒教徒要奉他做祖师，我总以为他不是耶稣而是梭格拉底之流亚。《论语》二十篇所说多是做人处世的道理，不谈鬼神，不谈灵魂，不言性与天道，所以是切实，但是这里有好思想也是属于持身接物的，可以供后人的取法，却不能定作天经地义的教条，更没有什么政治哲学的精义，可以治国平天下，假如从这边去看，那么正是空虚了。平淡无奇，我凭了这个觉得《论语》仍可一读，足供常识完具的青年之参考。至于以为圣书则可不必，太阳底下本无圣书，非我之单看不起《论语》也。

一部《论语》中有好些话都说得很好，我所喜欢的是这几节。其一是《为政》第二的一章：

"子曰，由，诲汝知之乎，知之为知之，不知为不知，是知也。"其二是《阳货》第十七的一章：

"子曰，予欲无言。子贡曰，子如不言，则小子何述焉？子曰，天何言哉，四时行焉，百物生焉，天何言哉。"太炎先生《广论语骈枝》引《释文》，鲁读天为夫，"言夫者即斥四时行百物生为言，不设主宰，义似更远。"无论如何，这一章的意思我总觉得是很好的。又《公冶长》第五云：

"颜渊季路侍，子曰，盍各言尔志。子路曰，愿车马衣轻裘，与朋友共，敝之而无憾。颜渊曰，愿无伐善，无施劳。子路曰，愿闻子之志。子曰，老者安之，朋友信之，少者怀之。"我喜欢这一章，与其说是因为思想还不如说因为它的境界好。师弟三人闲居述志，并不像后来文人的说大话，动不动就是揽辔澄清，现在却只是老老实实地说说自己的愿望，虽有大小广狭之不同，其志在博施济众则无异，而说得那么质素，又各有分寸，恰如其人，此正是妙文也。我以为此一章可以见孔门的真气象，至为难得，如《先进》末篇子路曾皙冉有公西华侍坐那一章便不能及。此外有两章，我读了觉得颇有诗趣，其一《述而》第七云：

"子曰，饭疏食饮水，曲肱而枕之，乐亦在其中矣。不义而富且贵，于我如浮云。"其二《子罕》第九云：

"子在川上曰，逝者如斯夫，不舍昼夜。"本来这种文章如在《庄子》等别的书里，并不算希奇，但是在《论语》中却不可多得了。朱注已忘记，大家说他此段注得好，但其中仿佛说什么道体之本然，这个我就不懂，所以不敢恭维了。《微子》第十八中又有一章很特别的文章云：

"大师挚适齐，亚饭干适楚，三饭缭适蔡，四饭缺适秦，鼓方叔入于河，播鼗武入于汉，少师阳击磬襄入于海。"不晓得为什么缘故，我在小时候读《论语》读到这一章，很感到一种悲凉之气，仿佛是大观园末期，贾母死后，一班女人都风流云散了的样子。这回重读，仍旧有那么样的一种印象，我前后读《论语》相去将有四十年之谱，当初的印象保存到现在的大约就只这一点了罢。其次那时我所感到兴趣的是记隐逸的那几节，如《宪问》第十四云：

"子路宿于石门。晨门曰，奚自？子路曰，自孔氏。曰，是知其不可而为之者与。

"子击磬于卫。有荷蒉而过孔氏之门者，曰，有心哉，击磬乎！既而曰，鄙哉，硁硁乎，莫己知也，斯已而已矣。深则厉，浅则揭。子曰，果哉，末之难矣。"又《微子》第十八云：

"楚狂接舆歌而过孔子之门，曰，凤兮凤兮，何德之衰。往者不可谏，来者犹可追。已而已而，今之从政者殆而。孔子下，欲与之言。趋而避之，不得与之言。

"长沮桀溺耦而耕。孔子过之，使子路问津焉。长沮曰，夫执舆者为谁？子路曰，为孔丘。曰，是鲁孔丘与？曰，是也。曰，是知津矣。问于桀溺，桀溺曰，子为谁？曰，为仲由。曰，是鲁孔丘之徒与？对曰，然。曰，滔滔者天下皆是也，而谁以易之，且而与其从辟人之士，岂若从辟世之士哉。耰而不辍。子路行以告，夫子怃然曰，鸟兽不可与同群，吾非斯人之徒与而谁与。天下有道，丘不与易也。

"子路从而后，遇丈人以杖荷蓧，子路问曰，子见夫子乎？丈人曰，四体不勤，五谷不分，孰为夫子？植其杖而芸。子路拱而立。止子路宿，杀鸡为黍而食之，见其二子焉。明日子路行以告，子曰，隐者也。使子路反见之，至，则行矣。子路曰，不仕无义。长幼之节，不可废也，君臣之义，如之何其废之？欲洁其身而乱大伦。君子之仕也，行其义也，道之不行也，已知之矣。"

在这几节里我觉得末了一节顶好玩，把子路写得很可笑。遇见丈人，便脱头脱脑地问他有没有看见我的老师，难怪碰了一鼻子灰，于是忽然十分恭敬起来，站了足足半天之后，跟了去寄宿一夜。第二天奉了老师的命再去看，丈人已经走了，大约是往田里去了吧，未必便搬家躲过，子路却在他的空屋里大发其牢骚，仿佛是戏台上的独白，更有点儿滑稽，令人想起夫子的"由也嗟"这句话来。所说的话也夸张无实，大约是子路自己想的，不像孔子所教，下一章里孔子品评夷齐等一班人，"谓虞仲夷逸隐居放言，身中清，发中权"，虽然后边说我则异于是，对于他们隐居放言的人别无责备的意思，子路却说欲洁其身而乱大伦，何等言重，几乎有孟子与人争辩时的口气了。孔子自己对他们却颇客气，与接舆周旋一节最可看，一个下堂欲与之言，一个趋避不得与之言，一个狂，一个中，都可佩服，而文章也写得恰好，长沮桀溺一章则其次也。

我对于这些隐者向来觉得喜欢，现在也仍是这样，他们所说的话大抵都不错。桀溺曰，滔滔者天下皆是也，而谁以易之，最能说出自家的态度。晨门曰，是知其不可而为之者，最能说出孔子的态度。说到底，二者还是一个源流，因为都知道不可，不过一个还要为，一个不想再为罢了。周朝以后一千年，只出过两个人，似乎可以代表这两派，即诸葛孔明与陶渊明，而人家多把他们看错作一姓的忠臣，令人闷损。中国的隐逸都是社会或政治的，他有一肚子理想，却看得社会浑浊无可实施，便只安分去做个农工，不再来多管，见了那知其不可而为之的人，却是所谓惺惺惜惺惺，好汉惜好汉，想了方法要留住他，看上面各人的言动虽然冷热不同，全都是好意，毫没有"道不同不相与谋"的意味，孔子的应付也是如此，这是颇有意思的事。外国的隐逸是宗教的，这与中国的截不相同，他们独居沙漠中，绝食苦祷，或牛皮裹身，或革带鞭背，但其目的在于救济灵魂，得遂永生，故其热狂实在与在都市中指挥君民焚烧异端之大主教无以异也。二者相比，似积极与消极大有高下，我却并不一定这样想，对于自救灵魂我不敢赞一辞，若是不惜用强硬手段要去救人家的灵魂，那大可不必，反不如去荷蒉植杖之无害于人了。我从小读《论语》，现在得到的结果除中庸思想外乃是一点对于隐者的同情，这恐怕也是出于读经救国论者"意表之外"的罢？

二十三年十二月

逸语与论语

　　前日买到北平图书馆的一册《善本书目乙编》，所列都是清代刻本之精善希少者，还有些稿本及批校本。在仿佛被放弃了的北平，几时有看图书馆善本的福气我简直就不知道，看看书目虽不能当屠门大嚼，也可以算是翻食单吧。全书目共百四十五页，一半是方志与赋役书，但其他部分却可阅。我觉得有趣味的，寒斋所藏的居然也有两部在选中，一是曹廷栋的《逸语》十卷，一是陆廷灿的《南村随笔》六卷。我买这些书几乎全是偶然的。陆幔亭本来我就不知道，因为想找点清初的笔记看，于刘献廷傅青主王渔洋宋牧仲冯钝吟尤西堂王山史刘在园周栎园等外，又遇见这《随笔》，已经是雍正年刊本了。序中说他是王宋的门生，又用《香祖笔记》《筠廊偶笔》来比他的书，我翻看一过，觉得这还比得不大错，与宋牧仲尤相近，虽然这种琐屑的记录我也有点喜欢，不过我尤喜欢有些自己的意见情趣的，如刘傅冯尤，所以陆君的笔记我不很看重，原来只是以备一格而已。曹慈山有一部《老老恒言》，我颇爱读，本来七十曰老，现在还差得远哩，但是有许多地方的确写得好，所以很觉得喜欢。这部《逸语》因为也是曹慈山所辑注的，便买了来，价也不大便宜，幸喜是原板初印，那

《恒言》的板却很蹩脚，是槜李丛书本而又是后印的。《逸语》三大本的外表的确是颇为可观，内容稍过于严肃，盖属于子部儒家，而这一类的书在我平日是不大看者也。

现在又取出《逸语》来一翻，这固然由于《书目乙编》的提示，一半也因为是"上丁"的缘故吧。曹君从周秦两汉以迄晋宋齐梁诸子百家的书中辑集所记孔子的话，编为十卷二十篇，略如《论语》，而其文则为诸经之所逸，因名曰"逸语"。我刚才说不喜读四库的子部儒家类的书，但是《论语》有时倒也看看，虽然有些玄妙的话，古奥或成疑问的文，都不能懂，其一部分总还可以了解而且也很赞成的。《逸语》集录孔子之言，不是儒教徒的文集，所以也可以作《论语》外篇读，我因为厌恶儒教徒而将荀况孔鲋等一笔抹杀也是不对，这个自己本来知道。平常讨厌所谓道学家者流，不免对于儒家类的《逸语》不大表示尊重，但又觉得《论语》还有可看，于是《逸语》就又被拉了出来，实在情形便是如此。老实说，我自己说是儒家，不过不是儒教徒，我又觉得自己可以算是孔子的朋友，远在许多徒孙之上。对于释迦牟尼梭格拉底似乎也略知道，至于耶稣摩罕默德则不敢说懂，或者不如明了地说不懂为佳。

《逸语》卷十，第十九篇《轶事》引《吕氏春秋》云：

"文王嗜菖蒲菹，孔子闻而服之，缩頞而食之，三年，然后胜之。"曹注云：

"此见圣人于饮食之微不务肥甘以悦口，亦取有益于身心，与不撤姜食其旨相同，且事必师古之意于此亦可见耳。"这件事仿佛有点可笑，有如《乡党》中的好些事一样，我却觉得很有意思。菖蒲根我知道是苦的，小时候端午节用这加在雄黄酒里喝过，所以知道不是好吃的东西，但如盐腌或用别的料理法，我想或者要较好，不必三年才会胜之亦未可知。我们读古书仿佛也是这个情形，缩颈食之——这回却不至三年了，终于也胜之，辨别得他的香，也尝透了他的苦及其他的药性。孔子吃了大有好处，据《孝经纬》云，"菖蒲益聪"，所以后来能编订《易经》，了解作者之忧患，我们也因此而能尚友圣人，懂得儒道法各家的本意。不佞于此事不曾有特别研究，在专门学者面前抬不起头来，唯如对于一般孔教徒则我辈自称是孔圣人的朋友殆可决无愧色也。

《逸语》卷一有引《荀子》所记的一节话云：

"子曰，由，志之。奋于言者华，奋于行者伐，色智而有能者，小人也。故君子知之曰知之，不知曰不知，言之要也。能之曰能之，不能曰不能，行之至也。言要则智，行至则仁，既仁且智，夫恶有不足矣哉。"这话虽然稍繁，却也说得很好。《论语》，《为政》第二云：

"子曰，由，诲女知之乎。知之为知之，不知为不知，是知也。"意思正自相像。孔子这样看重知行的诚实，是我所最佩服的一件事。《先进》第十一云：

"季路问事鬼神，子曰，未能事人，焉能事鬼。曰，敢问事死，曰，未知生，焉知死。"《子路》第十三云：

"樊迟请学稼，子曰，吾不如老农。请学为圃，子曰，吾不如老圃。"又《卫灵公》第十五记公问陈，孔子也答说"军旅之事未之学也"。这种态度我也觉得很好。虽然樊迟出去之后孔子数说他一顿，归结到"焉用稼"，在别处如《泰伯》第八也说，"笾豆之事则有司存"，可见他老先生难免有君子动口小人动手的意思，觉得有些事不必去做，但这也总比胡说乱道好。我尝说过，要中国好不难，第一是文人不谈武，武人不谈文。盖《大学》难懂，武人不读正是言之要也，大刀难使，文人不要便是行之至也，此即是智与仁也。《季氏》第十六又有一节云：

"孔子曰，求，君子疾夫舍曰欲之而必更为之辞。"下文一大串政治哲学大为时贤所称赏，我这里只要这一句，因为与上面的话多少有点关系。孔子这里所骂的比以不知为知以不能为能情节还要重大了，因为这是文过饰非。因为我是儒家思想的，所以我平素很主张人禽之辨，而文过饰非乃是禽以下的勾当。古人说通天地人为儒，这个我实在不敢自承，但是如有一点生物学文化史和历史的常识，平常也勉强足以应用了。我读英国捺布菲修所著《自然之世界》与汉译汤姆生的《动物生活史》，觉得生物的情状约略可以知道，是即所谓禽也。人是一种生物，故其根本的生活实在与禽是一样的，所不同者他于生活上略加了一点调节，这恐怕未必有百分之一的变动，对于禽却显出明了的不同来了，于是他便自称为人，说他有动物所无的文化。据我想，人之异于禽者就只为有理智吧，因为他知道己之外有人，己亦在人中，于是有两种对外的态度，消极的是恕，积极的是仁。假如人类有什么动物所无的文化，我想这个该是的，至于汽车飞机枪炮之流无论怎么精巧便利，实在还只是爪牙筋肉之用的延长发达，拿去夸示于动物但能表出量的进展而非是质的差异。我曾说，乞食是人类文明的产物。恐要妨害隔壁的人用功而不在寄宿舍拉胡琴，这虽是小事，却是有人类的特色的。《卫灵公》第十五云：

"子贡问曰，有一言而可以终身行者乎？子曰，其恕乎，己所不欲勿施于人也。"《公冶长》第五云：

"子贡曰，我不欲人之加诸我也，吾亦欲无加诸人也。子曰，赐也，非尔所及也。"孔子这种地方的确很有见解。但是人的文化也并不一定都是向上的，人会恶用他的理智去干禽兽所不为的事，如暗杀，买淫，文字思想狱，为文明或王道的侵略，这末了一件正该当孔子所深恶痛疾的，文过饰非自然并不限于对外的暴举，不过这是最重大的一项罢了。

孔子的话确有不少可以作我们东洋各国的当头棒喝者，只可惜虽然有千百人去对他跪拜，却没有人肯听他。真是了解孔子的人大约也不大有了，我辈自认是他的朋友，的确并不是荒唐。大家的主人虽是婢仆众多，知道主人的学问思想的还只有和他平等往来的知友，若是垂手直立，连声称是，但足以供犬马之劳而已。孔子云：

"益者三友，损者三友。友直，友谅，友多闻，益矣。友便僻，友善柔，友便佞，损矣。"我们岂敢对圣人自居于多闻，曰直曰谅，其或庶几，当勉为孔子之益友而已。

附记

文中所引《论语》系据四部丛刊景印日本南北朝正平刻本，文字与通行本稍有不同，非误记也。

廿五年二月丁祭后三日记于北平

谈孟子的骂人

小时候读《孟子》，至《滕文公下》，见公都子问，外人皆称夫子好辩，敢问何也？孟子曰，予岂好辩哉，予不得已也。随后是滔滔一大篇，说得像煞有介事，而愈说愈支离，很觉得可笑。如云：

> 圣王不作，诸侯放恣，处士横议，杨朱墨翟之言盈天下，天下之言不归杨则归墨。杨氏为我，是无君也，墨氏兼爱，是无父也，无父无君，是禽兽也。公明仪曰，庖有肥肉，厩有肥马，民有饥色，野有饿莩，此率兽而食人也。杨墨之道不息，孔子之道不著，是邪说诬民，充塞仁义也。仁义充塞，则率兽食人，人将相食。吾为此惧。

案《梁惠王上》曾引过庖有肥肉五句，断云："兽相食，人且恶之，为民父母行政，不免于率兽而食人，恶在其为民父母也。"这一段原说得极好，大抵公明仪的原意就只如此。后来讲到杨墨又复引用，却不知怎的忽然变成了缠夹二先生，说杨朱墨翟要率兽食人。孟子與本来是战国时人，自然而然的也有点霸道，程明道也说孟子有些英气，又说英气甚害事，可谓知言。这里最露出破绽来，读去几乎有点欠亨。我对于无父无君这种说法有极大反感，差不多就是在书房读《孟子》的那时候种下的。明末张和仲著《千百年眼》十二卷，平论古今颇是见识，卷三有"孟子辟杨墨"一则云：

> 杨朱治老子，墨翟治禹，孟子言其无父无君，又甚之于禽兽，几于酷吏苛辞矣。若以孔子差等百王之眼而照万世，则杨墨之源不深，其流亦必不长，纵微孟子之排，亦将不久自熄。何者？世方决性命之情以饕富贵，安肯如杨子之不拔一毛？世方后公事急身图，安肯如墨氏之摩顶放踵而利天下？妨道蠹民，其唯乡愿乎。彼其通宦机，适俗性，故能深投小人之好，而且以久流于世也。然杨墨真而乡愿伪。试思泣歧悲染是何等心胸，即墨子守宋一端已为今古奇迹。假令世有若人，又何暇稽其无父无君之流弊，即目之为忠臣孝子可矣。

贺子翼《水田居集》中有诗话一卷，曰《诗筏》，有一则可相发明云：

> 贯休诗气幽骨劲，所不待言。余更奇其投钱镠诗云，满堂花醉三千客，一剑霜寒十四州。镠谕改为四十州乃相见，休云，州亦难添，诗亦难改，遂去。贯休于唐亡后有湘江怀古诗，极感愤不平之恨，又尝登鄱阳寺阁，有故国在何处，多年未得归，终学於陵子，吴中有绿薇之句。士大夫平时以无父无君讥释子，唐亡以后满朝皆

朱梁佐命，欲再求一凝碧诗几不复得，岂知僧中尚有贯休，将无令士大夫入地耶。

孟子舆拒杨墨，韩退之辟佛，后先辉映，千古传为美谈，仔细想来仍不免可笑如此，似卫道大业并不那么容易做。这事须得靠英气，而有英气便会太快意太尽，有如讲台上瞋目顿足大声疾呼，一时博得掌声如雷，但实在毛病甚多，禁不得日后有人细心推敲也。孟韩二公往矣，于今已可不必深求，偶然还要把他们搬了出来者，并非想算旧账，实在只是借作药渣，对治我们自己的病，或当作卫生展览会中的有些挂图看，盖我们中间难免也有二公似的性情遗留，须得随时警戒克服耳。

不佞读经史，见中国骂人名家似当以孟公为第一，所用名词如洪水猛兽，禽兽，以及《汉书》的枭，破獍，沿用至于今日，只可惜虽凶很而实空虚无力。不佞是海军出身的人，平常只有一点物质方面的知识，修养也是唯物的，所以觉得禽兽——无论是猛禽恶兽——的生活都是自然的，亦即是合于生物的常道，它们与人类有些地方不同，却难得说出好坏。据我看是人类也未尝没有禽兽所无的坏处。如《曲礼》所云：

"夫唯禽兽无礼，故父子聚麀。"这的确说出禽兽的缺点，为人类所不做的了，但人间的卖买淫，思想文字狱等，我曾经说过也正是禽兽所未尝有的事。枭并不食母，正如鸟之不反哺，在鸟学上差不多已无疑问，至于破獍不知是何物，在动物社会中要去特别找到其父来吃，这也实在是很不容易的一件事。所以用这种话骂人没有什么力量，也实在不得要领。偶读《焚书》，见附录《寒灯小话》第二段记九月十三夜侍者怀林与李卓吾（即和尚）讨论世俗骂人语，很有意思，文云：

林曰，今之骂人者动以禽兽奴狗骂人，强盗骂人，骂人者以为至重，故受骂者亦自为至重，吁，谁知此岂骂人语也。夫世间称有义者莫过于人，你看他威仪礼貌，出言吐气，好不和美，怜人爱人之状，好不切至，只是还有一件不如禽兽奴狗强盗之处。盖世上做强盗者有二，或被官司逼迫，怨气无伸，遂尔遁逃，或是盛有才力，不甘人下，偏有一个半个怜才者，使之得以效用，彼必杀身图报，不至忘恩矣。然则以强盗骂人，是不为骂人了，是反为赞叹称美其人了也。狗虽人奴，义性尤重，守护家主，逐亦不去，不与食吃，彼亦无嗔，自去吃屎，将就度日，所谓狗不厌家贫是也。今以奴狗骂人，又岂当乎？吾恐不是以狗骂人，反是以人骂狗了也。至于奴之一字，但为人使而不足以使人者咸谓之奴。世间曷尝有使人之人哉，为君者汉唯有孝高孝文孝武孝宣耳，信余尽奴也。则以奴名人，乃其本等名号，而反怒人，何也？和尚谓禽兽畜生强盗奴狗既不足以骂人，则当以何者骂人乃为恰当？林遂引数十种如蛇如虎之类，俱是骂人不得者，直商量至夜分，亦竟不得。乃叹曰，呜呼，好看者人也，好相处者人也，只是一副肚肠甚不可看不可处。林曰，果如此，则人真难形容哉，世谓人皮包倒狗骨头，我谓狗皮包倒人骨头，未审此骂何如？和尚曰，亦不足以骂人。遂去睡。

此文颇妙，故不惜多抄，怀林与卓吾商量至夜分，甚有意思，他们经过如此研究，不能得到结果，不佞更有何望也。虽然我是个道德家，仿佛与孟子是同志的样子，但是因为有前车之鉴，不敢随便骂人，到底又觉得脊梁上不像抗着一个道统，没有那样的义愤填膺，所以说话更感到困难。我对于有些思想与行为感觉不以为然的，大抵只有两种说法，一是可笑，一是可怜悯。这第二种用语在佛教徒的习惯上似乎以为至重，我也就用作最不留余地的批评了。至于可憎恶一语，对于思想等我总不想用，虽然也有用在别种东西上的时候，如我近日谈到北平无线电的放送，整天被邻右的大鼓书与戏文所包围，强迫享受娱乐，我曾说感觉十分的憎恶。我对于戏文或大鼓书也并无灭此朝食的处心，人家喜欢原是随意，只不要来强聒妨害别人，那也就可以任其自然。思想写在书本上，有如戏文在茶园里一样，我不喜欢只须撇开不看得了，有时知道这内容可笑，至多也不过这样说一句而已。人类生活殆有应改革的地方，但是如何可能，则在我的不知为不知的范围之内，唯关于思想统一之斗争，不佞鉴于孟子韩文公的往事，觉得这实是虚空的虚空，有如传道者所说。或不佞之笑到底亦犹未免为多事，不过笑与痒同样的不可忍，此亦无可奈何者耳。

（一九三七年七月）

颜氏家训

　　南北朝人的有些著作我颇喜欢。这所说的不是一篇篇的文章，原来只是史或子书，例如《世说新语》《华阳国志》《水经注》《洛阳伽蓝记》，以及《颜氏家训》。其中特别又是《颜氏家训》最为我所珍重，因为这在文章以外还有作者的思想与态度都很可佩服。通行本二卷，我所有的有明颜嗣慎，吴惟明，郝之璧，程荣，黄嘉惠各刊本，清朱轼刊本，四部丛刊景印明冷宗元刊本，别有七卷本系从宋沈氏本出，今有知不足斋刊本，抱经堂注本，近年渭南严氏重刻本及石印本。注本最便读者，今有石印本尤易得，严氏将卢本补遗重校等散入各条注中其意甚善，惜有误脱，不能比石印本更好也。

　　据《四库书目提要》说，《颜氏家训》在唐志宋志里都列在儒家，"然其中《归心》等篇深明因果，不出当时好佛之习，又兼论字画音训，并考正典故，品第文艺，曼衍旁涉，不专为一家之言，今特退之杂家，从其类焉。"这种升降在现在看来本无关系，而且实在这也不该列入儒家，因为他的思想比有些道学家要宽大得多，或者这就是所谓杂也未可知，但总之是不窄，就是人情味之所在，我觉得兼好法师之可喜者也就在此。卢召弓序云，"呜呼，无用之言，不急之辩，君子所弗贵。若夫六经尚矣，而委曲近情，纤悉周备，立身之要，处世之宜，为学之方，盖莫善于是书，人有意于训俗型家者，又何庸舍是而叠床架屋为哉。"对于《颜氏家训》的批评此言可谓最简要得中，《提要》云"今观其书，大抵于世故人情深明利害，而能文之以经训"，经训与否暂且不管，所谓世故人情也还说得对，因为这书的好处大半就在那里。直斋称为古今家训之祖，但试问有那个孙子及得他来，如明霍渭崖的家训简直是胡说一起，两相比较可知其优劣悬殊矣。六朝大家知道是乱世，颜君由梁入北齐，再入北周，其所作《观我生赋》云，"予一生而三化，备荼苦而蓼辛"，注谓已三为亡国之人，但是不二三年而又入隋，此盖已在作赋之后欤。积其一身数十年患难之经验，成此二十篇书以为子孙后车，其要旨不外慎言检迹，正是当然，易言之即苟全性命于乱世之意也。但是这也何足为病呢，别人的书所说无非也只是怎样苟全性命于治世而已，近来有识者高唱学问易主赶快投降，似乎也是这一路的意思罢。不过颜君是古时人，说的没有那么直截，还要蕴藉一点，也就消极得多了，这却是很大的不同。《教子篇》中末一则云：

"齐朝有一士大夫尝谓吾曰，我有一儿，年已十七，颇晓书疏，教其鲜卑语及弹琵琶，稍欲通解，以此伏事公卿，无不宠爱，亦要事也。吾时俯而不答。异哉此人之教子也，若由此业自致卿相，亦不愿汝曹为之。"此事传诵已久，不但意思佳，文字亦至可喜，其自然大雅处或反比韩柳为胜。其次二则均在《风操篇》中，一云：

"别易会难，古人所重，江南饯送，下泣言离。有王子侯梁武帝弟出为东郡，与武帝别。帝曰，我年已老，与汝分张，甚以恻怆。数行泪下。侯遂密云，赧然而出。坐此被责，飘飘舟渚，一百许日，卒不得去。北间风俗不屑此事，歧路言离，欢笑分首。然人性自有少涕泪者，肠虽欲绝，目犹烂然，如此之人不可强责。"卢注云，"以不雨泣为密云，止可施于小说，若行文则不可用之，适成鄙俗耳。"我想这亦未必尽然，据注引《语林》中谢公事，大约在六朝这是一句通行俗语，所以用人，虽稍觉古怪，似还不至鄙俗，盖全篇的空气均素雅也。又一云：

"偏傍之书，死有归杀，子孙逃窜，莫肯在家，画瓦书符，作诸厌胜，丧出之日，门前然火，户外列灰，祓送家鬼，章断注连。凡如此比，不近有情，乃儒雅之罪人，弹议所当加也。"这两则都可以见颜君的识见，宽严得中，而文词温润与情调相副，极不易得。文中"章断注连"，卢本无注，查日本顺源在承平年中（九三一至七年）所编《倭名类聚抄》，《调度部》十四《祭祀具》七十下云注连，引云注连章断，注云师说注连之梨久倍奈波，章断之度大智。案之梨久倍奈波日本古书写作端出之绳，《和汉三才图会》（原汉文）十九云，"神前及门户引张之，以辟不洁，其绳用稻藁，每八寸许而出本端，数七五三茎，左绹之，故名。"之度太智者意云断后，此语少见，今大抵训为注连同谊。此种草绳古时或以圈围地域，遮止侵入，今在宗教仪式上尚保存其意义，悬于神社以防亵渎，新年施诸人家入口，则以辟邪鬼也。《家训》意谓送鬼出门，悬绳于外，阻其复返，大旨已可明白，至于章断注连字义如何解释，则尚未能确说耳。又《文章篇》中云：

"王籍《入若耶溪》诗云，蝉噪林逾静，鸟鸣山更幽。江南以为文外独绝，物无异议，简文吟咏，不能忘之，孝元讽味，以为不可复得，至怀旧志，载于籍传。范阳卢询祖邺下才俊，乃言此不成语，何事于能，魏收亦然其论。《诗》云，萧萧马鸣，悠悠旆旌，毛传云，言不喧哗也。吾每叹此解有情致，籍诗生于此意耳。"此是很古的诗话之一，可谓要言不烦，抑又何其"有情致"耶。后来作者卷册益多，言辞愈富，而妙悟更不易得，岂真今不如古，亦因人情物理难能会解，故不免常有所蔽也。

颜之推是信奉佛教的，其《养生》《归心》两篇即说此理，《四库书目提要》把这原因归之于当时风习，虽然原来意思亦是轻佛重儒，不过也还说得漂亮。朱轼重刊《家训》，加以评点，序文乃云：

"始吾读颜侍郎《家训》，窃意侍郎复圣裔，于非礼勿视听言动之义庶有合，可为后世训矣，岂惟颜氏宝之已哉。及览《养生》《归心》等篇，又怪二氏树吾道敌，方攻之不暇，而附会之，侍郎实忝厥祖，欲以垂训可乎。"他自己所以"逐一评校，以涤瑕著微"，其志甚佳，可是实行不大容易。如原文云，"明非尧舜周孔所及也"，便批云，"忽出悖语，可惜可惜"，不知好在何处，由我看去岂非以百步笑五十步乎？且即就上述序文而言，文字意思都如此火气过重，拿去与《家训》中任何篇比较，优劣可知，只凭二氏树吾道敌这种意见，以笔削自任，正是人苦不自知也。我平常不喜欢以名教圣道压人的言论，如李慈铭的《越中先贤祠目》中序例八云，"王仲任为越士首出，《论衡》一书，千古谈助，而其立名有违名教，故不与"，这就是一例，不妨以俞理初所谓可憎一词加之。《国风》三卷十二期载有《醉余随笔》一卷，系洪允祥先生遗著，其中一则云：

"韩柳并称而柳较精博，一辟佛，一知佛之不可辟也。李杜并称而李较空明，一每饭不忘君，一则篇篇说妇人与酒也，妇人与酒之为好诗料胜所谓君者多矣。"这却说得很有趣，李杜的比较我很赞同，虽然我个人不大喜欢豪放的诗文，对于太白少有亲近之感，柳较精博或者未必，但胜韩总是不错的，因为他不讲那些圣道，不卫道故不辟佛耳。洪先生是学佛的，故如此立言，虽有小偏，正如颜君一样亦是人情所难免，与右倾的道学家之咆哮故自不同。《家训》末后《终制》一篇是古今难得的好文章，看彻生死，故其意思平实，而文词亦简要和易，其无甚新奇处正是最不可及处，陶渊明的《自祭文》与《拟挽歌辞》可与相比，或高旷过之。陶公无论矣，颜君或居其次，然而第三人却难找得出了。篇中有云：

"四时祭祀，周孔所教，欲人勿死其亲，不忘孝道也，求诸内典，则无益焉，杀生为之，翻增罪累。若报罔极之德，霜露之悲，有时斋供，及尽忠信，不辱其亲，所望于汝也。"朱轼于旁边大打其杠子，又批云，"语及内典，便入邪慝。"此处我们也用不着再批，只须把两者对比了看自然便知。我买这朱批本差不多全为了那批语，因为这可以代表道学派的看法，至于要读《家训》还是以抱经堂本为最便利，石印亦佳，只可惜有些小字也描过，以致有误耳。

廿三年四月

董仲舒与空头文人

　　从前读旧书的时候，我最不喜欢韩愈，其次是董仲舒。董仲舒没有像韩愈那么多的谬论，但是这两句云，"正其谊不谋其利，明其道不计其功"，我觉得这是空头文人的祖师，所以也很有点讨厌他。我不懂得道学家对于这道义（即古所谓道谊）二字的专门玄学的说法，但是据我个人的意见来说，凡是道义的可贵，便因为它在人生有功效有利益的缘故，若不求其实现，只是讲讲，那么有何用处，岂不等于和尚道士的念经么？

　　鲁迅在早年写过《摩罗诗力说》，赞扬英国诗人拜伦等人。他佩服拜伦的缘故，不单因为是撒但派的诗人，乃是因为他实行援助希腊独立战争，死于前方，他更佩服匈牙利诗人斐象飞，念念不忘的想译他的诗和小说，因为他是死于革命战争的。我们对于这些人，泰山仰止，佩服自不必说，但自己觉得不能实行，那么退下一步来，至少也要看重事功，不可单讲道义，力求于人有益，庶几空头之名可以免乎。

（一九五二年一月）

钝吟杂录

《池北偶谈》卷十七有冯班一条，称其博雅善持论，著《钝吟杂录》六卷，又云：

"定远论文多前人未发，但骂严沧浪不识一字，太妄。"我所有的一部《钝吟杂录》，系嘉庆中张海鹏刊本，凡十卷，与《四库书目提要》所记的相同，冯氏犹子武所辑集，有己未年序，盖即乾隆四年，可知不是渔洋所说的那六卷原本了。序中称其情性激越，忽喜忽怒，里中俗子皆以为迂，《提要》亦云诋斥或伤之激，这与渔洋所谓妄都是他大胆的一方面。序中记其斥《通鉴纲目》云：

"凡此书及致堂《管见》以至近世李氏《藏书》及金圣叹才子书，当如毒蛇蚖蝎，以不见为幸，即欧公老泉渔仲叠山诸公，亦须小心听之。"冯氏不能了解卓吾圣叹，在那时本来也不足怪，（李氏的史识如何我亦尚未详考，）若其批评宋人的文章思想处却实在不错，语虽激而意则正，真如《提要》所云论事多达物情，我看十卷《杂录》中就只这个是其精髓，自有见地，若其他也不过一般云云罢了。《杂录》卷一家戒上云：

"士人读书学古，不免要作文字，切忌勿作论。成败得失，古人自有成论，假令有所不合，阙之可也，古人远矣，目前之事犹有不审，况在百世之下而欲悬言其是非乎。宋人多不审细止，如苏子由论蜀先主云，据蜀非地也，用孔明非将也。考昭烈生平未尝用孔明为将，不据蜀便无地可措足，此论直是不读《三国志》。宋人议论多如此，不可学他。"切忌勿作论，这是多么透彻的话，正是现在我们所要说的，却一时想不到那么得要领有力量。我们平常知道骂八股，实在还应该再加上一种"论"，因为八股教人油腔滑调地去说理，论则教人胡说霸道地去论事，八股使人愚，论则会使人坏。大家其实也早已感到这点，王介甫也有较好的文章，只因先读了他的孟尝君论，便不欢喜他，还有些人读了三苏策论之后一直讨厌东坡，连尺牍题跋都没有意思去看了，这都是实例。钝吟一口喝破，真是有识见，不得不令人佩服，卷四读古浅说有一条云：

"读书不可先读宋人文字。"何议门评注云，"吾辈科举人初见此语必疑其拘蔑，甚且斥为凡陋，久阅知书味，自信为佳。"评语稍笼统，还是找他自己的话来做解说吧。卷八遗言云：

"宋人说话只要说得爽快，都不料前后。"又卷二家戒下云：

"古人文字好恶俱要论理，如宋人则任意乱说，只练文字，（何评，苏文如是者多矣。）谢叠山《文章规范》尤非，他专以诬毁古人为有英气，此极害事。"卷八又云：

"宋人谈性命，真开千古之绝学……但论人物谈政事言文章，便是隔壁说话。"下半说得不错，上半却有问题。冯氏论事虽有见识，但他总还想自附于圣学，说话便常有矛盾，不能及不固执一派的人，如傅青主，或是尤西堂。其实他在卷二已说过道：

"不爱人，不仁也。不知世事，不智也。不仁不智，无以为儒也。未有不知人情而知情者。"又卷四云：

"不近人情而云尽心知性，吾不信也，其罪在不仁。不知时势而欲治国平天下，吾不信也，其罪在不智。不仁不智，便是德不明。"这两节的道理如何是别一事，但如根据这道理，则论人物而苛刻，谈政事而胡涂，即是不仁不智了，与性命绝学便没有关系。傅青主《霜红龛集》卷三十六（丁氏刊本）《杂记一》中有云：

"李念斋有言，东林好以理胜人。性理中宋儒诸议论无非此病。"又卷四十《杂记五》云：

"宋人之文动辄千百言，萝莎冗长，看着便厌，灵心慧舌，只有东坡。昨偶读曾子固《战国策》《说苑》两序，责子政自信不笃，真笑杀人，全不看子政叙中文义而要自占地步，宋人往往挟此等技为得意，那可与之言文章之道。文章诚小技，可怜终日在里边盘桓，终日说梦。"傅君真是解人，所说并不怎么凌厉，却着实得要领，也颇有风致，这一点似胜于钝吟老人也。我常怀疑中国人相信文学有用而实在只能说滥调风凉话其源盖出于韩退之，而其他七大家实辅成之，今见傅冯二公的话，觉得八分之六已可证实了，余下的容再理会。《杂录》卷一云：

"乐无与于衣食也，金石丝竹，先王以化俗，墨子非之。诗赋无与于人事也，温柔敦厚，圣人以教民，宋儒恶之。

"汉人云，大者与六经同义，小者辨丽可喜。言赋者莫善于此，诗亦然也。仁者乐山，知者乐水，咏之何害。

"风云月露之词，使人意思萧散，寄托高胜，君子为之，其亦贤于博弈也。以笔墨劝淫诗之戒，然犹胜于风刺而轻薄不近理者，此有韵之谤书，唐人以前无此，不可不知也。"讲到诗，这我有点儿茫然，但以为放荡的诗犹比风刺而轻薄不近理者为胜，然则此岂不即是宋人论人物之文章耶。我近年常这样想，读六朝文要比读八大家好，即受害亦较轻，用旧话来说，不至害人心术也。钝吟的意思或者未必全如此，不过由诗引用到文，原是一个道理，我想也别无什么不可罢。

《杂录》卷一家戒上又有几节关于教子弟的，颇多可取，今抄录其一云：

"为子弟择师是第一要事，慎无取太严者。师太严子弟多不令，柔弱者必愚，刚强者怼而为恶，鞭扑叱咄之下使人不生好念也，凡教子弟勿违其天资，若有所长处当因而成之。教之者所以开其知识也，养之者所以达其性也。年十四五时，知识初开，精神未全，筋骨柔脆，譬如草木，正当二三月间，养之全在此际。噫，此先师魏叔子之遗言也，我今不肖，为负之矣。"何注曰，"少小多过，赖严师教督之恩，得比人数，以为师不嫌太严也，及后所闻见，亦有钝吟先生所患者，不可以不知。"冯氏此言甚有理解，非普通儒者们所能及。傅青主家训亦说及这个问题，颇主严厉，不佞虽甚喜霜红龛的思想文字，但于此处却不得不舍傅而取冯矣。

廿四年十二月廿八日

宋人议论

谢在杭著《五杂组》卷一有一则云：

"《困学纪闻》云，琼为赤玉，咏雪者不宜用之。此言虽是，然终是宋人议论。"我也是不大喜欢宋人议论的人，所以看了表示赞成。《钝吟杂录》卷八有云：

"宋人谈性命，真开千古之绝学……但论人物谈政事言文章，便是隔壁说话。"性命之学不佞深愧失了传授，未敢妄下批评，冯钝吟的后半节话我觉得说的很不错。最好举个例，去找到朱晦庵。据《鹤林玉露》卷十二云：

> 胡澹庵十年贬海外，交归之日饮于湘潭胡氏园，题诗云，君恩许归此一醉，旁有梨颊生微涡。谓侍妓黎倩也。厥后朱文公见之题绝句云，十年浮海一身轻，归对梨涡却有情。世上无如人欲险，几人到此误平生。文公全集载此诗，但题曰"自警"云。

这首诗实在不佳，末两句尤不成话，只可收在《不可录》里，或用作祠庙签诗耳。假如不是在朱文公集上找到，我说不定还要替他洗刷，说这未必真是他的诗，因为我平常对于朱晦庵多少还有好意的。但是集中明明载着，而且接着又有谢择之和生字韵的一首，其文云：

> 不是讥诃语太轻，题诗只要警流情，
> 烦君属和增危惕，虎尾春冰寄此生。

不但招供完全，而且文情愈益恶劣，前首里显出仇恨狭隘，后者又加上虚假狡诈，一个人肯赤裸裸地呈献丑态亦是难得，真不料朱君会得如此也。这里我们真须自警，在论人物谈政事言文章的时候应该注意，不可有宋人议论。旧中秋节前得到一册秦书田著的笔记抄本曰《曝背余谈》，上卷有一则云：

> 魏武临卒，遗命贮歌妓铜雀台及分香卖履事，词语缠绵，情意悱恻，摘录之作儿女场中一段佳话，便自可人，正不必于为真为伪之间枉费推敲也。

秦君事迹不详，据佚名跋但知是乾隆时人，书中颇多好意思，看上文所引便可知道他对于梨涡事件如有批评，必与朱文公大有不同矣。此种态度我们还须努力，无他，亦只是恕，只是自重耳。

（一九三六年十月）

东莱左氏博议

近来买到一部书，并不是什么珍本，也不是小品文集，乃是很普通很正经，在我看来是极有意义的书。这只是四册《东莱左氏博议》，却是道光己亥春钱唐瞿氏清吟阁重雕足本，向来坊刻只十二卷八十六篇，这里有百六十篇，凡二十五卷。《东莱博议》在宋时为经生家揣摩之本，流行甚广，我们小时候也还读过，作为做论的课本，今日重见如与旧友相晤，亦是一种喜悦，何况足本更觉得有意思，但是所谓有意义则别有在也。

《东莱左氏博议》虽然《四库书目》列在经部春秋类二，其实与经学不相干，正如东莱自序所说，乃是诸生课试之作也。瞿世瑛道光戊戌年跋文云：

"古之世无所谓时文者。自隋始以文辞试士，唐以诗赋，宋以论策，时文之号于是起，而古者立言必务道其所心得，即言有醇有驳，无不本于其中之诚然，而不肯苟以炫世夸世之意，亦于是尽亡矣。盖所谓时文者，至宋南渡后创制之经义，其法视诗赋论策为胜，故承用最久，而要其所以名经义者，非诚欲说经，亦姑妄为说焉以取所求耳。故其为文不必果得于经所以云之意，而又不肯自认以为不知，必率其私臆，凿空附会，粉饰非者以为是，周内是者以为非，有司者亦不谂其所知之在于此，而始命以在彼之所不知，于是微言奥旨不能宿通素悉于经之内，而枝辞赘喻则可暂假猝辨于经之外，徒恃所操之机熟，所积之理多，随所命而强赴之，亦莫不斐然可观，以取盈篇幅，以侥幸得当于有司之目。噫，不求得于心则立言之意亡，不求通于经则说经之名戾，时文之蔽类然已。《东莱左氏博议》虽作于其平居暇日，苟以徇诸生之请，然既以资课试为心，故亦不免乎此蔽，其所是非大抵出于方执笔时偶然之见，非必确有所低昂轩轾于其间，及其含意联词，不得不比合义类，引众理以壮其文，而学者遂见以谓定论而不可夺，不知苟欲反其所非以为是，易其所是以为非，亦必有众理从而附会之，而浅见者亦将骇诧之以为定论矣。"关于经义的变迁，吾乡茹敦和著《周易小义》序中说的很简明，今抄引于下：

"经义者本古科举之文，其来旧矣。至宋王安石作《三经新义》，用以取士，命其子雱及吕惠卿等著为式颁之，此一变也。元延祐中定科举式，以《论语》《孟子》《大学》《中庸》为四书，以《易》《诗》《书》《礼记》《春秋》经文为五经，别之为书义经义，又于破题承题之外增官题原题大讲大结等名，此再变也。明成化中又尽易散体为俳偶，束之为八比，此三变也。至嘉隆以后于所谓八比之中稍恢大焉，渐至俳中有俳，偶中有偶，乃于古今文体中自成一体，然义之名卒不改。"我们从这里可以知道两件事实。其一是八股文原是说经的经义，只是形式上化散为排，配作四对而已。其二是《东莱博议》原是《春秋》类的经义，不过因为《春秋》是记载史事的书，所以《博议》成为一种应试体的史论。这两件事看似平常，其实却很重大，即是上边所说的有意义。

我们平常骂八股文，大有天下之恶皆归焉之概，实在这是有点儿冤枉的，至少也总是稍欠公平吧。八股文诚然是不行，如徐大椿的《时文叹》所说：

"三句承题，两句破题，摆尾摇头，便是圣门高弟。可知道三通四史是何等文章，汉祖唐宗是那朝皇帝。案头放高头讲章，店里买新科利器。读得来肩背高低，口角嘘唏，甘蔗渣儿嚼了又嚼，有何滋味。辜负光阴，白白昏迷一世。"又如我的《论八股文》中讲到中国的奴隶性的地方有云：

"几千年来的专制养成很顽钝的服从与模仿根性，结果是弄得自己没有思想，没有话说，非等候上头的吩咐不能有所行动，这是一般的现象，而八股文就是这个现象的代表。"不过我们要知道八股乃是应试的经义而用排偶的，因为应试所以遵守功令说应有尽有的话，是经义所以优孟衣冠似的代圣人立言，又因为用排偶所以填谱按拍那样的做，却也正以此不大容易做得好，至今体魄一死，唯余精魂，虽然还在出现作祟，而躯壳败坏之后已返生无术矣。《博议》一类论事的文章在经义渐渐排偶化的时候分了出来，自成一种东西，与经义以外的史论相混，他的寿命比八股更长，其毒害亦更甚，有许多我们骂八股文的话实在都应该算在他的账上才对。平常考试总是重在所谓书义，狭义的经义既比较不重要，而且试文排偶化了，规矩益加繁琐，就是做《春秋》题也只有一定的说法，不能随意议论，便索性在这边停止活动，再向别方向去发展，于是归入史论一路去，因为不负责任的发议论是文人所喜欢的事，而宋人似乎也特别有这嗜好。冯班《钝吟杂录》卷一《家戒上》云：

"士人读书学古，不免要作文字，切忌勿作论。成败得失，古人自有成论，假令有所不合，阙之可也。古人远矣，目前之事犹有不审，况在百世之下而欲悬言其是非乎。宋人多不审细止，如苏子由论蜀先主云，据蜀非地也，用孔明非将也。考昭烈生平未尝用孔明为将，不据蜀便无地可措足，此论直是不读《三国志》。宋人议论多如此，不可学他。"又卷八《遗言》有云：

"宋人说话只要说得爽快，都不料前后。"徐时栋《烟屿楼读书志》卷十六《宋文鉴》之十云：

"宋儒论古人多好为迂刻之言，如苏辙之论光武昭烈，曾巩之论汉文，秦观之论石庆，张耒之论邴吉，多非平情。孔子曰，尔责于人终无已时。大抵皆坐此病。"又蒋超伯《南漘楛语》卷四云：

"瘀字从无入诗文者，朱直《史论初集》诋胡致堂云：双目如瞽，满腹皆瘀。鄙俚极矣，不可为训。"蒋氏原意在于论瘀字，又朱直的议论或者也未必高明，反正这种东西是没法作得好的，但总之批评胡致堂的话是很对，而且也可以移作许多史论的评语。史论本来容易为迂刻之言，再加上应试经义的参和，更弄得要不得了，我说比八股文还有害的就是这个物事。盖最初不过是双目如瞽，满腹皆瘀，实为天分所限，随口乱说，还是情有可原，应试体的史论乃是舞文弄墨，颠倒黑白，毫无诚意，只图入试官之目，或中看官之意，博得名利而已。此种技俩在瞿君的跋文中说得非常透彻，无以复加，我们可以不必再来辞费，现在只想结束一句道：八股文死矣，与八股文同出于经义的史论则尚活着，此即清末的策论，民国以来的各种文字是也。去年我写过一篇小文，说明洋八股即是策论，曾经有这几句话：

"同是功令文章，但做八股文使人庸腐，做策论则使人谬妄，其一重在模拟服从，其一则重在胡说乱道也。专做八股文的结果只学会按谱填词，应拍起舞，里边全没有思想，其做八股文而能胡说乱道者仍靠兼做策论之力也。"这个意思我觉得是对的，关于八股文的话与徐灵胎相合，关于策论则与冯钝吟等人相合，古人所说正可与我互作注脚也。

小时候在家读坊刻《东莱博议》，忽忽三十余年，及今重阅已不记那几篇读过与否，唯第一篇论郑庄公共叔段，《左传》本文原在卷首，又因金圣叹批点过，特别记得清楚，《博议》文亦尚多记得。如起首一节云：

"钓者负鱼，鱼何负于钓。猎者负兽，兽何负于猎。庄公负叔段，叔段何负于庄公。且为钩饵以诱鱼者钓也，为陷阱以诱兽者猎也，不责钓者而责鱼之吞饵，不责猎者而责兽之投阱，天下宁有是耶。"又结末云：

"本欲陷人而卒自陷，是钓者之自吞钩饵，猎者之自投陷阱也，非天下之至拙者讵至此乎。故吾始以庄公为天下之至险，终以庄公为天下之至拙。"读下去都很面善，因为这篇差不多是代表作，大家无有不读的，而且念起来不但声调颇好，也有气势，意思深刻，文字流畅，的确是很漂亮的论，有志写汉高祖或其他的论文的人那能不奉为圭臬呢。但细看一下，也不必用什么新的眼光，就觉得这确是小试利器，甜熟，浅薄，伶俐，苛刻，好坏都就在这里，当作文章看却是没有希望的，因为这只是一个秀才胚子，他的本领只有去做颂圣诗文或写状子而已。只可惜潜势力太大，至今还有多数的人逃不出他的支配，不论写古文白话都是如此，只要稍为留心，便可随时随地看出新策论来，在这时候如要参考资料以备印证，《东莱博议》自然是最好的，其次才是《古文观止》。试帖诗与八股文不会复活的了，这很可以乐观，策论或史论就实在没有办法，土八股之后有洋八股或者还有什么别的八股出来，我相信一定都是这东西的变种，盖其本根深矣。我写这篇小文，并不是想对于世道人心有什么裨益，吾力之微正如帝力之为大，如孟德斯鸠所说，实在我是一点没有办法。傅青主《书成弘文后》云：

"仔细想来，便此技到绝顶，要他何用。文事武备暗暗底吃了他没影子亏。要将此事算接孔孟之脉，真恶心杀，真恶心杀。"我也只是说恶心而已。

　　　　　　　　廿六年六月七日，于北平苦住庵

读初潭集

"久欲得《初潭集》，畏其价贵不敢出手，去冬书贾携一册来，少敝旧而价不出廿元，颇想留之。会玄同来谈，又有生客俟至，乃属玄同且坐苦雨斋北室，即前此听虾蟆跳处，今已铺席矣，可随意偃卧，亦良便利也。比客去，玄同手《初潭集》出曰，此书大佳，如不要勿即退还。——盖自欲得之也。未几全书送来，议打一折扣而购得之，尚未及示玄同，而玄同已殁矣。今日重翻此集，不禁想起往事，感慨系之，于今能与不佞赏识卓吾老子者尚有几人乎。廿八年二月四日夜，知堂记于北平。"

此是不佞题所藏《初潭集》的话，于今转眼将一年矣。今日取出书来看，不胜感慨。玄同遇虾蟆事在民国十三年，查旧日记七月廿五日条下云：

"阴，上午十一时玄同来谈，至晚十时去。"又八月二日条下云：

"下午雨。玄同来访，阻雨，晚留宿客房。"次晨见面时玄同云，夜间室内似有人步声，何耶。我深信必无此事，以为当是幻觉，及客去收拾房间，乃见有大虾蟆一只在床下，盖前此大雨时混入者也。尹默闻之笑曰，玄同大眼，故虾蟆来与晤对耳，遂翻敬亭山诗咏之曰，相看两不厌，虾蟆与玄同。昔日友朋戏笑之言，流传人间，衍为世说，或有传讹，实则只是如此耳。因题记语加以说明，念古人车过腹痛之感，盖有同情也。

玄同和我所谈的范围极广，除政治外几于无不在可谈之列，虽然他所专攻的音韵学我不能懂，敬而远之，称之曰未来派。关于思想的议论大抵多是一致，所不同者只是玄同更信任理想，所以也更是乐观的而已。但是我说中国思想界有三贤，即是汉王充，明李贽，清俞正燮，这个意见玄同甚是赞同。我们生于衰世，却喜尚友古人，往往乱谈王仲任李卓吾俞理初如何如何，好像都是我们的友朋，想起来未免可笑，其实以思想倾向论，不无多少因缘，自然不妨托熟一点。三贤中唯李卓吾以思想得祸，其人似乎很激烈，实在却不尽然，据我看去他的思想倒是颇和平公正的，只是世间历来的意见太歪曲了，所以反而显得奇异，这就成为毁与祸的原因。思想的和平公正有什么凭据呢？这只是有常识罢了，说得更明白一点便是人情物理。懂得人情物理的人说出话来，无论表面上是什么陈旧或新奇，其内容是一样的实在，有如真金不怕火烧，颠扑不破，因为公正所以也就是和平。《礼运》云，饮食男女，人之大欲存焉。这是一句有常识的名言，多么诚实，平常，却又是多么大胆呀。假如这是某甲说的，说不定也会得祸，幸而出于《礼记》，读书人没有办法，故得幸免，不为顾亭林辈所痛骂耳。

我曾说看文人的思想不难，只须看他文中对妇女如何说法即可明了。《越缦堂日记补》辛集上咸丰十一年六月二十日条下记阅俞理初的《癸巳类稿》事，有云：

"俞君颇好为妇人出脱。其《节妇说》言，《礼》云一与之齐终身不改，男子亦不当再娶，《贞女说》言，后世女子不肯再受聘者谓之贞女，乃贤者未思之过。《妒非女人恶德论》言，夫买妾而妻不妒，是愍也，愍则家道坏矣。语皆偏谲，似谢夫人所谓出于周姥者，一笑。"李君是旧文人，其非薄本不足怪，但能看出此一特点，亦可谓颇有眼力矣。李卓吾的思想好处颇不少，其最明了的亦可在这里看出来。《焚书》卷二《答以女人学道为见短书》中云：

"谓人有男女则可，谓见有男女可乎？谓见有长短则可，谓男子之见尽长，女人之见尽短，又岂可乎？"《初潭集》卷三列记李夫人，阮嗣宗邻家女，阮仲容姑家鲜卑婢诸事后，加案语云：

"李温陵曰，甚矣声色之迷人也，破国亡家，丧身失志，伤风败类，无不由此，可不慎欤。然汉武以雄才而拓地万余里，魏武以英雄而割据有中原，又何尝不自声色中来也，嗣宗仲容流声后世，固以此耳。岂其所破败者自有所在，或在彼而未必在此欤。吾以是观之，若使夏不妹喜，吴不西施，亦必立而败亡也。周之共主，寄食东西，与贫乞何殊，一饭不能自给，又何声色之娱乎。固知成身之理，其道甚大，建业之由，英雄为本，彼琐琐者非恃才妄作，果于诛戮，则不才无断，威福在下也。此兴亡之所在也，不可不慎也。"此所言大有见识，非寻常翻案文章可比。又卷四苦海诸妪项下记蔡文姬王昭君事，评云：

"蔡文姬王昭君同是上流妇人，生世不幸，皆可悲也。"又记桓元子为其侄女宥庾玉台一门，曹孟德为文姬宥董祀，评云：

"婿故自急，二氏一律，桓公亲亲，曹公贤贤。呜呼，曹公于是为不可及矣。"书眉上有无名氏墨书曰：

"上数条卓吾皆为贤，乃欲裂四维而灭天常耶。"其后别有一人书曰：

"卓吾毕竟不凡。"李卓吾此种见解盖纯是常识，与《藏书》中之称赞卓文君正是一样，但世俗狂惑闻之不免骇然，无名氏之批犹礼科给事中张问达之疏耳，其词虽严，唯实在只是一声吆喝，却无意义者也。天下第一大危险事乃是不肯说诳话，许多思想文字之狱皆从此出。本来附和俗论一声亦非大难事，而狷介者每不屑为，致蹈虎尾之危，可深慨也。二月中题《扣烛胝存》中曾云：

"卓吾老子有何奇，也只是这一点常识，又加以洁癖，乃更至于以此杀身矣。"但只有常识，虽然白眼看天下读书人，如不多说话，也可括囊无咎，此上又有洁癖，则如饭中有蝇子，必哇出之为快，斯为祸大矣。

《初潭集》三十卷，万历十六年卓吾初落发龙潭即纂此，故曰初潭，时年六十二岁。书分五部，曰夫妇父子兄弟师友君臣，又各分细目，抄集故事有如《世说》，间附以评论。中国读书人喜评史，往往深文周纳，不近人情，又或论文，则咬文嚼字，如吟味制艺。卓吾所评乃随意插嘴，多有妙趣，又务为解放，即偶有指摘亦具情理，非漫然也。卷十一《儒教》下云：

"鲁季孙有丧，孔子往吊之，入门而左，从客也。主人以玙璠收。孔子径庭而趋，历阶而上，曰，以宝玉收，譬之犹暴骸中原也。"评曰：

"太管闲事，非子言也。"又云：

"齐大饥，黔敖为食于路，以待饥者。有蒙袂辑屦，贸贸而来。曰，嗟，来食。曰，余唯不食嗟来之食，以至于斯也。从而谢之，不食而死。仲尼曰，其嗟也可去，其谢也可食。"评曰：

"道学可厌，非夫子语。"据《檀弓》所说，这里说话的是曾子，不知何以写作仲尼，但这两节所批总之都是不错的，他知道真的儒家通达人情物理，所言说必定平易近人，不涉于琐碎迂曲也。《焚书》卷三《童心说》中说得很妙，他以为经书中有些都只是圣人的迂阔门徒，懵懂弟子，记忆师说，有头无尾，得后遗前，随其所见，笔之于书。此语虽近游戏，却也颇有意思，格以儒家忠恕之义，亦自不难辨别出来，如上文所举，虽只是卓吾一家的看法，可以作为一例也。近来介绍李卓吾者有四川吴虞，日本铃木虎雄，福建朱维之，广东容肇祖，其生平行事思想约略可知矣，《焚书》亦已有两三次活字翻印，惜多错误不便读，安得有好事者取原书并续书景印，又抄录遗文为一集，公之于世以便学者乎。

廿九年一月廿七日

谈金圣叹

关于金圣叹的事迹，孟心史先生在《心史丛刊》二集中收辑得不少。有些记圣叹临死开玩笑的事，说法不一致，但流传很广。王应奎《柳南随笔》云：

"闻圣叹将死，大叹诧曰，断头至痛也，籍家至惨也，而圣叹以不意得之，大奇。于是一笑受刑。"许奉恩《里乘》转录金清美《豁意轩录闻》云：

"弃市之日作家信托狱卒寄妻子，临刑大呼曰，杀头至痛也，灭族至惨也，圣叹无意得此，呜呼哀哉，然而快哉。遂引颈受戮。狱卒以信呈官，官疑其必有谤语，启缄视之，上书曰，字付大儿看，盐菜与黄豆同吃，大有胡桃滋味，此法一传，我无遗憾矣。官大笑曰，金先生死且侮人。"柳春浦《聊斋续编》卷四云：

"金圣叹临刑时饮酒自若，且饮且言曰，割头痛事也，饮酒快事也，割头而先饮酒，痛快痛快。圣叹平日批评诗文每涉笔成趣，故临死不忘趣语，然则果痛耶快耶，恨不起圣叹问之。"毛祥麟《对山书屋墨余录》卷一云：

"当人瑞在狱时，付书于妻曰，杀头至痛也，籍没至惨也，而圣叹以无意得之，不亦异乎。"廖柴舟《二十七松堂集》卷十四

《金圣叹先生传》云：

"临刑叹曰，砍头最是苦事，不意于无意中得之。"柴舟生于清初，甚佩服圣叹，传后记曰，"予过吴门，访先生故居而莫知其处，因为诗吊之，并传其略如此云。"查卷七有《汤中丞毁五通淫祠记》，后记云"予于丙子岁来吴"，计其时为康熙三十五年，距圣叹之死亦正三十五年，此种传说已在吴中流行，如或可据则自当以廖说为近真耳。传中又记圣叹讲《圣自觉三昧经》事，说明圣叹字义及古诗十九首不可说事，皆未见他人记述。《唱经堂才子书汇稿》有矍斋二序，一曰"才子书小引"，署顺治己亥春日同学矍斋法记圣瑗书，有云：

"唱经仆弟行也，仆昔从之学《易》，二十年不能尽其事，故仆实以之为师。凡家人伏腊，相聚以嬉，犹故弟耳，一至于有所咨请，仆即未尝不坐为起立为右焉。"二曰"叙第四才子书"，即杜诗，署矍斋昌金长文识，无年月，盖在圣叹死后矣，末曰：

"临命寄示一绝，有且喜唐诗略分解，庄骚马杜待何如句，余感之，欲尽刻遗稿，首以杜诗从事。"此又一说也。我们虽不能因此而就抹杀以前各种传说，但总可以说这金长文的话当最可靠，圣叹临死乃仍拳拳于其批评工作之未完成，此与胡桃滋味正是别一副面目也。顺治癸卯周雪客覆刻本《才子必读书》上有徐而庵序，其记圣叹性情处颇多可取，如云：

"圣叹性疏宕，好闲暇，水边林下是其得意之处，又好饮酒，日辄为酒人邀去，稍暇又不耐烦，或兴至评书，奋笔如风，一日可得一二卷，多逾三日则兴渐阑，酒人又拉之去矣。"又云：

"每相见，圣叹必正襟端坐，无一嬉笑容，同学辄道其饮酒之妙，余欲见之而不可得，叩其故，圣叹以余为礼法中人而然也。盖圣叹无我与人相，与则辄如其人，如遇酒人则曼卿轰饮，遇诗人则摩诘沉吟，遇剑客则猿公舞跃，遇棋客则鸠摩布算，遇道士则鹤气横天，遇释子则莲花绕座，遇辩士则珠玉随风，遇静人则木讷终日，遇老人则为之婆娑，遇孩赤则啼笑宛然也。以故称圣叹善者各举一端，不与圣叹交者则同声訾之，以其人之不可方物也。"圣叹之为人盖甚怪，在其临命时，与同学仍谈批书，故亦不妨对狱吏而说谐语欤？而庵序中又记圣叹刻书次第云：

"同学诸子望其成书，百计怂恿之，于是刻《制义才子书》，历三年又刻王实甫《西厢》，应坊间请，止两月，皆从饮酒之暇诸子迫促而成者也。己亥评《唐才子书》，乃至键户，梓人满堂，书者腕脱，圣叹苦之，间许其一出。书成，即评《天下才子必读书》，将以次完诸才子书，明年庚子《必读书》甫成而圣叹死，书遂无序，诸子乃以无序书行。"廖柴舟传中亦云：

"兹行世者，独《西厢》《水浒》《唐诗》《制义》，唱经堂杂评，诸刻本。"但《制义才子书》至今极少见，问友人亦无一有此书者，查《才子书汇稿》卷首所列唱经堂外书总目，其已刻过者只《第五才子书》《第六才子书》《唐才子书》《必读才子书》等四种，亦不见制义一种，不知何也。赖古堂《尺牍新钞》卷二有嵇永仁与黄俞邰书，说圣叹死后灵异，眉批云：

"圣叹尚有历科程墨才子书，已刻五百叶，今竟无续成之者，可叹。"《尺牍新钞》刻于康熙元年壬寅，批当系周雪客笔，时在徐而庵为《才子必读书》作序前一年。斅斋而庵雪客的话应该都靠得住，总结起来大约制义还是刻而未成，所以说有亦可，说无亦未始不可也。

世传有鬼或狐附在圣叹身上，曰慈月宫陈夫人，又曰泐大师，钱牧斋《初学集》卷四十三有《天台泐法师灵异记》，记其事云，以天启丁卯五月降于金氏之乩，是也。释戒显著《现果随录》一卷，有康熙十年周栎园序，其十九则纪戴宜甫子星归事，附记云：

"昔金圣叹馆戴宜甫香勋斋，无叶渤大师附圣叹降乩，余时往叩之，与宜甫友善。"这可以考见圣叹少时玩那鬼画符的时和地，也是很有兴味的事，但不知为何在他各才子书批评里却看不出一点痕迹，我不知道刻《西厢》的年代，只查出《水浒》序题崇祯十四年二月，或者事隔十三四年，已不复再作少年狡狯乎。

《心史丛刊》二集中云，"袁枚《随园诗话》，金圣叹好批小说，人多薄之，然其《宿野庙》一绝云，众响渐已寂，虫于佛面飞，半窗关夜雨，四壁挂僧衣，殊清绝。按圣叹所著之文皆存于所批书中，其诗仅见随园称道一首。"刘继庄《广阳杂记》卷四，说蜀中山水之奇，后云：

"唱经堂于病中无端忽思成都，有诗云，卜肆垂帘新雨霁，酒垆眠客乱花飞，余生得到成都去，肯为妻儿一洒衣。"圣叹在《杜诗解》卷二注中自引一首，云：

"曾记幼年有一诗。营营共营营，情性易为工，留湿生萤火，张灯诱小虫，笑啼兼饮食，来往自西东，不觉闲风日，居然头白翁。此时思之，真为可笑。"又圣叹内书《圣人千案》之第二十五中云：

"昔者圣叹亦有一诗。何处谁人玉笛声，黄昏吹起彻三更，沙场半夜无穷泪，未到天明便散营。"但此一首亦在《沉吟楼借杜诗》中，为末第二首，题曰"闻笛"，未到作不得。我却喜欢最末一首，以首二字为题曰"今春"：

今春刻意学庞公，斋日闲居小阁中，

为汲清泉淘钵器，却逢小鸟吃青虫。

矍斋识语云，"唱经诗不一格，总之出入四唐，渊涵彼土，而要其大致实以老杜为归。兹附刻《借杜诗》数章，岂惟虎贲貌似而已。"《借杜诗》只二十五首，然尝鼎一脔，亦可知味矣，但刘袁二君所引不知又系何本，岂唱经堂诗文稿在那时尚有写本流传欤。

圣叹的散文现在的确只好到他所批书中去找了，在五大部才子书中却也可找出好些文章来，虽然这工作是很不容易。我觉得他替东都施耐庵写的《水浒传》序最好，此外《水浒》《西厢》卷头的大文向来有名，但我看《唐才子诗》卷一那些谈诗的短札实在很好，在我个人觉得还比洋洋洒洒的大文更有意思。《杜诗解》卷二，自《萧八明府实处觅桃栽》至《蚤起》，以四绝一律合为一篇，说得很是别致，其中这段批语也是一首好文章：

"无量劫来，生死相续，无贤无愚，俱为妄想骗过。如汉高纵观秦皇帝，喟然叹曰，大丈夫当如此矣。岂非一肚皮妄想，及后置酒未央，玉卮上寿，却道，季与仲所就孰多？此时心满意足，不过当日妄想圆成。陈涉辍耕垄上曰，富贵无相忘。此时妄想与汉高无别，到后为王沉沉，不过妄想略现。阮嗣宗登广武观刘项战处曰，遂使孺子成名。亦是此一副肚肠，一副眼泪，后来身不遇时，托于沉冥以至于死，不过妄想消灭。或为帝王，或为草窃，或为酒徒，事或殊途，想同一辙。因忆为儿嬉戏时，老人见之，漫无文理，不知其心中无量经营，无边筹画，并非卒然徒然之事也。羊车竹马，意中分明国王迎门拥篲，县令负弩前驱。尘羹涂饭，意中分明盛馔变色，菜羹必祭。桐飞剪笏，榆落收钱，意中分明恭己垂裳，绕床阿堵。其为妄想，与前三人有何分别。"又《蚤起》题下批语亦佳，可算作一篇小文，原诗首句"春来常蚤起"下注云：

"此句盖于未来发愿如此，若作过后叙述，便索然无味，则下句所云幽事皆如富翁日记帐簿，俗子强作《小窗清记》恶札，不可不细心体贴。"读之不禁微笑，我们于此窥见了一点圣叹个人的好恶，可知他虽然生于晚明却总不是王百穀吴从先一流人也。

（一九三五年）

附记一

一两个月前语堂来信，叫我谈谈金圣叹及李笠翁等人。这事大难，我不敢动手，因为关于文学的批评和争论觉得不能胜任。日前得福庆居士来信云，"雨中无事，翻寻唱经堂稿为之叹息。讲《离骚》之文只是残稿，竟是残了。庄骚马杜待何如，可叹息也。"看了记起金长文序中所说的诗，便想关于圣叹死时的话略加调查，拉杂写此，算是一篇文章，其实乃只几段杂记而已。对于圣叹的文学主张不曾说着一字，原书具在，朋友们愿意阐扬或歪曲之者完全自由，与不佞正是水米无干也。

买得日本刻《徐而庵诗话》一卷，盖即《而庵说唐诗》，卷首有文化丁丑星岩居士梁纬跋云："余独于清人诗话得金圣叹徐而庵两先生，其细论唐诗透彻骨髓，则则皆中今人之病，真为紧要之话。"星岩本名梁川孟纬，妻名红兰，皆以诗名。六月八日记于北平。

附记二

闲步庵得《第四才子书》，有西泠赵时揖声伯序；又贯华堂评选杜诗总识十余则，多记圣叹事，今录其七八九则于下：

"邵兰雪（讳点）云，先生解杜诗时，自言有人从梦中语云，诸诗皆可说，唯不可说古诗十九首，先生遂以为戒。后因醉后纵谈青青河畔草一章，未几而绝笔矣。明夷辍讲，青草符言，其数已前定也。

"先生善画，其真迹吴人士犹有藏者，故论画独得神理，如所评王宰山水图及画马画鹊诸篇，无怪其有异样看法也。

"先生饮酒，彻三四昼夜不醉，诙谐曼谑，座客从之，略无厌倦。偶有倦睡者，辄以新言醒之。不事生产，不修巾幅，谈禅谈道，仙仙然有出尘之致，殆以狂自好乎。余问邵悟非（讳然）先生之称圣叹何义，曰，先生云，《论语》有两喟然叹曰，在颜渊则为叹圣，在与点则为圣叹。此先生之自为狂也。"

赵晴园生圣叹同时，所言当较可信，廖柴舟著传中说及古诗十九首与圣叹释义，盖即取诸此也。

七月二十五日又记

关于傅青主

　　傅青主在中国社会上的名声第一是医生，第二大约是书家吧。《傅青主女科》以至《男科》往往见于各家书目，刘雪崖辑《仙儒外纪》（所见系王氏刻《削繁》本）中屡记其奇迹，最有名的要算那儿握母心，针中腕穴而产，小儿手有刺痕的一案，虽然刘青园在《常谈》卷一曾力辟其谬，以为儿手无论如何都不能摸着心脏。震钧辑《国朝书人辑略》卷一第二名便是傅山，引了好些人家的评论，杨大瓢称其绝无毡裘气，说得很妙，但是知道的人到底较少了。《霜红龛诗》旧有刻本，其文章与思想则似乎向来很少有人注意，咸丰时刘雪崖编全集四十卷，于是始有可考，我所见的乃宣统末年山阳丁氏的刊本也。傅青主是明朝遗老，他有一种特别的地方。黄梨洲顾亭林孙夏峰王山史也都是品学兼优的人，但他们的思想还是正统派的，总不能出程朱陆王的范围，颜习斋刘继庄稍稍古怪了，或者可以与他相比。全谢山著《阳曲傅先生事略》中云：

　　“天下大定，自是始以黄冠自放，稍稍出土穴与客接，然间有问学者，则曰，老夫学庄列者也，于此间仁义事实羞道之，即强言之亦不工。”此一半是国亡后愤世之词，其实也因为他的思想宽博，于儒道佛三者都能通达，故无偏执处。《事略》又云：

"或强以宋诸儒之学问，则曰，必不得已吾取同甫。"可见青主对于宋儒的态度，虽然没有像习斋那样明说，总之是很不喜欢的了。青主也同习斋一样痛恨八股文，集卷十八《书成弘文后》云：

"仔细想来，便此技到绝顶，要他何用。文事武备，暗暗底吃了他没影子亏。要将此事算接孔孟之脉，真恶心杀，真恶心杀。"记起王渔洋的笔记说，康熙初废止考试八股文，他在礼部主张恢复，后果照办。渔洋的散文不无可取，但其见识与傅颜诸君比较，相去何其远耶。青主所最厌恶的是"奴俗"，在文中屡屡见到，卷廿五《家训》中有一则云：

"字亦何与人事，政复恐其带奴俗气。若得无奴俗气，乃可与论风期日上耳。不惟字。"卷廿六《失笑辞》中云：

"跌空亭而失笑，哇鏖糟之奴论。"又《医药论略》云：

"奴人害奴病，自有奴医与奴药，高爽者不能治。胡人害胡病，自有胡医与胡药，正经者不能治。"又《读南华经》第二则云：

"读过《逍遥游》之人，自然是以大鹏自勉，断断不屑作蜩与学鸠为榆枋间快活矣。一切世间荣华富贵那能看到眼里，所以说金屑虽贵，着之眼中何异砂石。奴俗龌龊意见不知不觉打扫干净，莫说看今人不上眼，即看古人上眼者有几个。"卷三六云：

"读理书尤着不得一依傍之义，大悟底人先后一揆，虽势易局新，不碍大同。若奴人不曾究得人心空灵法界，单单靠定前人一半句注脚，说我是有本之学，正是咬龅人脚后跟底货，大是死狗扶不上墙也。"卷三七云：

"奴书生眼里着不得一个人，自谓尊崇圣道，益自见其狭小耳，那能不令我胡卢也。"卷三八云：

"不拘甚事只不要奴。奴了，随他巧妙雕钻，为狗为鼠已耳。"

寥寥数语，把上边这些话都包括在里边，斩钉截铁地下了断结。

卷三七又有三则，虽说的是别的话，却是同样地骂奴俗而颂真率：

"矮人观场，人好亦好。瞎子随笑，所笑不差。山汉啖柑子，直骂酸辣，还是率性好恶，而随人夸美，咬牙掠舌，死作知味之状，苦斯极矣。不知柑子自有不中吃者，山汉未必不骂中也。但说柑子即不骂而争啖之，酸辣莫辨，混沌凿矣。然柑子即酸辣不甜，亦不借山汉夸美而荣也。（案此语费解，或有小误。）戴安道之子仲若双柑沽酒听黄鹂，真吃柑子人也。

"白果本自佳果，高淡香洁，诸果罕能匹之。吾曾劝一山秀才啖之，曰，不相干丝毫。真率不伪，白果相安也。

"又一山贡士寒夜来吾书房，适无甚与啖，偶有蜜饯橘子劝茶，满嚼一大口，半日不能咽，语我曰，不入不入。既而曰，满口辛。与吃白果人径似一个人，然我皆敬之为至诚君子也。细想不相干丝毫与不入两语，慧心人描写此事必不能似其七字之神，每一愁闷忆之辄噱发不已，少抒郁郁，又似一味药物也。"奴的反对是高爽明达，但真率也还在其次，所以山秀才毕竟要比奴书生好得多，傅道人记山汉事多含滑稽，此中即有敬意在也。同卷中又云：

"讲学者群攻阳明，谓近于禅，而阳明之徒不理为高也，真足憨杀攻者。若与饶舌争其是非，仍是自信不笃，自居异端矣。近有祖阳明而力斥攻者之陋，真阳明亦不必辄许可，阳明不护短望救也。"卷四十云：

"顷在频阳，闻莒城米黼之将访李中孚，既到门忽不入遂行，或问之，曰，闻渠是阳明之学。李问天生米不入之故，天生云云，李即曰，天生，我如何为阳明之学？天生于中孚为宗弟行，即曰，大哥如何不是阳明之学？我闻之俱不解，不知说甚，正由我不曾讲学辨朱陆买卖，是以闻此等说如梦。"这正可与"老夫学庄列者也"的话对照，他蔑视那些儒教徒的鸡虫之争，对于阳明却显然更有好意，但如真相信他是道士，则又不免上了当。《仙儒外纪》引《外传》云：

"或问长生久视之术，青主曰，大丈夫不能效力君父，长生久视徒猪狗活耳。或谓先生精汉魏古诗赋，先生曰，此乃驴鸣狗吠，何益于国家。"卷廿五《家训》中却云：

"人无百年不死之人，所留在天地间，可以增光岳之气，表五行之灵者，只此文章耳。"可见青主不是看不起文章的，他怕只作奴俗文，虽佳终是驴鸣狗吠之类也。如上文所抄可以当得好文章好思想了，但他又说：

"或有遗编残句，后之人诬以刘因辈贤我，我目几时瞑也。"卷三七又有一则云：

"韩康伯休卖药不二价，其中断无盈赢，即买三百卖亦三百之道，只是不能择人而卖，若遇俗恶买之，岂不辱吾药物。所以处乱世无事可做，只一事可做，吃了独参汤，烧沉香，读古书，如此饿死，殊不怨尤也。"遗老的洁癖于此可见，然亦唯真倔强如居士者才能这样说，我们读全谢山所著《事略》，见七十三老翁如何抗拒博学鸿词的征召，真令人肃然起敬。古人云，姜桂之性老而愈辣，傅先生足以当之矣。文章思想亦正如其人，但其辣处实实在在有他的一生涯做底子，所以与后世只是口头会说恶辣话的人不同，此一层极重要，盖相似的辣中亦自有奴辣与胡辣存在也。

廿四年十一月

颜氏学记

读《颜氏学记》觉得很有兴趣，颜习斋的思想固然有许多是好的，想起颜李的地位实在是明末清初的康梁，这更令人发生感慨。习斋讲学反对程朱陆王，主张复古，"古人学习六艺以成其德行"，归结于三物，其思想发动的经过当然也颇复杂，但我想明末的文人误国总是其中的一个重大原因。他在《存学编》中批评宋儒说：

"当日一出，徒以口舌致党祸，流而后世，全以章句误苍生。上者但学先儒讲著，稍涉文义，即欲承先启后，下者但问朝廷科甲，才能揣摩，皆骛富贵利达。"其结果则北宋之时虽有多数的圣贤，而终于"拱手以二帝畀金以汴京与豫"，南渡之后又生了多数的圣贤，而复终于"推手以少帝赴海以玉玺与元矣"。又《年谱》中记习斋语云：

"文章之祸，中于心则害心，中于身则害身，中于国家则害国家。陈文达曰，本朝自是文墨世界。当日读之，亦不觉其词之惨而意之悲也。"戴子高述《颜李弟子录》中记汤阴明宗室朱敬所说，意尤明白：

"明亡天下，以士不务实事而囿虚习，其祸则自成祖之定四书五经大全始。三百年来仅一阳明能建事功，而攻者至今未已，皆由科举俗学入人之蔽已深故也。"这里的背景显然与清末甲申以至甲午相同，不过那时没有西学，只有走复古的一条路，这原是革新之一法，正如欧洲的文艺复兴所做的。"兵农钱谷水火工虞"，这就是后来提倡声光化电船坚炮利的意思，虽然比较的平淡，又是根据经典，然而也就足以吓倒陋儒，冲破道学时文的乌烟瘴气了。大约在那时候这类的议论颇盛，如傅青主在《书成化弘治文后》一篇文章里也曾这样说：

"仔细想来，便此技到绝顶要他何用，文事武备暗暗底吃了他没影子亏，要将此事算接孔孟之脉，真恶心杀，真恶心杀。"这个道理似乎连皇帝也明白了，康熙二年上谕八股文章与政事无涉，即行停止，但是科举还并不停，到了八年八股却又恢复，直到清末，与国祚先后同绝。民国以来康梁的主张似乎是实行了，实际却并不如此。戊戌前三十年戴子高赵㧑叔遍索不得的颜李二家著述现在有好几种板本了，四存学会也早成立了，而且我们现在读了《颜氏学记》也不禁心服，这是什么缘故呢？从一方面说，因为康梁所说太切近自己，所以找了远一点旧一点的来差可依傍——其因乡土关系而提倡者又当别论。又从别一方面说，则西学新政又已化为道学时文，故颜李之说成为今日的对症服药，令人警醒，如不佞者盖即属于此项的第二种人也。

颜习斋尝说，"为治去四秽，其清明矣乎，时文也，僧也，道也，娼也。"别的且不论，其痛恨时文我觉得总是对的。但在性理书评里他又说，"宋儒是圣学之时文也"，则更令我非常佩服。何以道学会是时文呢？他说明道，"盖讲学诸公只好说体面话，非如三代圣贤一身之出处一言之抑扬皆有定见。"傅青主也尝说，"不拘甚事只不要奴，奴了，随他巧妙刁钻，为狗为鼠而已。"这是同一道理的别一说法。朱子批评杨龟山晚年出处，初说做人苟且，后却比之柳下惠，习斋批得极妙：

"龟山之就召也，正如燕雀处堂，全不见汴京亡，徽钦虏，直待梁折栋焚而后知金人之入宋也。朱子之论龟山，正如戏局断狱，亦不管圣贤成法，只是随口臧否，驳倒龟山以伸吾识，可也，救出龟山以全讲学体面，亦可也。"末几句说得真可绝倒，是作文的秘诀，却也是士大夫的真相。习斋拈出时文来包括宋儒——及以后的一切思想文章，正是他的极大见识，至于时文的特色则无定见，说体面话二语足以尽之矣，亦即青主所谓奴是也。今人有言，土八股之外加以洋八股，又加以党八股，此亦可谓知言也。关于现今的八股文章兹且不谈，但请读者注意便知，试听每天所发表的文字谈话有多少不是无定见，不是讲体面话者乎？学理工的谈教育政治与哲学，学文哲的谈军事，军人谈道德宗教与哲学，皆时文也，而时文并不限于儒生，更不限于文童矣，此殆中国八股时文化之大成也。习斋以时文与僧道娼为四秽，我则以八股雅片缠足阉人为中国四病，厥疾不瘳，国命将亡，四者之中时文相同，此则吾与习斋志同道合处也。

性理书评中有一节关于尹和靖祭其师伊川文，习斋所批首数语虽似平常却很有意义，其文曰：

"吾读《甲申殉难录》，至愧无半策匡时难惟余一死报君恩，未尝不泣下也，至览和靖祭伊川不背其师有之有益于世则未二语，又不觉废卷浩叹，为生民怆惶久之。"习斋的意思似乎只在慨感儒生之无用，但其严重地责备偏重气节而轻事功的陋习我觉得别有意义。生命是大事，人能舍生取义是难能可贵的事，这是无可疑的，所以重气节当然决不能算是不好。不过这里就难免有好些流弊，其最大的是什么事都只以一死塞责，虽误国殃民亦属可想。

一己之性命为重，万民之生死为轻，不能不说是极大的谬误。

那种偏激的气节说虽为儒生所唱道，其实原是封建时代遗物之复活，谓为东方道德中之一特色可，谓为一大害亦可。如现时日本之外则不惜与世界为敌，欲吞噬亚东，内则敢于破坏国法，欲用暴烈手段建立法西派政权，岂非悉由于此类右倾思想之作祟软。内田等人明言即全国化为焦土亦所不惜，但天下事成败难说，如其失败时将以何赔偿之，恐此辈所准备者亦一条老命耳。此种东方道德在政治上如占势力，世界便将大受其害，不得安宁，假如世上有黄祸，吾欲以此当之。虽然，这只是说日本，若在中国则又略有别，至今亦何尝有真气节，今所大唱而特唱者只是气节的八股罢了，自己躲在安全地带，唱高调，叫人家牺牲，此与浸在温泉里一面吆喝"冲上前去"亦何以异哉。清初石天基所著《传家宝》中曾记一则笑话云：

"有父病延医用药，医曰，病已无救，除非有孝心之子割股感格，或可回生。子曰，这个不难。医去，遂抽刀出，是时夏月，逢一人赤身熟睡门屋，因以刀割其股肉一块。睡者惊起喊痛，子摇手曰，莫喊莫喊，割股救父母你难道不晓得是天地间最好的事么？"此话颇妙，习斋也生在那时候想当同有此感，只是对于天下大约还有指望，所以正经地责备，但是到了后来这只好当笑话讲讲，再下来自然就不大有人说了。六月中阅《学记》始写此文，到七月底才了，现在再加笔削成此，却已过了国庆日久矣。

二十二年十月

蠕范

　　偶然在旧书店里买了一部《蠕范》，京山李元著，元系乾隆时人，著有关于声韵的书，为世所知。此书凡八卷，分为《物理》《物匹》《物生》《物化》等十六章，徐志鼎序云，"大块一蠕境也……顾同一蠕，区而别之，不一蠕也，类而范之，归于一蠕也。"这可以说是一部生物概说，以十六项目包罗一切鸟兽虫鱼的生活状态，列举类似的事物为纲，注释各个事物为目，古来格物穷理的概要盖已具于是。有人序《百廿虫吟》云，诚以格物之功通于修齐治平，天下莫载之理即莫破所由推，这样说法未免太言重了，而且也很有点儿帖括的嫌疑，但是大旨我实在是同意的。"我不信世上有一部经典，可以千百年来当做人类的教训的，只有记载生物的生活现象的 biologie 才可供我们参考，定人类行为的标准。"这是民八所写小文《祖先崇拜》里的几句话，至今我却还是这样想。万物之灵的人的生活的基础依旧还是动物的，正如西儒所说过，要想成为健全的人必须先成健全的动物，不幸人们数典忘祖，站直了之后增加了伶俐却损失了健全。鹿和羚羊遇见老虎，跑得快时保住性命，跑不脱便干脆的被吃了，老虎也老实的饱吃一顿而去，决没有什么膺惩以及破邪显正的费话。在交尾期固然要闹上一场，但他们决不藉口无后为大而聚麀，更不会衔了一块肉骨头去买母狗的笑，至于鹿活草淫羊藿这种传说自然也并无其事。我们遏塞本性的发露，却耽溺于变态的嗜欲，又依恃智力造出许多玄妙的说明，拿了这样文明人的行为去和禽兽比较，那是多么可惭愧呀。人类变为家畜之后，退化当然是免不掉的，不过夸大狂的人类反以为这是生物的标准生活，实在是太不成话了。要提醒他们的迷梦，最好还是吩咐他们去请教蚂蚁，不，不论任何昆虫鸟兽，均可得到智慧。读一本《昆虫记》，胜过一堆圣经贤传远矣，我之称赞生物学为最有益的青年必读书盖以此也。

《蠕范》是中国十八世纪时的作品，中国博物学向来又原是文人的余技，除了《诗经》《离骚》《尔雅》《本草》的注疏以外没有什么动植物的学问，所以这部书仍然跳不出这窠臼，一方面虽然可以称之曰生物概说，实在也可以叫作造化奇谈，因为里边满装着变化奇怪的传说和故事。二千多年前亚列士多德著《动物志》，凡经其实验者纪录都很精密，至今学者无异言，所未见者乃以传说为据，有极离奇者，我们著者则专取这些，有的含有哲理，有的富于诗趣，这都很有意思，所缺少的便只是科学的真实。这样说来，《蠕范》的系统还是出于《禽经》，不过更发挥光大罢了。卷六《物知第十二》的起头这一节话便很有趣，其文曰：

"物知巫，鸂鶒善救，蜾蠃善咒，水鸠善写，鹳善符，虎善卜，鵁善禁。"差不多太乙真人的那许多把戏都在这里了。关于啄木原注云，好骈木食虫，以舌钩出食之，善为雷公禁法，曲爪画地为印，则穴塞自开，飞即以翼墁之。这所说大抵即根据《埤雅》，《本草纲目》引《博物志》亦如此说，仿佛记得《阅微草堂笔记》里也曾提及，有奴子某还实验过云，可以想见流传的久远了。我们在北平每年看见啄木鸟在庭树上或爬或笑，或丁丁的啄，并不见他画什么符印，而这种俗信还总隐伏在心里，记起小时候看《万宝全书》之类，颇想一试那些小巫术，但是每个药方除普通药材以外总有一味啄木鸟的舌头或是熊油，只好罢休，啄木鸟舌头的好处何在？假如不全是处方者的故意刁难，那么我想这仍是由于他的知巫的缘故罢。

至于蜾蠃的故事，其由来远矣。《诗·小宛》曰，螟蛉有子，蜾蠃负之。前汉时，《淮南子》中有贞虫之称，扬雄《法言》云，螟蛉之子殪而逢果蠃，祝之曰类我类我，久则肖之矣。这可以算是最早的说明。后汉许慎《说文》云，天地之性，细腰纯雄无子。郑玄《毛诗笺》云，蒲卢取桑虫之子，负持而去，煦妪养之，以成其子。吴陆玑《草木鸟兽虫鱼疏》说得更为详明，云取桑虫负之于木空中或书简笔筒中，七日而化为其子，里语曰，咒云象我象我。《酉阳杂俎·广动植》有蠮螉一项，虽不注重负子，而描写甚有意趣，文云，成式书斋多此虫，盖好窠于书卷也，或在笔管中，祝声可听，有时开卷视之，悉是小蜘蛛，大如蝇虎，旋以泥隔之，时方知不独负桑虫也。以后注《诗经》《尔雅》者大抵固执负子说，不肯轻易变动，别方面本草学者到底有点不同，因为不全是文人，所以较为切实了。晋陶弘景在《本草注》里反对旧说道：

"今一种蜂黑色腰甚细，衔泥于人屋及器物边作房如并竹管者是也，其生子如粟米大，置中，乃捕取草上青蜘蛛十余枚满中，仍塞口，以拟其子大为粮也，其一种入芦管中者，亦取草上青虫。《诗》云，螟蛉有子，蜾蠃负之，言细腰之物无雌，皆取青虫教祝，便变成己子，斯为谬矣。造诗者未审，而夫子何为因其僻耶？岂圣人有缺，多皆类此？"本草学者除一二例外大都从陶说，宋车若水《脚气集》中云，"蜾蠃取螟蛉，产子于其身上，借其膏血以为养，蜾蠃大，螟蛉枯，非变化也"，很说得简要，可以当作此派学说的结束，至于蒲卢的麻醉防腐剂注射手术的巧妙到了法国法布耳出来始完全了解，所以《昆虫记》的几篇又差不多该算作这问题的新添注脚也。

但是陶隐居的说法在文人看去总觉得太杀风景，有些人即使不是为的卫道，也总愿意回到玄妙的路上去。清道光时钱步曾作《百廿虫吟》，是一部很有意思的诗集，其蒲卢一诗后有两段附记，对于《诗疏》与《脚气集》两说加以判断曰：

"余曾细察之，蜾蠃好窠于书卷笔管中，其所取物或小青虫或小蜘蛛，先练泥作房，积四五虫，再以泥隔之，满而后止，虫被负者悉如醉如痴，能运动而不能行走，一旦启户而出，残泥零落，遗蜕在焉，似乎气感为确。至扬子云类我类我之说则大谬，盖蒲卢于营巢时以口匀泥，嘤嘤切切然，至负子时则默无声息矣，天地自然之化，不待祝辞也。且蒲卢乌能通人语耶，子云乌能通蒲卢语耶，古人粗疏臆断，一何可笑。"其又记云：

"壬午秋试侨寓西湖李氏可庄，其地树木丛杂，虫豸最多，一日余在廊下靧面，瞥见一蒲卢较常所见者稍大，拖一臧螂贸贸而来，力稍倦，息片时复衔而走，臧螂亦如中酒的然，逡巡缘柱入孔穴间，乃知蒲卢所负不独蜘蛛青虫也。"钱氏观察颇是细密，所云被负的虫如醉如痴，能运动而不能行走，与李时珍引《解颐新语》云其虫不死不生相同，很能写出麻醉剂的效力，别人多未注意及此，却不知道为什么总喜欢气感之说，一定要叫自青虫以至臧螂都蜕化为雄蜂，岂不是好奇太过之故乎。同治中汪曰桢著《湖雅》九卷，记湖州物产，文理密察，其记蠮螉乃取陶说，并批判诸说云：

"案陶弘景云云，寇宗奭李时珍及《尔雅翼》并从陶说，是也。邵晋涵《尔雅正义》力辟陶说，王念孙《广雅疏证》既从陶说，又引苏颂谓如粟之子即祝虫所成，游移两可，皆非也。生子时尚未负虫，安得强指为虫所化乎？"汪氏对于好奇的文人又很加以嘲笑，在记蚊这一节下云：

"道光辛卯吾友海宁许心如丙鸿与余论近人《山海经图》之诞妄，时适多蚊，因戏仿《山海经》说之云，虫身而长喙，鸟翼而豹脚，且曰，设依此为图，必身如大蛹，有长喙，背上有二鸟翼，腹下有四豹脚，成一非虫非禽非兽之形，谁复知为蚊者。余曰，是也，但所仿犹嫌未备，请续之曰，昼伏夜飞，鸣声如雷，是食人。相与拊掌。笑言如昨，忽已四十余年，偶然忆及，附识于此，博览者一笑，亦可为著述家好为诞妄之戒也。"

我对于《蠕范》一书很有点好感，所以想写一篇小文讲他，但是写下去的时候不知不觉的变成指摘了。这是怎的呢？我当初读了造化奇谈觉得喜欢，同时又希望他可以当作生物概说，这实在是鱼与熊掌，二者不可得兼，也是没法的事。总之《蠕范》我想是还值得读的，虽然如作生物学读那须得另外去找，然而这在中国旧书里恐怕一时也找不出罢。

二十二年十月

焦里堂的笔记

清朝后半的学者中间，我最佩服俞理初与郝兰皋，思想通达，又颇有风趣，就是在现代也很难得。但是在此二人之外，还可以加上一个，这便是焦里堂。《雕菰楼集》以及《焦氏遗书》还是去年才买来的，《易余龠录》二十卷却早已见到了，最初是木犀轩刻板的单行本，随后在木犀轩丛书全部中，其中还有焦君的《论语通释》一卷。《龠录》本是随笔，自经史政教诗文历律医卜以至动植无不说及，其中我所最喜欢的是卷十二的一节，曾经引用过好几次，现在不禁又要重抄一遍，其文曰：

"先君子尝曰，人生不过饮食男女，非饮食无以生，非男女无以生生。惟我欲生，人亦欲生，我欲生生，人亦欲生生，孟子好货好色之说尽之矣。不必屏去我之所生，我之所生生，但不可忘人之所生，人之所生生。循学《易》三十年，乃知先人此言圣人不易。"焦君这里自述其家学，本来出于《礼记》，而发挥得特为深切著明，称为圣人不易，确实不虚。戴东原《孟子字义疏证》卷下论权第五条，反对释教化的儒生绝欲存理之主张，以为天下必无舍生养之道而得存者，君子亦无私而已矣，不贵无欲，后又申明之曰：

"夫尧舜之忧四海困穷，文王之视民如伤，何一非为民谋其人欲之事，惟顺而导之，使归于善。"戴氏此项意见可以说是与古圣人多相合，清末革命思想发生的时候，此书与《原善》均有翻印，与《明夷待访录》同为知识阶级所尊重，焦里堂著《论语通释》及集中《性善解》等十数篇，很受戴氏的影响，上文所引的话也即是一例。本是很简单的道理，而说出来不容易，能了解也不容易，我之所以屡次引用，盖有感于此，不仅为的我田引水已也。

但是这里我想抄录介绍的却并非这些关于义理的话，乃是知人论世，实事求是的部分，这是于后人最有益的东西。如卷八有一则云：

"《汉书》霍光传，光废昌邑王，太后被珠襦，盛服坐武帐中。如淳曰，以珠饰襦也。晋灼曰，贯以为襦，形若今革襦矣。按此太后即昭帝上官皇后也，《外戚传》言六岁入宫立为皇后，昭帝崩时后年十四五，当昌邑王废时去昭帝崩未远，然则太后仅年十四五耳，故衣珠襦，读诏至中太后遽曰止，全是描摹童稚光景，说者以为班氏效左氏魏绛和戎篇后羿何如之笔法，尚影响之见也。晋灵公立于文公六年，穆嬴常抱之，至宣公二年亦仅十四五耳，从台上弹人而观其辟丸，熊蹯不熟，杀宰夫寘诸畚，皆童稚所为。故读史必旁览博证，其事乃见，仅就一处观之，则珠襦之太后以为老妇人，嗾獒之灵公且以为长君，以老妇而着珠襦，以长君而弃人用犬，遂出情理之外矣。"此则所说可谓读书的良法，做学问的人若能如此用心，一隅三反，自然读书得间，能够切实的了解。这一方面是求真实，在别方面即是疾虚妄，《俞录》卷二十中实例很多，都很有意思，今依次序抄录数则于后：

"《鹤林玉露》言，陆象山在临安市肆观棋，如是者累日，乃买棋局一副，归而悬之室中，卧而仰视之者两日，忽悟曰，此河图数也，遂往与棋对，棋工连负二局，乃起谢曰，某是临安第一手棋，凡来着者俱饶一先，今官人之棋反饶得某一先，天下无敌手矣。此妄说也。天下事一技之微非习之不能精，未有一蹴便臻其极者，至云河图数尤妄，河图与棋局绝不相涉，且河图当时传自陈希夷者无甚深奥，以此悟之于棋，遂无敌天下，尤妄说也。此等不经之谈，最足误人，所关非细故也。

"《酉阳杂俎》记一行事，言幼时家贫，邻母济之，后邻母儿有罪求救于一行，一行徙大瓮于空室，授奴以布囊，属以从午至昏有物入来其数七，可尽掩之，奴如言往，有豕至悉狝寘瓮中。诘朝中使叩门急召至便殿，玄宗问曰，太史奏昨夜北斗不见，何祥也。一行请大赦天下，从之，其夕太史奏北斗一星见，凡七日而复。按一行精于天算，所撰《大衍术》最精，然非迂怪之士也，当时不学之徒不知天算之术，妄为此言耳。近时婺源江慎修通西术，撰《翼梅》等书，亦一行之俦也，有造作《新齐谐》者称其以筒寄音于人，以口向筒言，远寄其处，受者以耳承之，尚闻其声。又称其一日自沉于水，或救之起，曰，吾以代吾子也，是日其子果溺死。此傅会诬蔑，真令人发指。嘉庆庚申六月阮抚部在浙拒洋盗于松门，有神风神火事（余别有记记之，在《雕菰集》），遂有传李尚之借风者。尚之精天算，为一行之学者也，余时在浙署，与尚之同处诚本堂，尚之实未从至松门。大抵街谈巷议，本属无稽，而不学者道听途说，因成怪妄耳。

"《宋史》，庞安常治已绝妇人，用针针其腹，腹中子下而妇苏，子下，子手背有针迹。旧《扬州府志》乃以此事属诸仪征医士殷榘，而牵合更过其实，前年余修《府志》乃芟去而明辨之。又有一事与此相类。相传高邮老医袁体庵家有一仆病咳喘，袁为诊视，曰不起矣，宜急归。其仆丹徒人，归而求治于何澹庵，何令每日食梨，竟愈。明年复到袁所，袁大惊异，云云。按此事见于《北梦琐言》，亦如庞安常事傅会于殷也。（案，原本录有《北梦琐言》原文，今略。）所传袁何之事，正是从此傅会。余每听人传说官吏断狱之事，或妖鬼，大抵皆从古事中转贩而出，久之忘其所从来，偶举此一端，以告世之轻信传闻者。

"张世南《游宦纪闻》记僧张锄柄事云，张一日游白面村，有少妇随众往谒，张命至前，痛嗫其颈，妇号呼，观者哄堂大哂。妇语其夫，夫怒奋臂勇往诟骂，僧笑曰，子毋怒，公案未了，宜令再来。骂者不听，居无何妇以他恚投缳以死。此即世所传僧济颠事，大约街谈巷议，转相贩易，不可究诘。乾隆己酉庚戌间，郡城西方寺有游僧名兰谷者，出外数十年归，共传其异，举国若狂，余亦往视之，但语言不伦，无他异，未几即死。至今传其事者尚籍籍人口，大抵张冠李戴，要之济颠嗫颈之事贩自张锄柄，而张锄柄之嗫颈不知又贩自何人，俗人耳食，多张世南，往往传诸口笔之书，遂成故事矣。宋牧仲《筠廊偶笔》记扬州水月庵杉木上俨然白衣大士像，鹦鹉竹树善才皆具，费滋衡亲验此木，但节间虫蠹影响略似人形，作文辨其讹。"

这几则的性质都很相近，对于世俗妄语轻信的恶习痛下针砭，却又说的很好，比普通做订讹正误工作的文章更有兴趣。我们只翻看周栎园的《同书》和禹门福申的《续同书》，便可看见许多相同的事，有的可以说是偶合，有的出于转贩，或甲有此事，而张冠李戴，转展属于乙丙，或本无其事，而道听途说，流传渐广，不学者乃信以为真。最近的例如十年前上海报上说叶某受处决，作绝命诗云，黄泉无客店，今夜宿谁家。案此诗见于《玉剑尊闻》，云是孙贲作，又见于《五代史补》，云是江为作，而日本古诗集《怀风藻》中亦载之，云是大津皇子作，《怀风藻》编成在中国唐天宝之初，盖距今将千二百年矣。此种辨证很足以养成读书力，遇见一部书一篇文或一件事，渐能辨别其虚实是非，决定取舍，都有好处，如古人所云，开卷有益，即是指此，非谓一般的滥读妄信。焦里堂的这些笔记可以说是绣出鸳鸯以金针度人，虽然在著者本无成心，但在后人读者对于他的老婆心不能不致感谢之意。焦君的学问渊博固然是很重要的原因，但是见识通达尤为难得，有了学问而又了解物理人情，这才能有独自的正当的见解，回过去说，此又与上文所云义理相关，根本还是思想的问题，假如这一关打不通，虽是有学问能文章也总还济不得事也。

关于焦里堂的生平，有阮云台所作的传可以参考，他的儿子廷琥所作《先府君事略》，共八十八则，纪录一生大小事迹，更有意思。其中一则云：

"湖村二八月间赛神演剧，铙鼓喧阗，府君每携诸孙观之，或乘驾小舟，或扶杖徐步，群坐柳阴豆棚之间。花部演唱，村人每就府君询问故事，府君略为解说，莫不鼓掌解颐。府君有《花部农谈》一卷。"案焦君又著有《剧说》六卷，其为学并不废词曲，可见其气象博大，清末学者如俞曲园谭复堂平景孙诸君亦均如此，盖是同一统系也。焦君所著《忆书》卷六云：

"余生平最善容人，每于人之欺诈不肯即发，而人遂视为可欺可诈，每积而至于不可忍，遂猝以相报。或见余之猝以相报也，以余为性情卞急，不知余之病不在卞急而正坐姑息。故思曰容，容作圣，必合作肃作乂作哲作谋，否则徒容而转至于不能容矣。自知其病，乃至今未能改。"此一节又足以见其性情之一斑，极有价值。昔日读郝兰皋的《晒书堂诗抄》，卷下有七律一首，题曰，余家居有模糊之名，年将及壮，志业未成，自嘲又复自励。又《晒书堂笔录》卷六中有模糊一则，叙述为奴仆所侮，多置不问，由是家人被以模糊之名，笑而颔之。焦郝二君在这一点上也有相似之处，觉得颇有意思。照我的说法，郝君的模糊可以说是道家的，他是模糊到底，心里自然是很明白的。焦君乃是儒家的，他也模糊，但是有个限度，过了这限度就不能再容忍。这个办法可以说是最合理，却也最难，容易失败，如《忆书》所记说的很明白。前者有如佛教的羼提，已近于理想境，虽心向往之而不能至，若后者虽不免多有尤悔，而究竟在人情中，吾辈凡人对之自觉更有同感耳。

一九四五年四月十五日

俞理初的诙谐

　　俞理初著《癸巳存稿》卷四有《女》一篇云："《白虎通》云，女，如也，从如人也。《释名》云，女，如也，青徐州曰娪。娪，忤也，始生时人意不喜，忤忤然也。《史记·外戚世家》，褚先生云，武帝时天下歌曰，生男勿喜，生女勿怒。《太平广记》，《长恨歌传》云，天宝时人歌曰，生男勿喜欢，生女勿悲酸。则忤忤然怒而悲酸，人之常矣。《玉台新咏》，傅玄《苦相篇》云，苦相身为女，卑陋难再陈。男儿当门户，堕地自生神，雄心志四海，万里望风尘。女育无欣爱，不为家所珍，长大避深室，藏头羞见人。垂泪适他乡，忽如雨绝云。低头和颜色，素齿结朱唇，跪拜无复数，婢妾如严宾。情合同云汉，葵藿仰阳春。心乖甚水火，有庆集其身。玉颜随年变，丈夫多好新，昔为形与影，今为胡与秦。胡秦时相见，一绝逾参辰。此谚所谓姑恶千辛，夫嫌万苦者也。《后汉书·曹世叔妻传》云，女宪曰，得意一人是谓永毕，失意一人是谓永讫，亦贵乎遇人之淑也。白居易《妇人苦》诗云，妇人一丧夫，终身守孤子，有如林中竹，忽被风吹折，一折不重生，枯死犹抱节。男儿若丧妇，能不暂伤情，应似门前柳，逢春易发荣，风吹一枝折，还有一枝生。为君委曲言，愿君再三听，须知妇人苦，从此莫相轻。其言尤蔼然。《庄子·天道篇》云，尧告舜曰，吾不虐无告，不废穷民，苦死者，嘉孺子而哀妇人，此吾所以用心也。《书·梓材》，成王谓康叔，至于敬寡，至于属妇，合由以容。此圣人言也。《天方典礼》引谟罕墨特云，妻暨仆，民之二弱也，衣之食之，勿命以所不能。盖持世之人未有不计及此者。"

俞君不是文人，但是我读了上文，觉得这在意思及文章上都很完善，实在是一篇上乘的文字，我虽然想学写文章，至今还不能写出能像这样的一篇来，自己觉得惭愧，却也受到一种激励。近来无事可为，重阅所收的清朝笔记，这一个月中间差不多检查了二十几种共四百余卷，结果才签出二百三十条，大约平均两卷里取一条的比例。但是更使我觉得奇异的是，笔记的好材料，即是说根据我的常识与趣味的二重标准认为中选的，多不出于有名的文人学士的著述之中，却都在那些悃愊无华的学究们的书里，如俞理初的《癸巳存稿》，郝兰皋的《晒书堂笔录》是也。讲到学问与诗文，清初的顾亭林与王渔洋总要算是一个人物了，可是读他们的笔记，便觉得可取的地方没有如预料的那么多。为什么呢？中国文人学士大抵各有他们的道统，或严肃的道学派或风流的才子派，虽自有其系统，而缺少温柔敦厚或淡泊宁静之趣，这在笔记文学中却是必要的，因此无论别的成绩如何，在这方面就难免很差了。这一点小事情却含有大意义，盖这里不但指示出看笔记的途径，同时也教了我写文章的方法也。

俞理初生于乾嘉时，《存稿》成于癸巳，距今已逾百年矣，而其见识乃极明达，甚可佩服，特别是能尊重人权，对于两性问题常有超越前人的公论，蔡子民先生在年谱序中曾列举数例，加以赞扬，如上文所引亦是好例之一。但是我读《存稿》，觉得另有一种特色，即是议论公平而文章乃多滑稽趣味，这也是很难得的事。戴醇士著《习苦斋笔记》有一则云：

"理初先生，黟县人，予识于京师，年六十矣。口所谈者皆游戏语，遇于道则行无所适，南北东西，无可无不可。至人家，谈数语，辄睡于客座。问古今事，诡言不知，或晚间酒后，则原原本本无一字遗。予所识博雅者无出其右。"这是很有价值的一种记录，从日常言行一小节上可以使人得到好资料，去了解他文字思想上的有些特殊问题。《存稿》卷三《鲁二女》一篇中说《春秋》僖公十四年季姬及鄫子遇于防，公羊穀梁二家释为淫通，据《左传》反驳之，评云：

"季姬盖老矣，遭家不造，为古贵妇人之失势者，不料汉人恕己度人，好言古女淫佚也。"又云：

"听女淫佚，则《春秋》之法，公子出境，重至帅师，非君命不书，非告庙不书，淫佚有何喜庆，而命之策命，告之祖宗，固知瞀儒秽言无一可通者。"又卷三《书难字后》有一节云：

"《说文》，亡从入从乚，为有亡，亦为亡失，唐人《语林》云，有亡之亡一点一画一乙，亡失之亡中有人，观篆文便知。不知是何篆文有此二怪字，欲令人观之。"又关于欵乃二字云：

"《冷斋夜话》引洪驹父言欵乃音奥，可为怪叹，反讥世人分欵乃为两字。此洪识难字诚多矣，然不似读书人也。"又有云：

"又《短书》言宋乩神示古忠恕乃一笔书，退检古名帖，忠恕草书是中心如一四字。是不惟人荒谬，乩神亦荒谬也。"又卷四《师道正义》中云：

"《枫窗小牍》言，宋仁宗时开封民聚童子教之，有因夏楚死者，为其父母所讼，当抵死。此则非人所为。师本以利，诚不爱钱，即谢去一二不合意之人亦非大损，乃苦守聚徒取钱本意而致出钱幼童于死，此其昧良尤不可留于人世也。"又云：

"《东京梦华录》云，市学先生，春社秋社重五重九，豫敛诸生钱作会，诸生归时各携花篮果实食物社糕而散。此固生财之道，近人情也。"卷十一《芭蕉》一文中谓南方雪中实有芭蕉，王维山中亦当有之，对于诸家评摩诘画乃神悟不在形迹诸说深不以为然。评曰：

"世间此种言语，誉西施之颦耳，西施是日适不曾颦也。"卷十四《古本大学石刻记》中云：

"明正德十三年七月，王守仁从《礼记》写出《大学》本文，其识甚高。时有张夏者辑《闽洛渊源录》，反极诋守仁倒置经文，盖张夏言道学，不暇料检五经，又所传陈澔《礼记》中无《大学》，疑是守仁伪造。然朱子章句见在，为朱学者多以朱墨涂其章句之语，夏欲自附朱子，亦不全览朱子章句，致不知有旧本，可云奇怪。"后说及丰坊伪作石经本《大学》，周从龙作《遵古编》附和之，语多谬妄，评云：

"此数人者慷慨下笔，殆有异人之禀。"又《愚儒莠书》中引宋人所记不近情理事以为不当有，但因古有类似传说，因仿以为书，不自知其愚也。篇末总结云：

"著者含毫吮墨，摇头转目，愚鄙之状见于纸上也。"可谓穷形极相。古今来此类层出不尽，惜无人为一一指出，良由常人难得之故。盖常人者无特别希奇古怪的宗旨，只有普通的常识，即是向来所谓人情物理，寻常对于一切事物就只公平的看去，所见故较为平正真切，但因此亦遂与大多数的意思相左，有时也有反被称为怪人的可能，如汉孔文举明李宏甫皆是，俞君正是幸而免耳。中国贤哲提倡中庸之道，现在想起来实在也很有道理，盖在中国最缺少的大约就是这个，一般文人学士差不多都有点异人之禀，喜欢高谈阔论，讲他自己所不知道的话，宁过无不及，此莠书之所以多也。如平常的人，有常识与趣味，知道凡不合情理的事既非真实，亦不美善，不肯附和，或更辞而辟之，则更大有益世道人心矣。俞理初可以算是这样一个伟大的常人了，不客气的驳正俗说，而又多以诙谐的态度出之，这最使我佩服，只可惜上下三百年此种人不可多得，深恐只手不能满也。

民国二十六年九月八日，在北平苦雨斋

俞理初论莠书

从前我屡次说过，在过去二千年中，我所最为佩服的中国思想家共有三人，一是汉王充，二是明李贽，三是清俞正燮。这三个人的言论行事并不怎么相像，但是我佩服他们的理由却是一个，此即是王仲任的疾虚妄的精神，这在其余的两人也是共通的，虽然表现的方式未必一样。关于俞理初我已经写过好几次文章，现在再来提起，别无何种新的意见，只是就他指斥莠书这一点上，想来略为谈谈罢了。

近几年来常看笔记一类的书，没有详细计算，想起来实在也已不少，其中特别以清朝的为多，可是结果非常的不满意。本来我看笔记原不是什么正经工作，所谓大抵只以代博弈，或当作纸烟，聊以遣时日而已。读一部书了，偶有一部分可喜，便已满足，有时觉得无味，亦不甚嫌憎，对于古人何必苛求，但取其足供我一时披读耳，古人云只图遮眼，我的意思亦止如此。但是有时遇见有些记录，文字未必不佳，主张也似乎很正大，可是根本上不懂得人情物理，看了时觉得遍身不快活，这时候的不满意便已超过了嫌憎，有点近于恐惧了。好比尝药辨性的老祖神农氏，把草根树皮放在口里咀嚼，烁的一下觉得怪辣，他会直觉的感到，这可不是毒？我们未敢以老祖自居，但是从经验上也会有时感觉，这说得有点蹊跷，便很有荛书的嫌疑。笼统的说荛书，似乎有语病，假如这里有点感情用事，那么就与随便评定思想不正确相似，含有很大的危险性。我根据俞理初的例所说的荛书当然不至于如此，这里所据的标准是简单的人情物理，如在这上面有讲不过去的便有问题，视为荛书也不为过，而且说也奇怪，被归入此类的并不是世间公认的邪说异端，倒反是普通正经的话为多，这是极有意思的事。盖天下多乡愿，其言行皆正经，常人无不佩服，然若准以情理，则其不荛者鲜矣，唯有识与力者始能表而出之，其事之难与其功之大盖远过于孟子之攻异端也。《癸巳存稿》卷十五《胡先生事述》云，正燮记先生事甚多，先生素恶乡愿，因以所记遍求所谓乡愿者下意延问，凡经指示许可之事悉去之，故所存止此，呜呼，此先生之所以贤欤。寥寥的几句话，差不多把指斥荛书的精神表现得很好，我们也可不必多赘了。

俞理初论荛书的文章共有六篇，收在《癸巳存稿》卷十四内，计《酷儒荛书》，愚儒，谈玄，夸诞，旷达，悖儒等荛书是也。其中以一二两篇为最精，可为代表，今先就《酷儒荛书》引例于下，第一节云：

"夹谷之会，盖齐以兵来，鲁以兵应之，《史记》齐鲁世家所载是也。《谷梁》又增一事云，齐人使优施舞于鲁君之幕下，孔子曰，笑君者罪当死。使司马行法焉，首足异门而出。《史记·孔子世家》云，倡优侏儒为戏而前，孔子曰，匹夫荧惑诸侯者罪当诛。有司加法焉，首足异处，齐侯惧而动。陆贾《新语》云，优施舞于鲁公之幕下，孔子曰，君辱臣当死。使司马行法斩焉，首足异门而出，齐人瞿然而恐。《后汉》张升传，守外黄令赵明威戮，曰，昔孔子暂相，诛齐之侏儒，手足异门而出，故能威震强国，反其侵地，后升以诛死。此四引孔子之事，乃委巷穷儒，忮螫之心无所泄，造此莠言，上诬圣人，不可训也。优人笑惑乃其职，于礼宜却之，于法无死罪，且鲁岂当杀齐优，实其说是行不义而杀不幸，齐人怒而鲁君不返也。"末节云：

"高欢与长史薛琡言，使其子洋治乱丝，洋拔刀斩之曰，乱者必斩。夫违命不治丝，独非乱乎，其意盖仿齐君王后以椎解环，不知环破即解，乱丝斩之仍不治也。《汉书》龚遂传云，臣闻治乱臣犹治乱丝，不可急也，缓之然后可治。高氏父子不足论，然欢在洋之愚憨不至此，其状迁而很，乃无知酷儒之莠言，此东坡《志林》所谓杜默之豪，正京东学究饮私酒，食瘴死牛肉，醉饱后所发者也。"《愚儒莠书》第一节云：

"朱弁《曲洧旧闻》云，建隆间竹木务监官患所积材植长短不齐，乞剪截俾齐整，太祖批其状曰，汝手指能无长短乎，胡不截之使齐，长者任其自长，短者任其自短。弁亲戚有见此状及批者，其言似可信。邵博《闻见录》则云，破大为小，何若斩汝之头乎。言已近妄。王巩《清虚杂著》则云，三司奏截大枋，太祖皇帝批其状曰，截你爷头，截你娘头，其爱物如此。周密《齐东野语》则谓手指言文弱无气象，太祖以三司请截模枋大材修寝殿，批曰，截你爷头，截你娘头，别寻将来，真大哉王言也。此何王言气象，盖以《史记》汉高慢骂而仿以为书，其愚如此。"第四节云：

"王辟之《渑水燕谈录》又云，陈尧咨守荆南，宴集以弓矢为乐，母夫人曰，汝父教汝以忠孝辅国家，今汝不务行仁化，而专一夫之技，岂汝先人志耶，杖之，碎其金鱼。射为六艺之一，州将习射乃正业，忠孝之行也。受杖当解金鱼，杖碎金鱼，金坚且碎，人骨折矣。衰门贱妇亦不至此，尧咨母不当有此言此事。明方昕《集事诗鉴》引此为贤母，著书者含毫吮墨，摇头转目，愚鄙之状见于纸上也。”

上边所引已足见其大概，对于向来传为美谈，视为故实，而与情理不合的事，不客气的加以指斥，对于初习读书的学子甚为有益，只恨所举太少，唯望读者自能举一反三耳。同时有马时芳著《朴丽子》，语多通达，其《续朴丽子》卷下中有一则云：

“传有之，孟子入室，因袒胸而欲出其妻，听母言而止。此盖周之末季或秦汉间曲儒附会之言也。曲儒以矫情苟难为道，往往将圣贤妆点成怪物。呜呼，若此类者岂可胜道哉。”这一则就可以补入《愚儒莠书》篇里去，其直揭曲儒的心理，不客气处亦与俞氏不相上下。鄙人前读《礼记》中《檀弓》一卷，亦曾有同样的意见，觉得关于原壤的事，《论语·宪问》所记殊不高明，读《檀弓》文乃极佳，比校之下乃益明显。《檀弓》云：

“孔子之故人曰原壤，其母死，夫子助之沐椁。原壤登木曰，久矣予之不托于音也。歌曰，貍首之斑然，执女手之卷然。夫子为弗闻也者而过之。从者曰，子未可以已乎。夫子曰，丘闻之，亲者毋失其为亲，故者毋失其为故也。”《论语》则云：

“原壤夷俟。子曰，幼而不孙弟，长而无述焉，老而不死，是为贼。以杖叩其胫。”看所说的老而不死这句话，可知那时原壤已经老了。据戴望注《论语》，《礼》，六十杖于乡。那么孔子也一定已是六十岁以上了罢。动手就打，圣门中只有子路或者未免，孔子不见得会如此，何况又是已在老年。我们看《檀弓》所记孔子对待原壤并不如此，可见这以杖叩其胫的事很是靠不住，大约是主张严酷者之所为，亦正是附会之言耳。执女手之卷然下，据孔颖达《正义》云：

“孔子手执斤斧，如女子之手卷卷然而柔弱，以此欢说仲尼，故注云说人辞也。”假如这里疏家没有将他先祖的事讲错，我们可以相信那时孔子的年纪并不老，因为一是用女子之手比孔子，二是孔子手执斤斧，总不会是六十岁后的事情。把两件故事比较来看，觉得孔子在以前既是那么宽和，到老后反发大性，有点不合情理。本来《论语》与《檀弓》里的故事都是后人所记，真假一样的不可知，但是准情酌理来批判，就自然分出曲直来，此间自有区别俨然存在，一见可辨也。此类辩论仿佛有似致堂史论，无非对古人已事妄下雌黄，实则不然，史论不必要的褒贬古人，徒养成不负责任的说话之陋习，此则根本物理人情，订正俗传曲说，如为人心世道计，其益当非浅鲜。若能有人多致力于此，更推广之由人事而及于物性，凡逆妇变猪以至雀入大水为蛤之类悉加以辨订，则利益亦益广大，此盖为疾虚妄精神之现代化，当不愧称之为新论衡也。

（一九四三年）

读书疑

　　《读书疑》甲集四卷，刘家龙著，道光丙午年刊，至今刚是一百年。著者履历未详，但知其为山东章丘人，此书汇录壬寅至乙巳四年中读书札记，刊刻与纸墨均极劣，而其意见多有可取者。如卷四云：

　　"通天地人谓之儒，通天地而不通人谓之术。或问通人而不通天地则何如，余曰，此非儒所能，必尧舜孔子也。尧不自作历而以命羲和，孔子不自耕而曰吾不如老农，然则儒之止于儒者，正以兼通天地也。"此言似奇而实正，兼通天地未必有害，但总之或以此故而于人事未能尽心力，便是缺点。从来儒者所学大抵只是为臣之事，所谓内圣外王不过是一句口头禅，及科举制度确立，经书与时文表里相附而行，于是学问与教育更是混乱了。卷四云：

　　"孔子雅言，《诗》《书》执《礼》而已。《易》则三代以前之书，《春秋》则三代之末所用，故皆缓之也。场屋之序，考试之体，非为学之序也。"卷二云：

　　"周礼以《诗》《书》《礼》《乐》教士，孔子以《诗》《礼》训子，而雅言亦止添一《书》。程子曰，《大学》入德之门，亦未言童子当读也。朱子作《小学》，恐人先读《大学》也。自有明以制义取士，三岁孩子即读《大学》，明新至善为启蒙之说矣，遂皆安排作状元宰相矣。"又卷一云：

"灵台本游观之所，而于中置辟雍，泮林亦游观之地，而于中置泮宫。孔子设教于杏坛，曾子亦曰无伤我薪木，书房之栽花木，其来远矣。今则科场用五经，无暇及此，亦时为之也。"卷二讲到以经书教子弟，有一节云：

"金圣叹曰，子弟到十余岁，必不能禁其见淫书，不如使读《西厢》，则好文而恶色矣。或曰，曲终奏雅，曲未半心已荡，奈何，不如勤课以诗书。然吾见勤课者非成书呆，即叛而去耳，要之教子一事难言哉，唯身教为善耳。父所交皆正人，则在其所者皆薛居州也，谁与为不善。"末了说的有点迂阔，大意却是不错的，他说教子一事难言哉确是老实话，这件事至今也还没有想出好办法，现代只有性教育这一种主张，其实根本原与金圣叹相同，不过有文与实之分而已。前者凭藉文人的词章，本意想教读者好文而恶色，实在也不无反要引人入胜之虞，后者使用自然的事实，说的明白，也可以看得平淡，比较的多有效力。刘君对于圣叹的话虽然不能完全赞同，但他觉得子弟或不必给《西厢》读，而在成人这却是有用的。如卷四云：

"何谓圣人？费解之书爱之而不读，难行之书爱之而不读，是圣人也。食粪土，食珠玉，其为愚人一也。邪淫之书却不可不读，蔬食菜羹之味不可不知也。故圣人不删郑风。"又卷一云：

"余喜作山歌俗唱梆子腔姑娘柳鼓儿词，而不喜作古近体诗，尤不喜作试帖。孔子言思无邪，又曰兴观群怨，皆指风言。山歌俗唱，风也。古近体，雅也。试帖，颂也。今不读山歌俗唱梆子腔梆子戏者，想皆翻孔子案，别撰尧舜二诗置于《关雎》前者也。若此之人，宜其胸罗万卷之书，谙练历代之典，而于人情物理一毫不达也。"这个意思本是古已有之，袁中郎在所撰《叙小修诗》中云：

"故吾谓今之诗文不传矣，其万一传者，或今间阎妇人孺子所唱擘破玉打草竿之类，犹是无闻无识真人所作，故多真声，不效颦于汉魏，不学步于盛唐，任性而发，尚能通于人之喜怒哀乐嗜好情欲，是可喜也。"此种意见看似稍偏激，其实很有道理，但是世人仍然多做雅颂，绝少有写山歌者，乃是因为真声不容易写，文情不能缺一，不如假古董好仿做也。卷三有一则云：

"杨墨佛老皆非真邪教也，由学术之偏而极其甚者也。《吕刑》曰，乃命重黎绝地天通。地天通不知何人所作，不知成书几卷，乃千古邪教之祖也，其书虽不传，以其字义揣之，殆今之《阴骘文》《功过格》也。尧舜于地天通则禁绝之，今之富民于《阴骘文》《功过格》则刻之传之，可谓贤于尧舜矣。"案《尚书》注云，使民神不扰，各得其序，是谓绝地天通，今谓是邪教经典似无典据，唯其排斥《阴骘文》《功过格》的意见我极为赞同，中国思想之弄得乌烟瘴气，一半由于此类三教混合的教义，如俞理初所言，正可谓之愚儒蒡书也。刘君深恶富民之传刻邪教之书，不知儒生的关系更大，近代秀才几乎无不兼道士者，惠定宇尚不能免，即方苞亦说骂朱子者必绝后，迷信惨刻，与巫道无异，若一般求富贵者非奔走权门则唯有乞灵于神鬼，此类蒡书之制作宣扬传布皆是秀才们所为，富民不过附和，其责任并不重大。鄙人不反对民间种种祷祀，希求得福而免祸，唯一切出于儒生造作之蒡书曲说至为憎恶，往见张香涛等二三人言论，力斥扶乩及谈《阴骘文》等为魔道，今又得刘君，深喜不乏同调，但前后百年，如《笑赞》中所说，圣人数不过五，则亦大是可笑耳。

书中多有不关重要问题，随笔记录者，自具见解，颇有风趣，虽或未必尽当，亦复清新可喜。如卷一云：

"古者以萧为烛，如今之火把，故须人执之也。六代时已有木奴，代人执烛。杜诗，何时秉银烛，银已是腊烛矣，何用人执之耶，而韩忠献在军中阅文书，执烛之卒爇其须，则何故耶。谀墓者空中楼阁，修史者依样壶卢，类如此。"又卷三云：

"古人祭祀纳金示情，唐明皇东封金不足用，张说请以楮代之，此纸钱之始也。吴穀人《墦间乞食》诗云，归路纸钱风，可谓趣矣，若据为用纸钱之考证则呆矣。"又云：

"《聊斋》者不得第之人故作唱本以娱人耳，后人尊之太过，反失其实矣。即如其首篇《考城隍》云，堂上十余官，唯识关壮缪。夫红脸长须者戏台之壮缪耳，其本来面目亦如此乎。乡人入朝房，谓千官皆忠臣，问何以知之，曰奸臣皆满脸抹粉也。《聊斋》之言与此何异。又如有心为善，善亦不赏，岂复成说话乎。"此处批评蒲君，似乎太认真，但亦言之成理。古语云，先知不见重于故乡，《聊斋》恐亦难免此例。若武松之在清河，张飞之在涿州，则又是别一例，盖英雄豪杰唯从唱本中钻出来的乃为群众所拥戴，放翁诗云，身后是非谁管得，满村听唱蔡中郎，即其反面也。

"颜路请子之车，是时孔子之年七十二矣，是孔颜老而贫也。孟子后丧逾前丧，是老而富也，其故何也？春秋之君不养士，故郑有青衿，刺学校废也。战国之国争养客，故鸡鸣狗盗皆上客也。士即筮仕，亦止为小官，而所任则府史之职，但作文章而已。故孔子主颜雠由，而其告哀公曰，尊贤不惑，敬大臣乃不眩也。客则直达于君，而受虚职焉。故孟子馆于雪宫，又馆于上宫，且为客卿而出吊也。是则春秋无客，战国无士矣。古之人君不甚贵，臣不甚贱，故不分流品，春秋尚然，至战国则君骄臣谄，臣不敢任事，亦不能任事，而有才者皆为客矣。此书院之膏火所以廉，而称知县曰父师，幕客之束脩所以重，而称知县曰东家也。孔子必闻其政，则子禽以为奇事，孟子传食诸侯，而景春谓其不急于求仕，皆此之由也。"这一则在第四卷之末，说孔孟贫富的原因很是详细，说得像煞有介事的，觉得很有意思，中间书院膏火与幕友束脩的比较更为巧妙，著者的深刻尖新的作风很可以看得出来。但是，在上边所引的文章里边，这一则似乎最漂亮，一面说起来却也是比较的差，因为这样的推究容易出毛病，假如材料不大确实，假设太奇突，心粗手滑，便成谬说。我们这里引了来看他怎么说，并不要一定学他说，重要的还是在前边的那几节，其特点在通达人情物理，总是平实无弊者也。

乙酉年五月二十五日

启蒙思想

　　偶阅梁僧宝唱所编《经律异相》，卷十一《菩萨部》十之二，《现为大理家身济鳖及蛇狐》第四，引《布施度无极经》，叙菩萨誓愿云：

　　"众生扰扰，其苦无量，吾当为地，为旱作润，为湿作筏，饥食渴浆，寒衣热凉，为病作医，为冥作光，若有浊世颠倒之时，吾当于中作佛，度彼众生矣。"此誓词诚佳，不独十方诸佛，皆赞善哉，即吾辈凡夫亦闻之欢喜佩服，是固即是禹稷之用心，亦为孔孟之所努力宣扬者也。大乘菩萨舍身利众之行为，岂易企及，平常读书人当如此存心，事实上执笔写文章所能做的，也只是为病作医，为冥作光这个愿心，一字一行虽是细微，亦费心血，所冀有半麻半麦之益，功不唐捐耳。古人作文希望有功于人心世道，其实亦本是此意，问题乃在于所依据的标准，往往把这个弄颠倒了，药剂吃错，病反增进，认冥为明，妄加指示，则导人入于暗路，致诸祸害，正是极常见事也。据我想这问题也还简单，大小只须讲一个理，关于思想的但凭情理，但于人无损有益，非专为一等级设想者，皆善也，关于事物者但凭事理，凡与已知的事实不相违背，或可以常识推知其然者，皆可谓真，由是进行，庶几近光而远冥矣。唯习俗相沿，方向未能悉正，后世虽有识者，欲为变易，其事甚难，其人遂亦不易得，二千年中曾找得三人，即后汉之王仲任，明之李卓吾，清之俞理初，而世人不知重，或且迫害抹杀之，间尝写小文表扬，恐信受者极少，唯亡友烨斋表示同意而已。今且另举三数人，所谈不关伦理之巨或男女之微，此刻现在似在可言之列。其一是孙仲容，在他的文集《籀庼述林》卷十有一篇《与友人论动物学书》，今节录其一部分于下云：

"动物之学为博物之一科，中国古无传书，《尔雅》虫鱼鸟兽畜五篇唯释名物，罕详体性，《毛诗》《陆疏》旨在诂经，遗略实众，陆佃郑樵之伦，摭拾浮浅，同诸自郐。……至古鸟兽虫鱼种类今既多绝灭，古籍所纪尤疏略，非徒《山海经》《周书·王会》所说珍禽异兽，荒远难信，即《尔雅》所云比肩民比翼鸟之等，咸不为典要，而《诗》《礼》所云螟蛉果蠃，腐草为萤，以逮鹰鸠爵蛤之变化，稽核物性，亦殊为疏阔。……又中土古有蜮，《诗》《春秋》皆详言之，《说文》虫部及《左传》孔疏引《洪范》五行传说其形，并云似鳖三足，以气射害人。今水虫绝不闻有以气害人者，而印度有电鱼形如木勺，能发电伤人物，窃疑古蜮即电鱼，射人之气即电耳，而谓为含沙射影，则不经之论也。其形如木勺，有尾，说者不审，遂谓似鳖三足，今动物学书说诸虫兽有足者无多少皆以偶数，绝无三足者，而《尔雅》有鳖三足能，龟三足贲，殆皆传之失实矣。"末又谓四灵中麟凤龙三者后世几绝迹，今澳洲有雾鸟，其羽毛华美，或即凤类，龙则化石中有之，与鼍略相近，麟似即麇鹿之别种，天壤间亦容有其物，结论乃云：

"而中土所传云龙风虎，休征瑞应，则揆之科学万不能通，今日物理既大明，固不必曲徇古人耳。"孙君为经学大师，如今尚存，行年九十三矣，而对于生物有如此通达的知识，现今许多少壮人尚当见之生愧，诚可谓难得。其二是刘青园，在所著《常谈》中有好些好意思，都是关于鬼者，今录其卷一的一则云：

"鬼神奇迹不止匹夫匹妇言之凿凿，士绅亦尝及之。唯余风尘斯世未能一见，殊不可解。或因才不足以为恶，故无鬼物侵陵，德不足以为善，亦无神灵呵护。平庸坦率，无所短长，眼界故宜如此。"又卷三云：

"余家世不谈鬼狐妖怪事，故幼儿辈曾不畏鬼，非不畏，不知其可畏也。知狐狸不知狐仙，知毒虫恶兽盗贼之伤人，不知妖魅之祟人，亦曾无鬼附人之事。又不知说梦占梦详梦等事。"其三是李登斋，也是关于鬼的意见，见所著《常谈丛录》卷六中，题曰"性不见鬼"，其文云：

"予生平未尝见鬼形，亦未尝闻鬼声，殆气禀不近于阴耶。记少时偕族人某宿鹅塘杨甥家祠堂内，两室相对，晨起某蹙然曰，昨夜鬼叫呜呜不已，声长而亮甚可畏。予谓是夜行者戏作呼啸耳，某曰，略不似人声，乌有寒夜深更，奔走正苦，而欢娱如是者，必鬼也。予终不信。越数日予甥杨集益秀才夫妇皆以暴病相继殁，是某所闻者果为世所传勾摄之走无常耶？然予与同堂隔室宿，殊不闻也。郡城内广寿寺前左有大宅，李玉鱼庶子传熊故居也，相传其中多鬼，予尝馆寓于此，绝无所闻见。一日李拔生太学偕客来同宿东房，晨起言夜闻鬼叫如鸭，声在壁后，呀呷不已，客亦谓中夜拔生以足蹴使醒，听之果有声，拥被起坐，静察之非虫非鸟，确是鬼鸣。然予亦与之同堂隔室宿，竟寂然不闻，询诸生徒六七人，悉无闻者，用是亦不深信。拔生因述往岁曾以讼事寓此者半年，每至交夜则后堂啼叫声，或如人行步声，器物门壁震响声，无夕不有，甚或若狂恣猖披几难言状。然予居此两载，迄无闻见，且连年夏中俱病甚，恒不安寐，宵深每强出卧堂中炕座上，视广庭月色将尽升檐际，乃复归室，其时旁无一人，亦竟毫无影响。诸小说家所称鬼物虽同时同地而闻见各异者甚多，岂不有所以异者耶。若予之强顽，或鬼亦不欲与相接于耳目耶，不近阴之说尚未必其的然也。"不佞是相信神灭论的，至少也是以不知为不知的，故对于刘李二君的见识与态度甚为佩服，即使还不够说为冥作光，那种根据自己的经验，直截表示，可以说是求真的态度，最值得我们的取法。本来鬼也是可以谈得的东西，只是有条件，这便是要为说鬼而说鬼。《癸辛杂志》说东坡的事云：

"坡翁喜客谈，其不能者强之说鬼，或辞无有，则曰，姑妄言之。闻者绝倒。"这样的谈鬼才有意思，若是自己信鬼，瞪目结舌，说与众人听，则村中翁媪都会，只值得有笃志学徒珥笔抄录，不必自灾纸墨也。若或假借鬼物以示劝戒，以便私图，标号曰神道设教，是则实与巫工无异，妄说祸福，罚取灯油钱入己，如依章实斋笔法，当云并干三尺严条者也。所以说到底时，最善谈鬼的须是不信鬼的人，而一般关于鬼的信仰与记述，乃只是民俗志的材料罢了。讲到这里，我便要再举出一个人来，即其四是俞曲园，是也。俞先生行年六十，正是前一个庚辰年，起手著作其唯一小说《右台仙馆笔记》十六卷，这如缪艺风在行状上所说，可以与纪晓岚的阅微草堂五种，孙彦清的寄龛四志相并，是清代小说中的佳作，但是《右台仙馆》另有一种特色，为别家所无者，便是说鬼而未必信鬼，卷首小诗二首之一云，正似东坡老无事，听人说鬼便欣然，可以见之。《笔记》卷十二中有一则，记见鬼事数项，末云：

"余神识早衰，近益昏眊，虽视人之须眉且不甚了，宜其不足以见鬼矣。"寥寥数语，殊有排调之趣，先辈风致真不易及，我们拍桌打凳而讲无鬼，相形之下，良自惭已。

上文拉扯得很广，终于未能得要领，现在来总结一下，以便住笔。这里所说都是前代先贤的话，实在的意思却是在于现今，欲向少壮诸君进一言耳。老辈既多明达者，后来者当更精进，希望有人发挥而光大之，即以中学所得来的科学知识，少加整理，便足为常识之基本，持以判别旧来的传承，使有条理，当非难事也。志怪说鬼，亦非不可，要知此事甚非易，且留俟有能力者为之，有如诗文小说，非人人皆可染指者也。不过我今所云乃是常理，在乱离之世，感情思想一时凌乱莫可收拾，启蒙运动无从实现，今亦如渔洋山人言，姑妄言之姑听之可也。

廿九年十月三十一日

两个梦想

我的杂学

一

小时候读《儒林外史》，后来多还记得，特别是关于批评马二先生的话。第四十九回高翰林说：

"若是不知道揣摩，就是圣人也是不中的。那马先生讲了半生，讲的都是些不中的举业。"又第十八回举人卫体善卫先生说：

"他终日讲的是杂学。听见他杂览到是好的，于文章的理法他全然不知，一味乱闹，好墨卷也被他批坏了。"这里所谓文章是说八股文，杂学是普通诗文，马二先生的事情本来与我水米无干，但是我看了总有所感，仿佛觉得这正是说着我似的。我平常没有一种专门的职业，就只喜欢涉猎闲书，这岂不便是道地的杂学，而且又是不中的举业，大概这一点是无可疑的。我自己所写的东西好坏自知，可是听到世间的是非褒贬，往往不尽相符，有针小棒大之感，觉得有点奇怪，到后来却也明白了。人家不满意，本是极当然的，因为讲的是不中的举业，不知道揣摩，虽圣人也没有用，何况我辈凡人。至于说好的，自然要感谢，其实也何尝真有什么长处，至多是不大说诳，以及多本于常识而已。假如这常识可以算是长处，那么这正是杂览应有的结果，也是当然的事，我们断章取义的借用卫先生的话来说，所谓杂览到是好的也。这里我想把自己的杂学简要的记录一点下来，并不是什么敝帚自珍，实在也只当作一种读书的回想云尔。民国甲申四月末日。

二

日本旧书店的招牌上多写着和汉洋书籍云云，这固然是店铺里所有的货色，大抵读书人所看的也不出这范围，所以可以说是很能概括的了。现在也就仿照这个意思，从汉文讲起头来。我开始学汉文，还是在甲午以前，距今已是五十余年，其时读书盖专为应科举的准备，终日念四书五经以备作八股文，中午习字，傍晚对课以备作试帖诗而已。鲁迅在辛亥曾戏作小说，假定篇名曰"怀旧"，其中略述书房情状，先生讲《论语》志于学章，教属对，题曰红花，对青桐不协，先生代对曰绿草，又曰，红平声，花平声，绿入声，草上声，则教以辨四声也。此种事情本甚寻常，唯及今提及，已少有知者，故亦不失为值得记录的好资料。我的运气是，在书房里这种书没有读透。我记得在十一岁时还在读上中，即是《中庸》的上半卷，后来陆续将经书勉强读毕，八股文凑得起三四百字，可是考不上一个秀才，成绩可想而知。语云，祸兮福所倚。举业文没有弄成功，但我因此认得了好些汉字，慢慢的能够看书，能够写文章，就是说把汉文却是读通了。汉文读通极是普通，或者可以说在中国人正是当然的事，不过这如从举业文中转过身来，他会附随着两种臭味，一是道学家气，一是八大家气，这都是我所不大喜欢的。本来道学这东西没有什么不好，但发现在人间便是道学家，往往假多真少，世间早有定评，我也多所见闻，自然无甚好感。家中旧有一部浙江官书局刻方东树的《汉学商兑》，读了很是不愉快，虽然并不因此被激到汉学里去，对于宋学却起了反感，觉得这么度量褊窄，性情苛刻，就是真道学也有何可贵，倒还是不去学他好。还有一层，我总觉得清朝之讲宋学，是与科举有密切关系的，读书人标榜道学作为求富贵的手段，与跪拜颂扬等等形式不同而作用则一。这些恐怕都是个人的偏见也未可知，总之这样使我脱离了一头羁绊，于后来对于好些事情的思索上有不少的好处。八大家的古文在我感觉也是八股文的长亲，其所以为世人所珍重的最大理由我想即在于此。我没有在书房学过念古文，所以摇头朗诵像唱戏似的那种本领我是不会的，最初只自看《古文析义》，事隔多年几乎全都忘了，近日拿出安越堂平氏校本《古文观止》来看，明了的感觉唐以后文之不行，这样说虽有似明七子的口气，但是事实无可如何。韩柳的文章至少在选本里所收的，都是些《宦乡要则》里的资料，士子做策论，官幕办章奏书启，是很有用的，以文学论不知道好处在那里。念起来声调好，那是实在的事，但是我想这正是属于八股文一类的证据吧。读前六卷的所谓周秦文以至汉文，总是华实兼具，态度也安详沉着，没有那种奔竞躁进气，此盖为科举制度时代所特有，韩柳文勃兴于唐，盛行至于今日，即以此故，此又一段落也。不佞因为书房教育受得不充分，所以这一关也逃过了，至今想起来还觉得很侥幸，假如我学了八大家文来讲道学，那是道地的正统了，这篇谈杂学的小文也就无从写起了。

三

我学国文的经验，在十八九年前曾经写了一篇小文，约略说过。中有云，经可以算读得也不少了，虽然也不能算多，但是我总不会写，也看不懂书，至于礼教的精义尤其茫然，干脆一句话，以前所读的书于我无甚益处，后来的能够略写文字，及养成一种道德观念，乃是全从别的方面来的。关于道德思想将来再说，现在只说读书，即是看了纸上的文字懂得所表现的意思，这种本领是怎么学来的呢。简单的说，这是从小说看来的。大概在十三至十五岁，读了不少的小说，好的坏的都有，这样便学会了看书。由《镜花缘》《儒林外史》《西游记》《水浒传》等渐至《三国演义》，转到《聊斋志异》，这是从白话转入文言的径路。教我懂文言，并略知文言的趣味者，实在是这《聊斋》，并非什么经书或是《古文析义》之流。《聊斋志异》之后，自然是那些《夜谈随录》《淞隐漫录》等的假《聊斋》，一变而转入《阅微草堂笔记》，这样，旧派文言小说的两派都已经入门，便自然而然的跑到唐代丛书里边去了。这种经验大约也颇普通，嘉庆时人郑守庭的《燕窗闲话》中也有相似的记录，其一节云，"予少时读书易于解悟，乃自旁门入。忆十岁随祖母祝寿于西乡顾宅，阴雨兼旬，几上有《列国志》一部，翻阅之，解仅数语，阅三四本后解者渐多，复从头翻阅，解者大半。归家后即借说部之易解者阅之，解有八九。除夕侍祖母守岁，竟夕阅《封神传》半部，《三国志》半部，所有细评无暇详览也。后读《左传》，其事迹已知，但于字句有不明者，讲说时尽心谛听，由是阅他书益易解矣。"不过我自己的经历不但使我了解文义，而且还指引我读书的方向，所以关系也就更大了。唐代丛书因为板子都欠佳，至今未曾买好一部，我对于他却颇有好感，里边有几种书还是记得，我的杂览可以说是从那里起头的。小时候看见过的书，虽本是偶然的事，往往留下很深的印象，发生很大的影响。《尔雅音图》《毛诗品物图考》《毛诗草木疏》《花镜》《笃素堂外集》《金石存》《剡录》，这些书大抵并非精本，有的还是石印，但是至今记得，后来都搜得收存，兴味也仍存在。说是幼年的书全有如此力量么，也并不见得，可知这里原是也有别择的。《聊斋》与《阅微草堂》是引导我读古文的书，可是后来对于前者我不喜欢他的词章，对于后者讨嫌他的义理，大有得鱼忘筌之意。唐代丛书是杂学入门的课本，现在却亦不能举出若干心喜的书名，或者上边所说《尔雅音图》各书可以充数，这本不在丛书中，但如说是以从唐代丛书养成的读书兴味，在丛书之外别择出来的中意的书，这说法也是可以的吧。这个非正宗的别择法一直维持下来，成为我搜书看书的准则。这大要有八类。一是关于《诗经》《论语》之类。二是小学书，即《说文》《尔雅》《方言》之类。三是文化史料类，非志书的地志，特别是关于岁时风土物产者，如《梦忆》《清嘉录》，又关于乱事如《思痛记》，关于倡优如《板桥杂记》等。四是年谱日记游记家训尺牍类，最著的例如《颜氏家训》《入蜀记》等。五是博物书类，即《农书》《本草》，《诗疏》《尔雅》各本亦与此有关系。六是笔记类，范围甚广，子部杂家大部分在内。七是佛经之一部，特别是旧译《譬喻》《因缘》《本生》各经，大小乘戒律，代表的语录。八是乡贤著作。我以前常说看闲书代纸烟，这是一句半真半假的话，我说闲书，是对于新旧各式的八股文而言，世间尊重八股是正经文章，那么我这些当然是闲书罢了，我顺应世人这样客气的说，其实在我看来原都是很重要极严肃的东西。重复的说一句，我的读书是非正统的。因此常为世人所嫌憎，但是自己相信其所以有意义处亦在于此。

四

　　古典文学中我很喜欢《诗经》，但老实说也只以《国风》为主，《小雅》但有一部分耳。说诗不一定固守《小序》或《集传》，平常适用的好本子却难得，有早印的扫叶山庄陈氏本《诗毛氏传疏》，觉得很可喜，时常拿出来翻看。陶渊明诗向来喜欢，文不多而均极佳，安化陶氏本最便用，虽然两种刊板都欠精善。此外的诗以及词曲，也常翻读，但是我知道不懂得诗，所以不大敢多看，多说。骈文也颇爱好，虽然能否比诗多懂得原是疑问，阅孙隘庵的《六朝丽指》却很多同感，仍不敢贪多，《六朝文絜》及黎氏笺注常备在座右而已。伍绍棠跋《南北朝文钞》云，南北朝人所著书多以骈俪行之，亦均质雅可诵。此语真实，唯诸书中我所喜者为《洛阳伽蓝记》《颜氏家训》，此他虽皆是篇章之珠泽，文采之邓林，如《文心雕龙》与《水经注》，终苦其太专门，不宜于闲看也。以上就唐以前书举几个例，表明个人的偏好，大抵于文字之外看重所表现的气象与性情，自从韩愈文起八代之衰以后，便没有这种文字，加以科举的影响，后来即使有佳作，也总是质地薄，分量轻，显得是病后的体质了。至于思想方面，我所受的影响又是别有来源的。笼统的说一句，我自己承认是属于儒家思想的，不过这儒家的名称是我所自定，内容的解说恐怕与一般的意见很有些不同的地方。我想中国人的思想是重在适当的做人，在儒家讲仁与中庸正与之相同，用这名称似无不合，其实这正因为孔子是中国人，所以如此，并不是孔子设教传道，中国人乃始变为儒教徒也。儒家最重的是仁，但是智与勇二者也很重要，特别是在后世儒生成为道士化，禅和子化，差役化，思想混乱的时候，须要智以辨别，勇以决断，才能截断众流，站立得住。这一种人在中国却不易找到，因为这与君师的正统思想往往不合，立于很不利的地位，虽然对于国家与民族的前途有极大的价值。上下古今自汉至于清代，我找到了三个人，这便是王充，李贽，俞正燮，是也。王仲任的疾虚妄的精神，最显著的表现在《论衡》上，其实别的两人也是一样，李卓吾在《焚书》与《初潭集》，俞理初在《癸巳类稿》《存稿》上所表示的正是同一的精神。他们未尝不知道多说真话的危险，只因通达物理人情，对于世间许多事情的错误不实看得太清楚，忍不住要说，结果是不讨好，却也不在乎，这种爱真理的态度是最可宝贵，学术思想的前进就靠此力量，只可惜在中国历史上不大多见耳。我尝称他们为中国思想界之三盏灯火，虽然很是辽远微弱，在后人却是贵重的引路的标识。太史公曰，高山仰止，景行行止，虽不能至，然心向往之。对于这几位先贤我也正是如此，学是学不到，但疾虚妄，重情理，总作为我们的理想，随时注意，不敢不勉。古今笔记所见不少，披沙拣金，千不得一，不足言劳，但苦寂寞。民国以来号称思想革命，而实亦殊少成绩，所知者唯蔡孑民钱玄同二先生可当其选，但多未著之笔墨，清言既绝，亦复无可征考，所可痛惜也。

五

我学外国文，一直很迟，所以没有能够学好，大抵只可看看书而已。光绪辛丑进江南水师学堂当学生，才开始学英文，其时年已十八，至丙午被派往日本留学，不得不再学日本文，则又在五年后矣。我们学英文的目的为的是读一般理化及机器书籍，所用课本最初是《华英初阶》以至《进阶》，参考书是考贝纸印的《华英字典》，其幼稚可想，此外西文还有什么可看的书全不知道，许多前辈同学毕业后把这几本旧书抛弃净尽，虽然英语不离嘴边，再也不一看横行的书本，正是不足怪的事。我的运气是同时爱看新小说，因了林氏译本知道外国有司各得哈葛德这些人，其所著书新奇可喜，后来到东京又见西书易得，起手买一点来看，从这里得到了不少的益处。不过我所读的却并不是英文学，只是借了这文字的媒介杂乱的读些书，其一部分是欧洲弱小民族的文学。当时日本有长谷川二叶亭与升曙梦专译俄国作品，马场孤蝶多介绍大陆文学，我们特别感到兴趣，一面又因《民报》在东京发刊，中国革命运动正在发达，我们也受了民族思想的影响，对于所谓被损害与侮辱的国民的文学更比强国的表示尊重与亲近。这里边，波兰，芬兰，匈加利，新希腊等最是重要，俄国其时也正在反抗专制，虽非弱小而亦被列入。那时影响至今尚有留存的，即是我的对于几个作家的爱好，俄国的果戈理与伽尔洵，波兰的显克威支，虽然有时可以十年不读，但心里还是永不忘记，陀思妥也夫斯奇也极是佩服，可是有点敬畏，向来不敢轻易翻动，也就较为疏远了。摩斐耳的《斯拉夫文学小史》，克罗巴金的《俄国文学史》，勃兰特思的《波兰印象记》，赖息的《匈加利文学史论》，这些都是四五十年前的旧书，于我却是很有情分，回想当日读书的感激历历如昨日，给予我的好处亦终未亡失。只可惜我未曾充分利用，小说前后译出三十几篇，收在两种短篇集内，史传批评则多止读过独自怡悦耳。但是这也总之不是徒劳的事，民国六年来到北京大学，被命讲授欧洲文学史，就把这些拿来做底子，而这以后七八年间的教书，督促我反复的查考文学史料，这又给我做了一种训练。我最初只是关于古希腊与十九世纪欧洲文学的一部分有点知识，后来因为要教书编讲义，其他部分须得设法补充，所以起头这两年虽然只担任六小时功课，却真是日不暇给，查书写稿之外几乎没有别的事情可做，可是结果并不满意，讲义印出了一本，十九世纪这一本终于不曾付印，这门功课在几年之后也停止了。凡文学史都不好讲，何况是欧洲的，那几年我知道自误误人的确不浅，早早中止还是好的，至于我自己实在却仍得着好处，盖因此勉强读过多少书本，获得一般文学史的常识，至今还是有用，有如教练兵操，本意在上阵，后虽不用，而此种操练所余留的对于体质与精神的影响则固长存在，有时亦觉得颇可感谢者也。

六

从西文书中得来的知识，此外还有希腊神话。说也奇怪，我在学校里学过几年希腊文，近来翻译亚坡罗陀洛思的神话集，觉得这是自己的主要工作之一，可是最初之认识与理解希腊神话却是全从英文的著书来的。我到东京的那年，买得该莱的《英文学中之古典神话》，随后又得到安特路朗的两本《神话仪式与宗教》，这样便使我与神话发生了关系。当初听说要懂西洋文学须得知道一点希腊神话，所以去找一两种参考书来看，后来对于神话本身有了兴趣，便又去别方面寻找，于是在神话集这面有了亚坡罗陀洛思的原典，福克斯与洛士各人的专著，论考方面有哈理孙女士的《希腊神话论》以及宗教各书，安特路朗的则是神话之人类学派的解说，我又从这里引起对于文化人类学的趣味来的。世间都说古希腊有美的神话，这自然是事实，只须一读就会知道，但是其所以如此又自有其理由，这说起来更有意义。古代埃及与印度也有特殊的神话，其神道多是鸟头牛首，或者是三头六臂，形状可怕，事迹亦多怪异，始终没有脱出宗教的区域，与艺术有一层的间隔。希腊的神话起源本亦相同，而逐渐转变，因为如哈理孙女士所说，希腊民族不是受祭司支配而是受诗人支配的，结果便由他们把那些都修造成为美的影象了。"这是希腊的美术家与诗人的职务，来洗除宗教中的恐怖分子，这是我们对于希腊的神话作者的最大的负债。"我们中国人虽然以前对于希腊不曾负有这项债务，现在却该奋发去分一点过来，因为这种希腊精神即使不能起死回生，也有返老还童的力量，在欧洲文化史上显然可见，对于现今的中国，因了多年的专制与科举的重压，人心里充满着丑恶与恐怖而日就萎靡，这种一阵清风似的被除力是不可少，也是大有益的。我从哈理孙女士的著书得悉希腊神话的意义，实为大幸，只恨未能尽力介绍，亚坡罗陀洛思的书本文译毕，注释恐有三倍的多，至今未曾续写，此外还该有一册通俗的故事，自己不能写，翻译更是不易。劳斯博士于一九三四年著有《希腊的神与英雄与人》，他本来是古典学者，文章写得很有风趣，在一八九七年译过《新希腊小说集》，序文名曰"在希腊诸岛"，对于古旧的民间习俗颇有理解，可以算是最适任的作者了，但是我不知怎的觉得这总是基督教国人写的书，特别是在通俗的为儿童用的，这与专门书不同，未免有点不相宜，未能决心去译他，只好且放下。我并不一定以希腊的多神教为好，却总以为他的改教可惜，假如希腊能像中国日本那样，保存旧有的宗教道德，随时必要的加进些新分子，有如佛教基督教之在东方，调和的发展下去，岂不更有意思。不过已经过去的事是没有办法了，照现在的事情来说，在本国还留下些生活的传统，劫余的学问艺文在外国甚被宝重，一直研究传播下来，总是很好的了。我们想要讨教，不得不由基督教国去转手，想来未免有点别扭，但是为希腊与中国再一计量，现在得能如此也已经是可幸的事了。

七

安特路朗是个多方面的学者文人，他的著书很多，我只有其中的文学史及评论类，古典翻译介绍类，童话儿歌研究类，最重要的是神话学类，此外也有些杂文，但是如《垂钓漫录》以及诗集却终于未曾收罗。这里边于我影响最多的是神话学类中之《习俗与神话》《神话仪式与宗教》这两部书，因为我由此知道神话的正当解释，传说与童话的研究也于是有了门路了。十九世纪中间欧洲学者以言语之病解释神话，可是这里有个疑问，假如亚利安族神话起源由于亚利安族言语之病，那么这是很奇怪的，为什么在非亚利安族言语通行的地方也会有相像的神话存在呢。在语言系统不同的民族里都有类似的神话传说，说这神话的起源都由于言语的传讹，这在事实上是不可能的。言语学派的方法既不能解释神话里的荒唐不合理的事件，人类学派乃代之而兴，以类似的心理状态发生类似的行为为解说，大抵可以得到合理的解决。这最初称之曰民俗学的方法，在《习俗与神话》中曾有说明，其方法是，如在一国见有显是荒唐怪异的习俗，要去找到别一国，在那里也有类似的习俗，但是在那里不特并不荒唐怪异，却正与那人民的礼仪思想相合。对于古希腊神话也是用同样的方法，取别民族类似的故事来做比较，以现在尚有存留的信仰推测古时已经遗忘的意思，大旨可以明了，盖古希腊人与今时某种土人其心理状态有类似之处，即由此可得到类似的神话传说之意义也。《神话仪式与宗教》第三章以下论野蛮人的心理状态，约举其特点有五，即一万物同等，均有生命与知识，二信法术，三信鬼魂，四好奇，五轻信。根据这里的解说，我们已不难了解神话传说以及童话的意思，但这只是入门，使我更知道得详细一点的，还靠了别的两种书，即是哈忒兰的《童话之科学》与麦扣洛克的《小说之童年》。《童话之科学》第二章论野蛮人思想，差不多大意相同，全书分五目九章详细叙说，《小说之童年》副题即云"民间故事与原始思想之研究"，分四类十四目，更为详尽，虽出版于一九〇五年，却还是此类书中之白眉，夷亚斯莱在二十年后著《童话之民俗学》，亦仍不能超出其范围也。神话与传说童话元出一本，随时转化，其一是宗教的，其二则是史地类，其三属于艺文，性质稍有不同，而其解释还是一样，所以能读神话而遂通童话，正是极自然的事。麦扣洛克称其书曰"小说之童年"，即以民间故事为初民之小说，犹之朗氏谓说明的神话是野蛮人的科学，说的很有道理。我们看这些故事，未免因了考据癖要考察其意义，但同时也当作艺术品看待，得到好些悦乐。这样我就又去搜寻各种童话，不过这里的目的还是偏重在后者，虽然知道野蛮民族的也有价值，所收的却多是欧亚诸国，自然也以少见为贵，如土耳其，哥萨克，俄国等。法国贝洛耳，德国格林兄弟所编的故事集，是权威的著作，我所有的又都有安特路朗的长篇引论，很是有用，但为友人借看，带到南边去了，现尚无法索还也。

八

我因了安特路朗的人类学派的解说，不但懂得了神话及其同类的故事，而且也知道了文化人类学，这又称为社会人类学，虽然本身是一种专门的学问，可是这方面的一点知识于读书人很是有益，我觉得也是颇有趣味的东西。在英国的祖师是泰勒与拉薄克，所著《原始文明》与《文明之起源》都是有权威的书。泰勒又有《人类学》，也是一册很好入门书，虽是一八八一年的初板，近时却还在翻印，中国广学会曾经译出，我于光绪丙午在上海买到一部，不知何故改名为《进化论》，又是用有光纸印的，未免可惜，后来恐怕也早绝板了。但是于我最有影响的还是那《金枝》的有名的著者弗来若博士。社会人类学是专研究礼教习俗这一类的学问，据他说研究有两方面，其一是野蛮人的风俗思想，其二是文明国的民俗，盖现代文明国的民俗大都即是古代蛮风之遗留，也即是现今野蛮风俗的变相，因为大多数的文明衣冠的人物在心里还依旧是个野蛮。因此这比神话学用处更大，他所讲的包括神话在内，却更是广大，有些我们平常最不可解的神圣或猥亵的事项，经那么一说明，神秘的面幕倏尔落下，我们懂得了时不禁微笑，这是同情的理解，可是威严的压迫也就解消了。这于我们是很好很有益的，虽然于假道学的传统未免要有点不利，但是此种学问在以伪善著称的西国发达，未见有何窒碍，所以在我们中庸的国民中间，能够多被接受本来是极应该的吧。弗来若的著作除《金枝》这一流的大部著书五部之外，还有若干种的单册及杂文集，他虽非文人而文章写得很好，这颇像安特路朗，对于我们非专门家而想读他的书的人是很大的一个便利。他有一册《普须该的工作》，是四篇讲义专讲迷信的，觉得很有意思，后来改名曰"魔鬼的辩护"，日本已有译本在岩波文库中，仍用他的原名，又其《金枝》节本亦已分册译出。弗来若夫人所编《金枝上的叶子》又是一册启蒙读本，读来可喜又复有益，我在《夜读抄》中写过一篇介绍，却终未能翻译，这于今也已是十年前事了。此外还有一位原籍芬兰而寄居英国的威思忒玛克教授，他的大著《道德观念起源发达史》两册，于我影响也很深。弗来若在《金枝》第二分序言中曾说明各民族的道德与法律均常在变动，不必说异地异族，就是同地同族的人，今昔异时，其道德观念与行为亦遂不同。

威思忒玛克的书便是阐明这道德的流动的专著，使我们确实明了的知道了道德的真相，虽然因此不免打碎了些五色玻璃似的假道学的摆设，但是为生与生生而有的道德的本义则如一块水晶，总是明澈的看得清楚了。我写文章往往牵引到道德上去，这些书的影响可以说是原因之一部分，虽然其基本部分还是中国的与我自己的。威思忒玛克的专门巨著还有一部《人类婚姻史》，我所有的只是一册小史，又六便士丛书中有一种曰"结婚"，只是八十页的小册子，却很得要领。同丛书中也有哈理孙女士的一册《希腊罗马神话》，大抵即根据《希腊神话论》所改写者也。

九

我对于人类学稍有一点兴味，这原因并不是为学，大抵只是为人，而这人的事情也原是以文化之起源与发达为主。但是人在自然中的地位，如严几道古雅的译语所云化中人位，我们也是很想知道的，那么这条路略一拐湾便又一直引到进化论与生物学那边去了。关于生物学我完全只是乱翻书的程度，说得好一点也就是涉猎，据自己估价不过是受普通教育过的学生应有的知识，此外加上多少从杂览来的零碎资料而已。但是我对于这一方面的爱好，说起来原因很远，并非单纯的为了化中人位的问题而引起的。我在上文提及，以前也写过几篇文章讲到，我所喜欢的旧书中有一部分是关于自然名物的，如《毛诗草木疏》及《广要》《毛诗品物图考》《尔雅音图》及郝氏《义疏》，汪曰桢《湖雅》《本草纲目》《野菜谱》《花镜》《百廿虫吟》等。照时代来说，除《毛诗》《尔雅》诸图外最早看见的是《花镜》，距今已将五十年了，爱好之心却始终未变，在康熙原刊之外还买了一部日本翻本，至今也仍时时拿出来看。看《花镜》的趣味，既不为的种花，亦不足为作文的参考，在现今说与人听，是不容易领解，更不必说同感的了。因为最初有这种兴趣，后来所以牵连开去，应用在思想问题上面，否则即使为得要了解化中人位，生物学知识很是重要，却也觉得麻烦，懒得去动手了吧。外国方面认得怀德的博物学的通信集最早，就是世间熟知的所谓"色耳彭的自然史"，此书初次出版还在清乾隆五十四年，至今重印不绝，成为英国古典中唯一的一册博物书。但是近代的书自然更能供给我们新的知识，于目下的问题也更有关系，这里可以举出汤木孙与法勃耳二人来，因为他们于学问之外都能写得很好的文章，这于外行的读者是颇有益处的。汤木孙的英文书收了几种，法勃耳的《昆虫记》只有全集日译三种，英译分类本七八册而已。我在民国八年写过一篇《祖先崇拜》，其中曾云，我不信世上有一部经典，可以千百年来当人类的教训的，只有记载生物的生活现象的比阿洛支，才可供我们参考，定人类行为的标准。这也可以翻过来说，经典之可以作教训者，因其合于物理人情，即是由生物学通过之人生哲学，故可贵也。我们听法勃耳讲昆虫的本能之奇异，不禁感到惊奇，但亦由此可知焦理堂言生与生生之理，圣人不易，而人道最高的仁亦即从此出。再读汤木孙谈落叶的文章，每片树叶在将落之前，必先将所有糖分叶绿等贵重成分退还给树身，落在地上又经蚯蚓运入土中，化成植物性壤土，以供后代之用，在这自然的经济里可以看出别的意义，这便是树叶的忠荩，假如你要谈教训的话。《论语》里有小子何莫学夫诗一章，我很是喜欢，现在倒过来说，多识于鸟兽草木之名，可以兴，可以观，可以群，可以怨，迩之事父，远之事君，觉得也有新的意义，而且与事理也相合，不过事君或当读作尽力国事而已。说到这里话似乎有点硬化了，其实这只是推到极端去说，若是平常我也还只是当闲书看，派克洛夫忒所著的《动物之求婚》与《动物之幼年》二书，我也觉得很有意思，虽然并不一定要去寻求什么教训。

十

民国十六年春间我在一篇小文中曾说，我所想知道一点的都是关于野蛮人的事，一是古野蛮，二是小野蛮，三是文明的野蛮。一与三是属于文化人类学的，上文约略说及，这其二所谓小野蛮乃是儿童，因为照进化论讲来，人类的个体发生原来和系统发生的程序相同，胚胎时代经过生物进化的历程，儿童时代又经过文明发达的历程，所以幼稚这一段落正是人生之蛮荒时期，我们对于儿童学的有些兴趣这问题，差不多可以说是从人类学连续下来的。自然大人对于小儿本有天然的情爱，有时很是痛切，日本文中有儿烦恼一语，最有意味，《庄子》又说圣王用心，嘉孺子而哀妇人，可知无间高下人同此心，不过于这主观的慈爱之上又加以客观的了解，因而成立儿童学这一部门，乃是极后起的事，已在十九世纪的后半了。我在东京的时候得到高岛平三郎编《歌咏儿童的文学》及所著《儿童研究》，才对于这方面感到兴趣，其时儿童学在日本也刚开始发达，斯丹莱贺耳博士在西洋为斯学之祖师，所以后来参考的书多是英文的，塞来的《儿童时期之研究》虽已是古旧的书，我却很是珍重，至今还时常想起。以前的人对于儿童多不能正当理解，不是将他当作小形的成人，期望他少年老成，便将他看作不完全的小人，说小孩懂得什么，一笔抹杀，不去理他。现在才知道儿童在生理心理上虽然和大人有点不同，但他仍是完全的个人，有他自己内外两面的生活。这是我们从儿童学所得来的一点常识，假如要说救救孩子大概都应以此为出发点的，自己惭愧于经济政治等无甚知识，正如讲到妇女问题时一样，未敢多说，这里与我有关系的还只是儿童教育里一部分，即是童话与儿歌。在二十多年前我写过一篇《儿童的文学》，引用外国学者的主张，说儿童应该读文学的作品，不可单读那些商人们编撰的读本，念完了读本，虽然认识了字，却不会读书，因为没有读书的趣味。幼小的儿童不能懂名人的诗文，可以读童话，唱儿歌，此即是儿童的文学。正如在《小说之童年》中所说，传说故事是文化幼稚时期的小说，为古人所喜欢，为现时野蛮民族与乡下人所喜欢，因此也为小孩们所喜欢，是他们共通的文学，这是确实无疑的了。这样话又说了回来，回到当初所说的小野蛮的问题上面，本来是我所想要知道的事情，觉得去费点心稍为查考也是值得的。我在这里至多也只把小朋友比做红印度人，记得在贺耳派的论文中，有人说小孩害怕毛茸茸的东西和大眼睛，这是因为森林生活时恐怖之遗留，似乎说的新鲜可喜，又有人说，小孩爱弄水乃是水栖生活的遗习，却不知道究竟如何了。莆洛伊特的心理分析应用于儿童心理，颇有成就，曾读瑞士波都安所著书，有些地方觉得很有意义，说明希腊肿足王的神话最为确实，盖此神话向称难解，如依人类学派的方法亦未能解释清楚者也。

十一

性的心理，这于我益处很大，我平时提及总是不惜表示感谢的。从前在论自己的文章一文中曾云：

"我的道德观恐怕还当说是儒家的，但左右的道与法两家也都有点参合在内，外边又加了些现代科学常识，如生物学人类学以及性的心理，而这末一点在我更为重要。古人有面壁悟道的，或是看蛇斗蛙跳懂得写字的道理，我却从妖精打架上想出道德来，恐不免为傻大姐所窃笑吧。"本来中国的思想在这方面是健全的，如《礼记》上说，饮食男女，人之大欲存焉。又《庄子》设为尧舜问答，嘉孺子而哀妇人，为圣王之所用心，气象很是博大。但是后来文人堕落，渐益不成话说，我曾武断的评定，只要看他关于女人或佛教的意见，如通顺无疵，才可以算作甄别及格，可是这是多么不容易呀。近四百年中也有过李贽王文禄俞正燮诸人，能说几句合于情理的话，却终不能为社会所容认，俞君生于近世，运气较好，不大挨骂，李越缦只嘲笑他说，颇好为妇人出脱，语皆偏谲，似谢夫人所谓出于周姥者。这种出于周姥似的意见实在却极是难得，荣启期生为男子身，但自以为幸耳，若能知哀妇人而为之代言，则已得圣王之心传，其贤当不下于周公矣。我辈生在现代的民国，得以自由接受性心理的新知识，好像是拿来一节新树枝接在原有思想的老干上去，希望能够使他强化，自然发达起来，这个前途辽远一时未可预知，但于我个人总是觉得颇受其益的。这主要的著作当然是蔼理斯的《性的心理研究》。此书第一册在一八九八年出版，至一九一〇年出第六册，算是全书完成了，一九二八年续刊第七册，仿佛是补遗的性质。一九三三年即民国二十二年，蔼理斯又刊行了一册简本《性的心理》，为现代思想的新方面丛书之一，其时著者盖已是七十四岁了。我学了英文，既不读莎士比亚，不见得有什么用处，但是可以读蔼理斯的原著，这时候我才觉得，当时在南京那几年洋文讲堂的功课可以算是并不白费了。性的心理给予我们许多事实与理论，这在别的性学大家如福勒耳，勃洛赫，鲍耶尔，凡特威耳特诸人的书里也可以得到，可是那从明净的观照出来的意见与论断，却不是别处所有，我所特别心服者就在于此。从前在《夜读抄》中曾经举例，叙说蔼理斯的意见，以为性欲的事情有些无论怎么异常以至可厌恶，都无责难或干涉的必要，除了两种情形以外，一是关系医学，一是关系法律的。这就是说，假如这异常的行为要损害他自己的健康，那么他需要医药或精神治疗的处置，其次假如这要损及对方的健康或权利，那么法律就应加以干涉。这种意见我觉得极有道理，既不保守，也不急进，据我看来还是很有点合于中庸的吧。说到中庸，那么这颇与中国接近，我真相信如中国保持本有之思想的健全性，则对于此类意思理解自至容易，就是我们现在也正还托这庇荫，希望思想不至于太乌烟瘴气化也。

十二

蔼理斯的思想我说他是中庸，这并非无稽，大抵可以说得过去，因为西洋也本有中庸思想，即在希腊，不过中庸称为有节，原意云康健心，反面为过度，原意云狂恣。蔼理斯的文章里多有这种表示，如《论圣芳济》中云，有人以禁欲或耽溺为其生活之唯一目的者，其人将在尚未生活之前早已死了。又云，生活之艺术，其方法只在于微妙地混和取与舍二者而已。《性的心理》第六册末尾有一篇跋文，最后的两节云：

"我很明白有许多人对于我的评论意见不大能够接受，特别是在末册里所表示的。有些人将以我的意见为太保守，有些人以为太偏激。世上总常有人很热心的想攀住过去，也常有人热心的想攫得他们所想像的未来。但是明智的人站在二者之间，能同情于他们，却知道我们是永远在于过渡时代。在无论何时，现在只是一个交点，为过去与未来相遇之处，我们对于二者都不能有何怨怼。不能有世界而无传统，亦不能有生命而无活动。正如赫拉克莱多思在现代哲学的初期所说，我们不能在同一川流中入浴二次，虽然如我们在今日所知，川流仍是不息的回流着。没有一刻无新的晨光在地上，也没有一刻不见日没。最好是闲静的招呼那熹微的晨光，不必忙乱的奔上前去，也不要对于落日忘记感谢那曾为晨光之垂死的光明。

"在道德的世界上，我们自己是那光明使者，那宇宙的历程即实现在我们身上。在一个短时间内，如我们愿意，我们可以用了光明去照我们路程的周围的黑暗。正如在古代火把竞走——这在路克勒丢思看来似是一切生活的象征——里一样，我们手持火把，沿着道路奔向前去。不久就会有人从后面来，追上我们。我们所有的技巧便在怎样的将那光明固定的炬火递在他手内，那时我们自己就隐没到黑暗里去。"这两节话我顶喜欢，觉得是一种很好的人生观，现代丛书本的《新精神》卷首，即以此为题词，我时常引用，这回也是第三次了。蔼理斯的专门是医生，可是他又是思想家，此外又是文学批评家，在这方面也使我们不能忘记他的绩业。他于三十岁时刊行《新精神》，中间又有《断言》一集，《从卢梭到普鲁斯忒》出版时年已七十六，皆是文学思想论集，前后四十余年而精神如一，其中如论惠忒曼，加沙诺伐，圣芳济，《尼可拉先生》的著者勒帖夫诸文，独具见识，都不是在别人的书中所能见到的东西。我曾说，精密的研究或者也有人能做，但是那样宽广的眼光，深厚的思想，实在是极不易再得。事实上当然是因为有了这种精神，所以做得那性心理研究的工作，但我们也希望可以从性心理养成一点好的精神，虽然未免有点我田引水，却是诚意的愿望。由这里出发去着手于中国妇女问题，正是极好也极难的事，我们小乘的人无此力量，只能守开卷有益之训，暂以读书而明理为目的而已。

十三

　　关于医学我所有的只是平人的普通常识，但是对于医学史却是很有兴趣。医学史现有英文本八册，觉得胜家博士的最好，日本文三册，富士川著《日本医学史》是一部巨著，但是纲要似更为适用，便于阅览。医疗或是生物的本能，如犬猫之自舐其创是也，但其发展为活人之术，无论是用法术或方剂，总之是人类文化之一特色，虽然与梃刃同是发明，而意义迥殊，中国称蚩尤作五兵，而神农尝药辨性，为人皇，可以见矣。医学史上所记便多是这些仁人之用心，不过大小稍有不同，我翻阅二家小史，对于法国巴斯德与日本杉田玄白的事迹，常不禁感叹，我想假如人类要找一点足以自夸的文明证据，大约只可求之于这方面罢。我在《旧书回想记》里这样说过，已是四五年前的事，近日看伊略忒斯密士的《世界之初》，说创始耕种灌溉的人成为最初的王，在他死后便被尊崇为最初的神，还附有五千多年前的埃及石刻画，表示古圣王在开掘沟渠，又感觉很有意味。案神农氏在中国正是极好的例，他教民稼穑，又发明医药，农固应为神，古语云，不为良相，便为良医，可知医之尊，良相云者即是讳言王耳。我常想到巴斯德从啤酒的研究知道了霉菌的传染，这影响于人类福利者有多么大，单就外科伤科产科来说，因了消毒的施行，一年中要救助多少人命，以功德论，恐怕十九世纪的帝王将相中没有人可以及得他来。有一个时期我真想涉猎到霉菌学史去，因为受到相当大的感激，觉得这与人生及人道有极大的关系，可是终于怕得看不懂，所以没有决心这样做。但是这回却又伸展到反对方面去，对于妖术史发生了不少的关心。据茂来女士著《西欧的巫教》等书说，所谓妖术即是古代土著宗教之遗留，大抵与古希腊的地母祭相近，只是被后来基督教所压倒，变成秘密结社，被目为撒但之徒，痛加剿除，这就是中世有名的神圣审问，至十七世纪末才渐停止。这巫教的说明论理是属于文化人类学的，本来可以不必分别，不过我的注意不是在他本身，却在于被审问追迹这一段落，所以这里名称也就正称之曰妖术。那些念佛宿山的老太婆们原来未必有什么政见，一旦捉去拷问，供得荒唐颠倒，结果坐实她们会得骑帚飞行，和宗旨不正的学究同付火刑，真是冤枉的事。我记得中国杨恽以来的文字狱与孔融以来的思想狱，时感恐惧，因此对于西洋的神圣审问也感觉关切，而审问史关系神学问题为多，鄙性少信未能甚解，故转而截取妖术的一部分，了解较为容易。我的读书本来是很杂乱的，别的方面或者也还可以料得到，至于妖术恐怕说来有点鹘突，亦未可知，但在我却是很正经的一件事，也颇费心收罗资料，如散茂士的四大著，即是《妖术史》与《妖术地理》《僵尸》《人狼》，均是寒斋的珍本也。

十四

我的杂览从日本方面得来的也并不少。这大抵是关于日本的事情，至少也以日本为背景，这就是说很有点地方的色彩，与西洋的只是学问关系的稍有不同。有如民俗学本发源于西欧，涉猎神话传说研究与文化人类学的时候，便碰见好些交叉的处所，现在却又来提起日本的乡土研究，并不单因为二者学风稍殊之故，乃是别有理由的。《乡土研究》刊行的初期，如南方熊楠那些论文，古今内外的引证，本是旧民俗学的一路，柳田国男氏的主张逐渐确立，成为国民生活之史的研究，名称亦归结于民间传承。我们对于日本感觉兴味，想要了解他的事情，在文学艺术方面摸索很久之后，觉得事倍功半，必须着手于国民感情生活，才有入处，我以为宗教最是重要，急切不能直入，则先注意于其上下四旁，民间传承正是绝好的一条路径。我常觉得中国人民的感情与思想集中于鬼，日本则集中于神，故欲了解中国须得研究礼俗，了解日本须得研究宗教。柳田氏著书极富，虽然关于宗教者不多，但如《日本之祭事》一书，给我很多的益处，此外诸书亦均多可作参证。当《远野物语》出版的时候，我正寄寓在本乡，跑到发行所去要了一册，共总刊行三百五十部，我所有的是第二九一号。因为书面上略有墨痕，想要另换一本，书店的人说这是编号的，只能顺序出售，这件小事至今还记得清楚。这与《石神问答》都是明治庚戌年出版，在《乡土研究》创刊前三年，是柳田氏最早的著作，以前只有一册《后狩祠记》，终于没有能够搜得。对于乡土研究的学问我始终是外行，知道不到多少，但是柳田氏的学识与文章我很是钦佩，从他的许多著书里得到不少的利益与悦乐。与这同样情形的还有日本的民艺运动与柳宗悦氏。柳氏本系《白桦》同人，最初所写的多是关于宗教的文章，大部分收集在《宗教与其本质》一册书内。我本来不大懂宗教的，但柳氏诸文大抵读过，这不但因为意思诚实，文章朴茂，实在也由于所讲的是神秘道即神秘主义，合中世纪基督教与佛道各分子而贯通之，所以虽然是槛外也觉得不无兴味。柳氏又著有《朝鲜与其艺术》一书，其后有集名曰"信与美"，则收辑关于宗教与艺术的论文之合集也。民艺运动约开始于二十年前，在《什器之美》论集与柳氏著《工艺之道》中意思说得最明白，大概与摩理斯的拉飞耳前派主张相似，求美于日常用具，集团的工艺之中，其虔敬的态度前后一致，信与美一语洵足以包括柳氏学问与事业之全貌矣。民艺博物馆于数年前成立，惜未及一观，但得见图录等，已足令人神怡。柳氏著《初期大津绘》，浅井巧著《朝鲜之食案》，为民艺丛书之一，浅井氏又有《朝鲜陶器名汇》，均为寒斋所珍藏之书。又柳氏近著《和纸之美》，中附样本二十二种，阅之使人对于佳纸增贪惜之念。寿岳文章调查手漉纸工业，得其数种著书，近刊行其《纸漉村旅日记》，则附有样本百三十四，照相百九十九，可谓大观矣。式场隆三郎为精神病院长，而经管民艺博物馆与《民艺月刊》，著书数种，最近得其大板随笔《民艺与生活》之私家板，只印百部，和纸印刷，有芹泽铦介作插画百五十，以染绘法作成后制板，再一一着色，觉得比本文更耐看。中国的道学家听之恐要说是玩物丧志，唯在鄙人则固唯有感激也。

十五

我平常有点喜欢地理类的杂地志这一流的书，假如是我比较的住过好久的地方，自然特别注意，例如绍兴，北京，东京虽是外国，也算是其一。对于东京与明治时代我仿佛颇有情分，因此略想知道他的人情物色，延长一点便进到江户与德川幕府时代，不过上边的战国时代未免稍远，那也就够不到了。最能谈讲维新前后的事情的要推三田村鸢鱼，但是我更喜欢马场孤蝶的《明治之东京》，只可惜他写的不很多。看图画自然更有意思，最有艺术及学问的意味的有户冢正幸即东东亭主人所编的《江户之今昔》，福原信三编的《武藏野风物》。前者有图板百零八枚，大抵为旧东京府下今昔史迹，其中又收有民间用具六十余点，则兼涉及民艺，后者为日本写真会会员所合作，以摄取渐将亡失之武藏野及乡土之风物为课题，共收得照相千点以上，就中选择编印成集，共一四四枚，有柳田氏序。描写武藏野一带者，国木田独步德富芦花以后人很不少，我觉得最有意思的却是永井荷风的《日和下驮》，曾经读过好几遍，翻看这些写真集时又总不禁想起书里的话来。再往前去这种资料当然是德川时代的浮世绘，小岛乌水的《浮世绘与风景画》已有专书，广重有《东海道五十三次》，北斋有《富岳三十六景》等，几乎世界闻名，我们看看复刻本也就够有趣味，因为这不但画出风景，又是特殊的彩色木板画，与中国的很不相同。但是浮世绘的重要特色不在风景，乃是在于市井风俗，这一面也是我们所要看的。背景是市井，人物却多是女人，除了一部分画优伶面貌的以外，而女人又多以妓女为主，因此讲起浮世绘便总容易牵连到吉原游廓，事实上这二者确有极密切的关系。画面很是富丽，色彩也很艳美，可是这里边常有一抹暗影，或者可以说是东洋色，读中国的艺与文，以至于道也总有此感，在这画上自然也更明了。永井荷风著《江户艺术论》第一章中曾云：

"我反省自己是什么呢？我非威耳哈伦似的比利时人而是日本人也，生来就和他们的运命及境遇迥异的东洋人也。恋爱的至情不必说了，凡对于异性之性欲的感觉悉视为最大的罪恶，我辈即奉戴此法制者也。承受胜不过啼哭的小孩和地主的教训之人类也，知道说话则唇寒的国民也。使威耳哈伦感奋的那滴着鲜血的肥羊肉与芳醇的葡萄酒与强壮的妇女之绘画，都于我有什么用呢。呜呼，我爱浮世绘。苦海十年为亲卖身的游女的绘姿使我泣。凭倚竹窗茫然看着流水的艺妓的姿态使我喜。卖宵夜面的纸灯寂寞地停留着的河边的夜景使我醉。雨夜啼月的杜鹃，阵雨中散落的秋天树叶，落花飘风的钟声，途中日暮的山路的雪，凡是无常，无告，无望的，使人无端嗟叹此世只是一梦的，这样的一切东西，于我都是可亲，于我都是可怀。"这一节话我引用过恐怕不止三次了。我们因为是外国人，感想未必完全与永井氏相同，但一样有的是东洋人的悲哀，所以于当作风俗画看之外，也常引起怅然之感，古人闻清歌而唤奈何，岂亦是此意耶。

十六

浮世绘如称为风俗画，那么川柳或者可以称为风俗诗吧。说也奇怪，讲浮世绘的人后来很是不少了，但是我最初认识浮世绘乃是由于宫武外骨的杂志《此花》，也因了他而引起对于川柳的兴趣来的。外骨是明治大正时代著述界的一位奇人，发刊过许多定期或单行本，而多与官僚政治及假道学相抵触，被禁至三十余次之多。其刊物皆铅字和纸，木刻插图，涉及的范围颇广，其中如《笔祸史》《私刑类纂》《赌博史》《猥亵风俗史》等，《笑的女人》一名《卖春妇异名集》，《川柳语汇》，都很别致，也甚有意义。《此花》是专门与其说研究不如说介绍浮世绘的月刊，继续出了两年，又编刻了好些画集，其后同样的介绍川柳，杂志名曰"变态知识"，若前出《语汇》乃是入门之书，后来也还没有更好的出现。川柳是只用十七字音做成的讽刺诗，上者体察物理人情，直写出来，令人看了破颜一笑，有时或者还感到淡淡的哀愁，此所谓有情滑稽，最是高品，其次找出人生的缺陷，如绣花针噗哧的一下，叫声好痛，却也不至于刺出血来。这种诗读了很有意思，不过正与笑话相像，以人情风俗为材料，要理解他非先知道这些不可，不是很容易的事。川柳的名家以及史家选家都不济事，还是考证家要紧，特别是关于前时代的古句，这与江户生活的研究是不可分离的。这方面有西原柳雨，给我们写了些参考书，大正丙辰年与佐佐醒雪共著的《川柳吉原志》出得最早，十年后改出补订本，此外还有几种类书，只可惜《川柳风俗志》出了上卷，没有能做得完全。我在东京只有一回同了妻和亲戚家的夫妇到吉原去看过夜樱，但是关于那里的习俗事情却知道得不少，这便都是从西原及其他书本上得来的。这些知识本来也很有用，在江户的平民文学里所谓花魁是常在的，不知道她也总得远远的认识才行。即如民间娱乐的落语，最初是几句话可以说了的笑话，后来渐渐拉长，明治以来在寄席即杂耍场所演的，大约要花上十来分钟了吧，他的材料固不限定，却也是说游里者为多。森鸥外在一篇小说中曾叙述说落语的情形云："第二个说话人交替着出来，先谦逊道，人是换了却也换不出好处来。又作破题云，官客们的消遣就是玩玩窑姐儿。随后接着讲工人带了一个不知世故的男子到吉原去玩的故事。这实在可以说是吉原入门的讲义。"语虽诙谐，却亦是实情，正如中国笑话原亦有腐流殊禀等门类，而终以属于闺风世讳者为多，唯因无特定游里，故不显著耳。江户文学中有滑稽本，也为我所喜欢，一九的《东海道中膝栗毛》，三马的《浮世风吕》与《浮世床》可为代表，这是一种滑稽小说，为中国所未有。前者借了两个旅人写他们路上的遭遇，重在特殊的事件，或者还不很难，后者写澡堂理发铺里往来的客人的言动，把寻常人的平凡事写出来，都变成一场小喜剧，觉得更有意思。中国在文学与生活上都缺少滑稽分子，不是健康的征候，或者这是伪道学所种下的病根欤。

十七

我不懂戏剧，但是也常涉猎戏剧史。正如我翻阅希腊悲剧的起源与发展的史料，得到好些知识，看了日本戏曲发达的径路也很感兴趣，这方面有两个人的书于我很有益处，这是佐佐醒雪与高野斑山。高野讲演剧的书更后出，但是我最受影响的还是佐佐的一册《近世国文学史》。佐佐氏于明治三十二年戊戌刊行《鹑衣评释》，庚子刊行《近松评释天之网岛》，辛亥出《国文学史》，那时我正在东京，即得一读，其中有两章略述歌舞伎与净琉璃二者发达之迹，很是简单明了，至今未尽忘记。也有的俳文集《鹑衣》固所喜欢，近松的世话净琉璃也想知道。这《评释》就成为顶好的入门书，事实上我好好的细读过的也只是这册《天之网岛》，读后一直留下很深的印象。这类曲本大都以情死为题材，日本称曰心中，《泽泻集》中曾有一文论之。在《怀东京》中说过，俗曲里礼赞恋爱与死，处处显出人情与义理的冲突，偶然听唱义太夫，便会遇见纸治，这就是《天之网岛》的俗名，因为里边的主人公是纸店的治兵卫与妓女小春。日本的平民艺术仿佛善于用优美的形式包藏深切的悲苦，这似是与中国很不同的一点。佐佐又著有《俗曲评释》，自江户长呗以至端呗共五册，皆是抒情的歌曲，与叙事的有殊，乃与民谣相连接。高野编刊《俚谣集拾遗》时号斑山，后乃用本名辰之，其专门事业在于歌谣，著有《日本歌谣史》，编辑《歌谣集成》共十二册，皆是大部巨著。此外有汤朝竹山人，关于小呗亦多著述，寒斋所收有十五种，虽差少书卷气，但亦可谓勤劳矣。民国十年时曾译出俗歌六十首，大都是写游女荡妇之哀怨者，如木下杢太郎所云，耽想那卑俗的但是充满眼泪的江户平民艺术以为乐，此情三十年来盖如一日，今日重读仍多所感触。歌谣中有一部分为儿童歌，别有天真烂漫之趣，至为可喜，唯较好的总集尚不多见，案头只有村尾节三编的一册童谣，尚是大正己未年刊也。与童谣相关连者别有玩具，也是我所喜欢的，但是我并未搜集实物，虽然遇见时也买几个，所以平常翻看的也还是图录以及年代与地方的纪录。在这方面最努力的是有阪与太郎，近二十年中刊行好些图录，所著有《日本玩具史》前后编，《乡土玩具大成》与《乡土玩具展望》，只可惜《大成》出了一卷，《展望》下卷也还未出版。所刊书中有一册《江都二色》，每叶画玩具二种，题谐诗一首咏之，木刻着色，原本刊于安永癸巳，即清乾隆三十八年。我曾感叹说，那时在中国正是大开四库馆，删改皇侃《论语疏》，日本却是江户平民文学的烂熟期，浮世绘与狂歌发达到极顶，乃迸发而成此一卷玩具图咏，至可珍重。现代画家以玩具画著名者亦不少，画集率用木刻或玻璃板，稍有搜集，如清水晴风之《垂髫之友》，川崎巨泉之《玩具画谱》，各十集，西泽笛亩之《雏十种》等。西泽自号比那舍主人，亦作玩具杂画，以雏与人形为其专门，因故赤间君的介绍，曾得其寄赠大著《日本人形集成》及《人形大类聚》，深以为感。又得到菅野新一编藏《王东之木孩儿》，木板画十二枚，解说一册，菊枫会编《古计志加加美》，则为菅野氏所寄赠，均是讲日本东北地方的一种木制人形的。《古计志加加美》改写汉字为《小芥子鉴》，以玻璃板列举工人百八十四名所作木偶三百三十余枚，可谓大观。此木偶名为小芥子，而实则长五寸至一尺，旋圆棒为身，上着头，画为垂发小女，着简单彩色，质朴可喜，一称为木孩儿。菅野氏著系非卖品，《加加美》则只刊行三百部，故皆可纪念也。三年前承在北京之国府氏以古计志二躯见赠，曾写谐诗报之云，芥子人形亦妙哉，出身应自埴轮来，小孙望见嘻嘻笑，何处娃娃似棒槌。依照《江都二色》的例，以狂诗题玩具，似亦未为不周当，只是草草恐不能相称为愧耳。

十八

我的杂学如上边所记，有大部分是从外国得来的，以英文与日本文为媒介，这里分析起来，大抵从西洋来的属于知的方面，从日本来的属于情的方面为多，对于我却是一样的有益处。我学英文当初为的是须得读学堂的教本，本来是敲门砖，后来离开了江南水师，便没有什么用了，姑且算作中学常识之一部分，有时利用了来看点书，得些现代的知识也好，也还是砖的作用，终于未曾走到英文学门里去，这个我不怎么懊悔，因为自己的力量只有这一点，要想入门是不够的。日本文比英文更不曾好好的学过，老实说除了丙午丁未之际，在骏河台的留学生会馆里，跟了菊池勉先生听过半年课之外，便是懒惰的时候居多，只因住在东京的关系，耳濡目染的慢慢的记得，其来源大抵是家庭的说话，看小说看报，听说书与笑话，没有讲堂的严格的训练，但是后面有社会的背景，所以还似乎比较容易学习。这样学了来的言语，有如一棵草花，即使是石竹花也罢，是有根的盆栽，与插瓶的大朵大理菊不同，其用处也就不大一样。我看日本文的书，并不专是为得通过了这文字去抓住其中的知识，乃是因为对于此事物感觉有点兴趣，连文字来赏味，有时这文字亦为其佳味之一分子，不很可以分离，虽然我们对于外国语想这样辨别，有点近于妄也不容易，但这总也是事实。我的关于日本的杂览既多以情趣为本，自然态度与求知识稍有殊异，文字或者仍是敲门的一块砖，不过对于砖也会得看看花纹式样，不见得用了立即扔在一旁。我深感到日本文之不好译，这未必是客观的事实，只是由我个人的经验，或者因为比较英文多少知道一分的缘故，往往觉得字义与语气在微细之处很难两面合得恰好。大概可以当作一个证明。明治大正时代的日本文学，曾读过些小说与随笔，至今还有好些作品仍是喜欢，有时也拿出来看，如以杂志名代表派别，大抵有《保登登岐须》《昂》《三田文学》《新思潮》《白桦》诸种，其中作家多可佩服，今亦不复列举，因生存者尚多，暂且谨慎。此外的外国语，还曾学过古希腊文与世界语。我最初学习希腊文，目的在于改译《新约》至少也是四福音书为古文，与佛经庶可相比，及至回国以后却又觉得那官话译本已经够好了，用不着重译，计画于是归于停顿。过了好些年之后，才把海罗达思的拟曲译出，附加几篇牧歌，在上海出版，可惜板式不佳，细字长行大页，很不成样子。极想翻译欧利比台斯的悲剧《忒洛亚的女人们》，踌躇未敢下手，于民国廿六七年间译亚坡罗陀洛斯的神话集，本文幸已完成，写注释才成两章，搁笔的次日即是廿八年的元日，工作一顿挫就延到现今，未能续写下去，但是这总是极有意义的事，还想设法把他做完。世界语是我自修得来的，原是一册用英文讲解的书，我在暑假中卧读消遣，一连两年没有读完，均归无用，至第三年乃决心把这五十课一气学习完毕，以后借了字典的帮助渐渐的看起书来。那时世界语原书很不易得，只知道在巴黎有书店发行，恰巧蔡孑民先生行遁欧洲，便写信去托他代买，大概寄来了有七八种，其中有《世界语文选》与《波兰小说选集》至今还收藏着，民国十年在西山养病的时候，曾从这里边译出几篇波兰的短篇小说，可以作为那时困学的纪念。世界语的理想是很好的，至于能否实现则未可知，反正事情之成败与理想之好坏是不一定有什么关系的。我对于世界语的批评是这太以欧语为基本，不过这如替柴孟和甫设想也是无可如何的，其缺点只是在没有学过一点欧语的中国人还是不大容易学会而已。我的杂学原来不足为法，有老友曾批评说是横通，但是我想劝现代的青年朋友，有机会多学点外国文，我相信这当是有益无损的。俗语云，开一头门，多一些风。这本来是劝人谨慎的话，但是借了来说，学一种外国语有如多开一面门窗，可以放进风日，也可以眺望景色，别的不说，总也是很有意思的事吧。

十九

我的杂学里边最普通的一部分，大概要算是佛经了吧。但是在这里正如在汉文方面一样，也不是正宗的，这样便与许多读佛经的人走的不是一条路了。四十年前在南京时，曾经叩过杨仁山居士之门，承蒙传谕可修净土，虽然我读了《阿弥陀经》各种译本，觉得安养乐土的描写很有意思，又对于先到净土再行修道的本意，仿佛是希求住在租界里好用功一样，也很能了解，可是没有兴趣这样去做。禅宗的语录看了很有趣，实在还是不懂，至于参证的本意，如书上所记俗僧问溪水深浅，被从桥上推入水中，也能了解而且很是佩服，然而自己还没有跳下去的意思，单看语录有似意存稗贩，未免惭愧，所以这一类书虽是买了些，都搁在书架上。佛教的高深的学理那一方面，看去都是属于心理学玄学范围的，读了未必能懂，因此法相宗等均未敢问津。这样计算起来，几条大道都不走，就进不到佛教里去，我只是把佛经当作书来看，而且这汉文的书，所得的自然也只在文章及思想这两点上而已。《四十二章经》与《佛遗教经》仿佛子书文笔，就是儒者也多喜称道，两晋六朝的译本多有文情俱胜者，什法师最有名，那种骈散合用的文体当然因新的需要而兴起，但能恰好的利用旧文字的能力去表出新意思，实在是很有意义的一种成就。这固然是翻译史上的一段光辉，可是在国文学史上意义也很不小，六朝之散文著作与佛经很有一种因缘，交互的作用，值得有人来加以疏通证明，于汉文学的前途也有极大的关系。十多年前我在北京大学讲过几年六朝散文，后来想添讲佛经这一部分，由学校规定名称曰佛典文学，课程纲要已经拟好送去了，七月发生了卢沟桥之变，事遂中止。课程纲要稿尚存在，重录于此：

"六朝时佛经翻译极盛，文亦多佳胜。汉末译文模仿诸子，别无多大新意思，唐代又以求信故，质胜于文。唯六朝所译能运用当时文词，加以变化，于普通骈散文外造出一种新体制，其影响于后来文章者亦非浅鲜。今拟选取数种，少少讲读，注意于译经之文学的价值，亦并可作古代翻译文学看也。"至于从这面看出来的思想，当然是佛教精神，不过如上文说过，这不是甚深义谛，实在但是印度古圣贤对于人生特别是近于入世法的一种广大厚重的态度，根本与儒家相通而更为彻底，这大概因为他有那中国所缺少的宗教性。我在二十岁前后读《大乘起信论》无有所得，但是见了《菩萨投身饲饿虎经》，这里边的美而伟大的精神与文章至今还时时记起，使我感到感激，我想大禹与墨子也可以说具有这种精神，只是在中国这情热还只以对人间为限耳。又《布施度无极经》云：

"众生扰扰，其苦无量，吾当为地。为旱作润，为湿作筏。饥食渴浆，寒衣热凉。为病作医，为冥作光。若在浊世颠到之时，吾当于中作佛，度彼众生矣。"这一节话我也很是喜欢，本来就只是众生无边誓愿度的意思，却说得那么好，说理与美和合在一起，是很难得之作。经论之外我还读过好些戒律，有大乘的也有小乘的，虽然原来小乘律注明在家人勿看，我未能遵守，违了戒看戒律，这也是颇有意思的事。我读《梵网经菩萨戒本》及其他，很受感动，特别是贤首戒疏，是我所最喜读的书。尝举食肉戒中语，一切众生肉不得食，夫食肉者断大慈悲佛性种子，一切众生见而舍去，是故一切菩萨不得食一切众生肉，食肉得无量罪。加以说明云，我读《旧约·利未记》，再看大小乘律，觉得其中所说的话要合理得多，而上边食肉戒的措辞我尤为喜欢，实在明智通达，古今莫及。又盗戒下注疏云：

"善见云，盗空中鸟，左翅至右翅，尾至颠，上下亦尔，俱得重罪。准此戒，纵无主，鸟身自为主，盗皆重也。"鸟身自为主，这句话的精神何等博大深厚，我曾屡次致其赞叹之意，贤首是中国僧人，此亦是足强人意的事。我不敢妄劝青年人看佛书，若是三十岁以上，国文有根柢，常识具足的人，适宜的阅读，当能得些好处，此则鄙人可以明白回答者也。

二十

我写这篇文章本来全是出于偶然。从《儒林外史》里看到杂览杂学的名称，觉得很好玩，起手写了那首小引，随后又加添三节，作为第一分，在杂志上发表了。可是自己没有什么兴趣，不想再写下去了，然而既已发表，被催着要续稿，又不好不写，勉强执笔，有如秀才应岁考似的，把肚里所有的几百字凑起来缴卷，也就可以应付过去了罢。这真是成了鸡肋，弃之并不可惜，食之无味那是毫无问题的。这些杂乱的事情，要怎样安排得有次序，叙述得详略适中，固然不大容易，而且写的时候没有兴趣，所以更写不好，更是枯燥，草率。我最怕这成为自画自赞。骂犹自可，赞不得当乃尤不好过，何况自赞乎。因为竭力想避免这个，所以有些地方觉得写的不免太简略，这也是无可如何的事，但或者比多话还好一点亦未可知。总结起来看过一遍，把我杂览的大概简略的说了，还没有什么自己夸赞的地方，要说句好话，只能批八个字云，国文粗通，常识略具而已。我从古今中外各方面都受到各样影响，分析起来，大旨如上边说过，在知与情两面分别承受西洋与日本的影响为多，意的方面则纯是中国的，不但未受外来感化而发生变动，还一直以此为标准，去酌量容纳异国的影响。这个我向来称之曰儒家精神，虽然似乎有点笼统，与汉以后尤其是宋以后的儒教显有不同，但为得表示中国人所有的以生之意志为根本的那种人生观，利用这个名称殆无不可。我想神农大禹的传说就从这里发生，积极方面有墨子与商韩两路，消极方面有庄杨一路，孔孟站在中间，想要适宜的进行，这平凡而难实现的理想我觉得很有意思，以前屡次自号儒家者即由于此。佛教以异域宗教而能于中国思想上占很大的势力，固然自有其许多原因，如好谈玄的时代与道书同尊，讲理学的时候给儒生作参考，但是其大乘的思想之入世的精神与儒家相似，而且更为深彻，这原因恐怕要算是最大的吧。这个主意既是确定的，外边加上去的东西自然就只在附属的地位，使他更强化与高深化，却未必能变化其方向。我自己觉得便是这么一个顽固的人，我的杂学的大部分实在都是我随身的附属品，有如手表眼镜及草帽，或是吃下去的滋养品如牛奶糖之类，有这些帮助使我更舒服与健全，却并不曾把我变成高鼻深目以至有牛的气味。我也知道偏爱儒家中庸是由于癖好，这里又缺少一点热与动，也承认是美中不足。儒家不曾说"怎么办"，像犹太人和斯拉夫人那样，便是证据。我看各民族古圣的画像也觉得很有意味，犹太的眼向着上是在祈祷，印度的伸手待接引众生，中国则常是叉手或拱着手。我说儒家总是从大禹讲起，即因为他实行道义之事功化，是实现儒家理想的人。近来我曾说，中国现今紧要的事有两件，一是伦理之自然化，二是道义之事功化。前者是根据现代人类的知识调整中国固有的思想，后者是实践自己所有的理想适应中国现在的需要，都是必要的事。此即是我杂学之归结点，以前种种说话，无论怎么的直说曲说，正说反说，归根结底的意见还只在此，就只是表现得不充足，恐怕读者一时抓不住要领，所以在这里赘说一句。我平常不喜欢拉长了面孔说话，这回无端写了两万多字，正经也就枯燥，仿佛招供似的文章，自己觉得不但不满而且也无谓。这样一个思想径路的简略地图，我想只足供给要攻击我的人，知悉我的据点所在，用作进攻的参考与准备，若是对于我的友人这大概是没有什么用处的。写到这里，我忽然想到，这篇文章的题目应该题作"愚人的自白"才好，只可惜前文已经发表，来不及再改正了。

民国三十三年，七月五日

梦想之一

　　鄙人平常写些小文章，有朋友办刊物的时候也就常被叫去帮忙，这本来是应该出力的。可是写文章这件事正如俗语所说是难似易的，写得出来固然是容容易易，写不出时却实在也是烦烦难难。《笑倒》中有一篇笑话云：

　　"一士人赴试作文，艰于构思。其仆往候于试门，见纳卷而出者纷纷矣，日且暮，甲仆问乙仆曰，不知作文章一篇约有多少字。乙仆曰，想来不过五六百字。甲仆曰，五六百字难道胸中没有，到此时尚未出来。乙仆慰之曰，你勿心焦，渠五六百字虽在肚里，只是一时凑不起耳。"这里所说的凑不起实在也不一定是笑话，文字凑不起是其一，意思凑不起是其二。其一对于士人很是一种挖苦，若是其二则普通常常有之，我自己也屡次感到，有交不出卷子之苦。这里又可以分作两种情形，甲是所写的文章里的意思本身安排不好，乙是有着种种的意思，而所写的文章有一种对象或性质上的限制，不能安排的恰好。有如我平时随意写作，并无一定的对象，只是用心把我想说的意思写成文字，意思是诚实的，文字也还通达，在我这边的事就算完了，看的是些男女老幼，或是看了喜欢不喜欢，我都可以不管。若是预定要给老年或是女人看的，那么这就没有这样简单，至少是有了对象的限制，我们总不能说的太是文不对题，虽然也不必要揣摩讨好，却是不能没有什么顾忌。我常想要修小乘的阿罗汉果并不大难，难的是学大乘菩萨，不但是誓愿众生无边度，便是应以长者居士长官婆罗门妇女身得度者即现妇女身而为说法这一节，也就迥不能及，只好心向往之而已。这回写文章便深感到这种困难，踌躇好久，觉得不能再拖延了，才勉强凑合从平时想过的意思中间挑了一个，略为敷陈，聊以塞责，其不会写得好那是当然的了。

在不久以前曾写小文，说起现代中国心理建设很是切要，这有两个要点，一是伦理之自然化，一是道义之事功化。现在这里所想说明几句的就是这第一点。我在《螟蛉与萤火》一文中说过：

"中国人拙于观察自然，往往喜欢去把他和人事连接在一起。最显著的例，第一是儒教化，如乌反哺，羔羊跪乳，或枭食母，都一一加以伦理的附会。第二是道教化，如桑虫化为果蠃，腐草化为萤，这恰似仙人变形，与六道轮回又自不同。"说起来真是奇怪，中国人似乎对于自然没有什么兴趣，近日听几位有经验的中学国文教员说，青年学生对于这类教材不感趣味，这无疑的是的确的事实，虽然不能明白其原因何在。我个人却很看重所谓自然研究，觉得不但这本身的事情很有意思，而且动植物的生活状态也就是人生的基本，关于这方面有了充分的常识，则对于人生的意义与其途径自能更明确的了解认识。平常我很不满意于从来的学者与思想家，因为他们于此太是怠惰了，若是现代人尤其是青年，当然责望要更为深切一点。我只看见孙仲容先生，在《籀廎述林》的一篇《与友人论动物学书》中，有好些很是明达的话，如云：

"动物之学为博物之一科，中国古无传书。《尔雅》虫鱼鸟兽畜五篇唯释名物，罕详体性。《毛诗》《陆疏》旨在诂经，遗略实众。陆佃郑樵之伦，撮拾浮浅，同诸自郐。……至古鸟兽虫鱼种类今既多绝灭，古籍所纪尤疏略，非徒《山海经》《周书·王会》所说珍禽异兽荒远难信，即《尔雅》所云比肩民比翼鸟之等咸不为典要，而《诗》《礼》所云螟蛉果蠃，腐草为萤，以逮鹰鸠爵蛤之变化，稽核物性亦殊为疏阔。……今动物学书说诸虫兽，有足者无多少皆以偶数，绝无三足者，《尔雅》有鳖三足能，龟三足贲，殆皆传之失实矣。……中土所传云龙凤虎休征瑞应，则揆之科学万不能通，今日物理既大明，固不必曲徇古人耳。"这里假如当作现代的常识看去，那原是极普通的当然的话，但孙先生如健在该是九十七岁了，却能如此说，正是极可佩服的事。现今已是民国甲申，民国的青年比孙先生至少要更年轻六十年以上，大部分也都经过高小初中出来，希望关于博物或生物也有他那样的知识，完全理解上边所引的话，那么这便已有了五分光，因为既不相信腐草为萤那一类疏阔的传说，也就同样的可以明了，羔羊非跪下不能饮乳（羊是否以跪为敬，自是别一问题），乌鸦无家庭，无从反哺，凡自然界之教训化的故事其原意虽亦可体谅，但其并非事实也明白的可以知道了。我说五分光，因为还有五分，这便是反面的一节，即是上文所提的伦理之自然化也。

　　我很喜欢《孟子》里的一句话，即是，人之所以异于禽兽者几希。这一句话向来也为道学家们所传道，可是解说截不相同。他们以为人禽之辨只在一点儿上，但是二者之间距离极远，人若逾此一线堕入禽界，有如从三十三天落到十八层地狱，这远才真叫得是远。我也承认人禽之辨只在一点儿上，不过二者之间距离却很近，仿佛是窗户里外只隔着一张纸，实在乃是近似远也。我最喜欢焦理堂先生的一节，屡经引用，其文云：

"先君子尝曰，人生不过饮食男女，非饮食无以生，非男女无以生生。唯我欲生，人亦欲生，我欲生生，人亦欲生生，孟子好货好色之说尽之矣。不必屏去我之所生，我之所生生，但不可忘人之所生，人之所生生。循学《易》三十年，乃知先人此言圣人不易。"我曾加以说明云：

"饮食以求个体之生存，男女以求种族之生存，这本是一切生物的本能，进化论者所谓求生意志，人也是生物，所以这本能自然也是有的。不过一般生物的求生是单纯的，只要能生存便不顾手段，只要自己能生存，便不惜危害别个的生存，人则不然，他与生物同样的要求生存，但最初觉得单独不能达到目的，须与别个联络，互相扶助，才能好好的生存，随后又感到别人也与自己同样的有好恶，设法圆满的相处。前者是生存的方法，动物中也有能够做到的，后者乃是人所独有的生存的道德，古人云人之所以异于禽兽者几希，盖即此也。"这人类的生存的道德之基本在中国即谓之仁，己之外有人，己亦在人中，儒与墨的思想差不多就包含在这里，平易健全，为其最大特色，虽云人类所独有，而实未尝与生物的意志断离，却正是其崇高的生长，有如荷花从莲根出，透过水面的一线，开出美丽的花，古人称其出淤泥而不染，殆是最好的赞语也。

人类的生存的道德既然本是生物本能的崇高化或美化，我们当然不能再退缩回去，复归于禽道，但是同样的我们也须留意，不可太爬高走远，以至与自然违反。古人虽然直觉的建立了这些健全的生存的道德，但因当时社会与时代的限制，后人的误解与利用种种原因，无意或有意的发生变化，与现代多有龃龉的地方，这样便会对于社会不但无益且将有害。比较笼统的说一句，大概其缘因出于与自然多有违反之故。人类摈绝强食弱肉，雌雄杂居之类的禽道，固是绝好的事，但以前凭了君父之名也做出好些坏事，如宗教战争，思想文字狱，人身卖买，宰白鸭与卖淫等，也都是生物界所未有的，可以说是落到禽道以下去了。我们没有力量来改正道德，可是不可没有正当的认识与判断，我们应当根据了生物学人类学与文化史的知识，对于这类事情随时加以检讨，务要使得我们道德的理论与实际都保持水线上的位置，既不可不及，也不可过而反于自然，以致再落到淤泥下去。这种运动不是短时期与少数人可以做得成的，何况现在又在乱世，但是俗语说得好，人落在水里的时候第一是救出自己要紧，现在的中国人特别是青年最要紧的也是第一救出自己来，得救的人多起来了，随后就有救别人的可能。这是我现今仅存的一点梦想，至今还乱写文章，也即是为此梦想所眩惑也。

民国甲申立春节

道义之事功化

　　董仲舒有言曰，正其谊不谋其利，明其道不计其功。这两句话看去颇有道理，假如用在学术研究上，这种为学问而学问的态度是极好的，可惜的事是中国不重学问，只拿去做说空话唱高调的招牌，这结果便很不大好。我曾说过，中国须有两大改革，一是伦理之自然化，二是道义之事功化。这第二点就是对于上说之纠正，其实这类意见前人也已说过，如黄式三《儆居集》中有《申董子功利说》云：

　　"董子之意若曰，事之有益无害者谊也，正其谊而谊外之利勿谋也，行之有功无过者道也，明其道而道外之功勿计也。"这里固然补救了一点过来，把谊与道去当作事与行看，原是很对，可是分出道义之内或之外的功利来，未免勉强，况且原文明说其利其功，其字即是道与义的整个，并不限定外的部分也。我想这还当干脆的改正，道义必须见诸事功，才有价值，所谓为治不在多言，在实行如何耳。这是儒家的要义，离开功利没有仁义，孟子对梁惠王说，王何必曰利，亦有仁义而已矣，但是后边具体的列举出来的是这么一节：

　　"五亩之宅，树之以桑，五十者可以衣帛矣。鸡豚狗彘之畜，无失其时，七十者可以食肉矣。百亩之田，勿夺其时，数口之家可以无饥矣。谨庠序之教，申之以孝悌之义，颁白者不负戴于道路矣。七十者衣帛食肉，黎民不饥不寒，然而不王者未之有也。"阮伯元在《论语论仁论》中云：

"《中庸篇》，仁者人也。郑康成注，读如相人偶之人。春秋时孔门所谓仁也者，以此一人与彼一人相人偶，而尽其敬礼忠恕等事之谓也。相人偶者，谓人之偶之也。凡仁必于身所行者验之而始见，亦必有二人而仁乃见，若一人闭户齐居，瞑目静坐，虽有德理在心，终不得指为圣门所谓之仁矣。盖士庶人之仁见于宗族乡党，天子诸侯卿大夫之仁见于国家臣民，同一相人偶之道，是必人与人相偶而仁乃见也。"我相信这是论仁的最精确的话，孟子所说的正即是诸侯之仁，此必须那样表现出来才算，若只是存在心里以至笔口之上，也都是无用。颜习斋讲学最重实行，《颜氏学记》引年谱记其告李恕谷语云：

"犹是事也，自圣人为之曰时宜，自后世豪杰为之曰权略。其实此权字即未可与权之权，度时势，称轻重，而不失其节是也。但圣人纯出乎天理而利因之，豪杰深察乎利害而理与焉。世儒等之诡诈之流，而推于圣道之外，使汉唐豪杰不得近圣人之光，此陈同甫所为扼腕也。"颜君生于明季，尚记得那班读书人有如狂犬，叫号搏噬，以至误国殃民，故推重立功在德与言之上，至欲进汉唐豪杰于圣人之列，其心甚可悲，吾辈生三百年后之今日，缮其遗编，犹不能无所感焉。明末清初还有一位傅青主，他与颜君同是伟大的北方之学者，其重视事功也仿佛相似。王晋荣编《仙儒外纪削繁》有一则云：

"外传云，或问长生久视之术，青主曰，大丈夫不能效力君父，长生久视徒猪狗活耳。或谓先生精汉魏古诗赋，先生曰，此乃驴鸣狗吠，何益于国家。"此话似乎说得有点过激，其实却是很对的。所谓效力君父，用现在的话来说即是对于国家人民有所尽力，并不限于殉孝殉忠，我们可以用了颜习斋的话来做说明，《颜氏学记》引《性理书评》中有一节关于尹和靖祭其师程伊川文，习斋批语起首有云：

"吾读《甲申殉难录》，至愧无半策匡时难云云，未尝不泣下也，至览和靖祭伊川，不背其师有之，有益于世则未二语，为生民怆惶久之。"这几句话看似寻常，却极是沉痛深刻，我们不加注解，只引别一个人的话来做证明。这是近人洪允祥的《醉余偶笔》的一则，其文曰：

"《甲申殉难录》某公诗曰，愧无半策匡时难，只有一死报君恩。天醉曰，没中用人死亦不济事。然则怕死者是欤？天醉曰，要他勿怕死是要他拼命做事，不是要他一死便了事。"这里说的直捷痛快，意思已是十分明白了。我所说的道义之事功化，大抵也就是这个意思，要以道义为宗旨，去求到功利上的实现，以名誉生命为资材，去博得国家人民的福利，此为知识阶级最高之任务。此外如闭目静坐，高谈理性，或扬眉吐气，空说道德者，固全不足取，即握管著述，思以文字留赠后人，作启蒙发聩之用，其用心虽佳，抑亦不急之务，与傅君所谓驴鸣狗吠相去一间耳。

上边所根据的意见可以说是一种革命思想，在庸众看来，似乎有点离经叛道，或是外圣无法，其实这本来还是出于圣与经，一向被封建的尘土与垃圾所盖住了，到近来才清理出来，大家看得有点膜生，所以觉得不顺眼，在我说来倒是中国的旧思想，可以算是老牌的正宗呢。中国的思想本有为民与为君两派，一直并存着，为民的思想可以孟子所说的话为代表，即《尽心章》的有名的那一节：

"民为贵，社稷次之，君为轻。"为君的思想可以三纲为代表，据《礼记正义》在《乐记》疏中引《礼纬含文嘉》云：

"三纲谓君为臣纲，父为子纲，夫为妻纲矣。"在孔子的话里原本是君君臣臣，父父子子，其关系是相对的，这里则一变而为绝对的了，这其间经过秦皇汉帝的威福，思想的恶化是不可免的事，就只是化得太甚而已。这不但建立了神圣的君权，也把父与夫提起来与君相并，于是臣民与子女与妻都落在奴隶的地位，不只是事实上如此，尤其是道德思想上确定了根基，二千年也翻不过身来，就是在现今民国三十四年实在还是那么样。不过究竟是民国了，民间也常有要求民主化的呼声，从五四以来已有多年，可是结果不大有什么，因为从外国来的影响根源不深，嚷过一场之后，不能生出上文所云革命的思想，反而不久礼教的潜势力活动起来，以前反对封建思想的勇士也变了相，逐渐现出太史公和都老爷的态度来，假借清议，利用名教，以立门户，争意气，与明季清末的文人没有多大不同。这种情形是要不得的。现在须得有一种真正的思想革命，从中国本身出发，清算封建思想，同时与世界趋势相应，建起民主思想来的那么一种运动。上边所说道义之事功化本是小问题，但根柢还是在那里，必须把中国思想重新估价，首先勾消君臣主奴的伦理观念，改立民主的国家人民的关系，再将礼教名分等旧意义加以修正，这才可以通行，我说傅洪二君的意见是革命的即是如此，他说没中用人死亦不济事，话似平常，却很含有危险，有如拔刀刺敌，若不成功，便将被只有一死报君恩者所杀矣。中国这派革命思想势力不旺盛，但来源也颇远，孟子不必说了，王充在东汉虚妄迷信盛行的时代，以怀疑的精神作《论衡》，虽然对于伦理道德不曾说及，而那种偶像破坏的精神与力量却是极大，给思想界开了一个透气的孔，这可以算是第一个思想革命家。中间隔了千余年，到明末出了一位李贽通称李卓吾，写了一部《藏书》，以平等自由的眼光，评论古来史上的人物，对于君臣夫妇两纲加以小打击，如说武则天卓文君冯道都很不错，可说是近代很难得的明达见解，可是他被御史参奏惑乱人心，严拿治罪，死在监狱内，王仲任也被后世守正之士斥不孝，却是这已在千百年之后了。第三个是清代的俞正燮，他有好些文章都是替女人说话，幸而没有遇到什么灾难。上下千八百年，总算出了三位大人物，我们中国亦足以自豪了。因此我们不自量也想继续的做下去，近若干年来有些人在微弱的呼叫便是为此，在民国而且正在要求民主化的现在，这些言论主张大概是没甚妨碍的了，只是空言无补，所以我们希望不但心口相应，更要言行一致，说得具体一点，便是他的思想言论须得兑现，即应当在行事上表现出来，士庶人如有仁心，这必须见于宗族乡党才行，否则何与于人，何益于国家，仍不免将为傅青主所诃也。

要想这样办很有点不大容易吧。关于仁还不成问题，反正这是好事，大小量力做些个，也就行了，若是有些改正的意见本来是革命的，世间不但未承认而且还以为狂诞悖戾，说说尚且不可，何况要去实做。这怎么好呢？英国蔼理斯的《感想录》第二卷里有一则，我曾经译出，加上题目曰"女子的羞耻"，收在《永日集》里，觉得很有意思，今再录于此，其文云：

"一九一八年二月九日。在我的一本著书里我曾记载一件事，据说义大利有一个女人，当房屋失火的时候，情愿死在火里，不肯裸体跑出来，丢了她的羞耻。在我力量所及之内，我常设法想埋炸弹于这女人所住的世界下面，使得他们一起毁掉。今天我从报上见到记事，有一只运兵船在地中海中了鱼雷，虽然离岸不远却立刻沉没了。一个看护妇还在甲板上。她动手脱去衣服，对旁边的人们说道，大哥们不要见怪，我须得去救小子们的命。她在水里游来游去，救起了好些的人。这个女人是属于我们的世界的。我有时遇到同样的女性的，优美而大胆的女人，她们做过同样勇敢的事，或者更为勇敢因为更复杂地困难，我常觉得我的心在她们前面像一只香炉似的摆着，发出爱与崇拜之永久的香烟。

"我梦想一个世界，在那里女人的精神是比火更强的烈焰，在那里羞耻化为勇气而仍还是羞耻，在那里女人仍异于男子与我所欲毁灭的并无不同，在那里女人具有自己显示之美，如古代传说所讲的那样动人，但在那里富于为人类服务而牺牲自己的热情，远超出于旧世界之上。自从我有所梦以来，我便在梦想这世界。"这一节话说的真好，原作者虽是外国人，却能写出中国古代哲人也即是现代有思想的人所说的话，在我这是一种启发，勇敢与新的羞耻，为人类服务而牺牲自己，这些词句我未曾想到，却正是极用得着在这文章里，所以我如今赶紧利用了来补足说，这里所主张的是新的羞耻，以仁存心，明智的想，勇敢的做，地中海岸的看护妇是为榜样，是即道义之事功化也。蔼理斯写这篇感想录的时候正是民国八年春天，是五四运动的前夜，所谓新文化运动正极活泼，可是不曾有这样明快的主张，后来反而倒退下去，文艺新潮只剩了一股浑水，与封建思想的残渣没甚分别了。现在的中国还须得从头来一个新文化运动，这回须得实地做去，应该看那看护妇的样，如果为得救小子们的命，便当不客气的脱衣光膀子，即使大哥们要见怪也顾不得，至多只能对他们说句抱歉而已。

说到大哥们的见怪，此是一件大事，不是可以看轻的。这些大哥们都是守正之士，或称正人君子，也就是上文所云太史公都老爷之流，虽然是生在民国，受过民主的新教育，可是其精神是道地的正统的，不是邹鲁而是洛闽的正统。他们如看见小子们落在河里，胸中或者也有恻隐之心，却不见得会出手去捞，若是另一位娘儿们在他们面前脱光了衣服要挦下水去，这个情景是他们所决不能许可或忍耐的。凭了道德名教风化，或是更新式而有力量的名义，非加以制裁不可，至少这女人的名誉与品格总要算是完全破坏的了。说大哥们不惜小子的性命也未免有点冤枉，他们只是不能忍受别人在他们面前不守旧的羞耻，所以动起肝火来，而这在封建思想的那一纲上的确也有不对，其动怒正与正统相合，这是无可疑的。他们的人数很多，威势也很不少，凡是封建思想与制度的余孽都是一起，所以要反抗或无视他们须有勇敢，其次是理性。我们要知道这种守正全只是利己。中国过去都是专制时代，经文人们的尽力做到君权高于一切，曰臣罪当诛，天王圣明，曰君叫臣死，不得不死，父叫子亡，不得不亡，在那时候饶命要紧，明哲保身，或独善其身，自然也是无怪的，但总之不能算是好，也不能说是利己或为我。黄式三《为我兼爱说》中云，无禄于朝，遂视天下之尘沉鱼烂，即为我矣。在君主时代，这尚且不可，至少在于知识阶级，何况现今已是民国，还在《新青年》《新潮》乱嚷一起，有过新文化什么等等运动之后。现今的正人君子，在国土沦陷的时期，处世的方法不一，重要的还是或藉祖宗亲戚之余荫，住洋楼，打马将以遣日，或作交易生意，买空卖空，得利以度日。独善其身，在个人也就罢了，但如傅青主言何益于国家，以土车夫粪夫之工作与之相比，且将超出十百倍，此语虽似新奇，若令老百姓评较之，当不以为拟不于伦也。这样凭理性看去，其价值不过如此，若是叫天醉居士说来，没中用人活着亦不济事。从前读宋人笔记，说南宋初北方大饥，至于人相食，有山东登莱义民浮海南行，至临安犹持有人肉干为粮云，这段记事看了最初觉得恶心，后来又有点好笑，记得石天基的《笑得好》中有一则笑话，说孝子医父病，在门外乞丐的股上割了一块肉，还告诉他割股行孝不要乱嚷。此乃是自然的好安排，假如觉得恶心而不即转移，则真的就要呕吐出来了也。

上边的文章写的枝枝节节，不是一气写成的。近时正在看明季野史，看东厂的太监的威胁以及读书人的颂扬奔走，有时手不能释卷，往往把时间耽误了。但是终于寻些闲空工夫，将这杂文拼凑成功，结束起来，这可以叫做"梦想之二"，因我在前年写过一篇《梦想之一》，略谈伦理之自然化这问题，所以这可以算是第二篇。我很运气，有英国的老学者替我做枪手，有那则感想录做挡箭牌在那里，当可减少守正之士的好些攻击，因为这是外国人的话，虽然他在本国也还不是什么正统。蔼理斯说这话时是中华民八，我自己不安分的发议论也在民国七八年起头，想起来至今还无甚改变，可谓顽固，至少也是不识时务矣。有时候努力学识时务，也省悟道，这何必呢，于己毫无利益的。然而事实上总是改不来。偶看佛经，见上面痛斥贪嗔痴，也警觉道，这可不是痴么？仔细一想的确是的，嗔也不是没有，不过还不多，痴则是无可抵赖的了。在《温陵外纪》中引有余永宁著《李卓吾先生告文》云：

"先生古之为己者也。为己之极，急于为人，为人之极，至于无己。则先生今者之为人之极者也。"案这几句话说得很好。凡是以思想问题受迫害的人大抵都如此，他岂真有惑世诬民的目的，只是自有所得，不忍独秘，思以利他，终乃至于虽损己而无怨。我们再来看傅青主，据戴廷栻给他做的《石道人传》中说，青主能预知事物，盖近于宿命通，下云，"道人犹自谓闻道而苦于情重，岂真于情有未忘者耶，吾乌足以知之。"这两位老先生尚且不免，吾辈凡人自然更不必说了。廿七年冬曾写下几首打油诗，其一云：

"禹迹寺前春草生，沈园遗迹欠分明，偶然拄杖桥头望，流水斜阳太有情。"有友人见而和之，下联云，"斜阳流水干卿事，信是人间太有情。"哀怜劝戒之意如见，我也很知感谢，但是没有办法。要看得深一点，那地中海沉船上的看护妇何尝不是痴。假如依照中国守正的规则，她既能够游水，只须静静的偷偷的溜下水去，渡到岸上去就得了，还管那小子们则甚，淹死还不是活该么。这在生物之生活原则上并没有错，但只能算是禽兽之道罢了，禽兽只有本能，没有情或痴。人知道己之外有人，而己亦在人中，乃有种种烦恼，有情有痴，不管是好是坏，总之是人所以异于禽兽者，我辈不能不感到珍重。佛教诃斥贪嗔痴，其实他自己何曾能独免，众生无边誓愿度的大愿正是极大的痴情，我们如能学得千百分之一正是光荣，虽然同时也是烦恼。这样想来也就觉得心平气和，不必徒然嗔怒，反正于事实无补，搁笔卷纸，收束此文，但第三次引起傅青主的话来，则又未免觉得怅然耳。

民国乙酉，十一月七日，北平

道德漫谈

从杭州搜得《悱子读史记》二册，不佞绝不喜史论，而此书乃不惜高价远道以得之，则因其为乡人著作耳。书不分卷，而分本纪年表世家列传四目，共计书后百一十篇，山阴叶骥撰，有康熙丁丑自序，刻于乾隆己丑，用木活字，已在七十二年后矣。史论只是那么一回事，读去本无甚期待，如说汉高帝一生有两哭两泣，颇可解颐，但亦不过波峭而已，末一篇《书货殖列传后》，却很写得有意思。其大旨谓谋道不谋食，为三代以前言之也，学者必先治生，为三代以后言之也。结论云：

"要之自有生民以来即有衣食之忧，第其忧有上下之别耳。一民饥由己饥之也，一民寒由己寒之也，是时则忧在上矣，故下可不忧。君者所以役民也，民者所以奉君也，是时则忧在下矣，虽欲勿忧，其可得乎哉。"这一节话读了很有点喜欢，因为与我平日的意见相似。叶君在文中历叙他的理论的根据，有云：

"三代之时，仕有禄，农有田，百工技艺莫不有所，民间出入丰歉，皆君为之计，循其法而行之，无不得食。及井田废而王道坏，人无恒产，仕而得禄者十无一二，余皆藉其智力，以自食于农工商贾之途，谋之则得食，不谋则不得食，上之人不知也，饥寒饱暖，一惟己之智力是问矣。"又云：

"或曰，孔子弟子惟子贡货殖，其余皆忧道不忧贫，未闻有饥寒而死者。噫，是时先王遗制未泯，恒产犹在人间，至贫如颜子，犹有负郭田百亩，彼所谓不忧贫，特不作富贵想耳，岂至饥寒而死哉。"这些话都说得很有趣味，但是不免过于理想，不能作为确实的根据。井田等等三代的善政于史上多无可考，世界古史及民俗学里也难找得这种类例，所以如信为史实，以为民生衣食之忧有两个时期，即忧有上下之别，那是不对的，但假如当作儒者理想看，说儒家思想有两段落或分派，此即饥寒由己，民以奉君，忧在上与忧在下这两种，那么这道理不但说得过去而且也是很有意义的事了。老实说，我平常是颇喜欢儒家，却又同时不很喜欢儒家的。从前与老朋友谈天，讲到古来哲人诸子，总多恕周秦而非汉，或又恕汉而非宋，非敢开倒车而复古也，不知怎的总看出些儒家的矛盾，以为这大概是被后人弄坏的，世间常说孔孟是纯净的儒家，一误于汉而增加荒诞分子，再误于宋而转益严酷，我们也便是这样看法，虽然事实上并不很对，因为在孔孟书中那些矛盾也并不是没有。《孟子》卷四《离娄下》云：

"禹稷当平世，三过其门而不入，孔子贤之。颜子当乱世，居于陋巷，一箪食，一瓢饮，人不堪其忧，颜子不改其乐，孔子贤之。孟子曰，禹稷颜回同道。禹思天下有溺者，由己溺之也，稷思天下有饥者，由己饥之也，是以如是其急也。禹稷颜子易地则皆然。今有同室之人斗者，救之虽被发缨冠而救之，可也。乡邻有斗者，被发缨冠而往救之，则惑也，虽闭户可也。"这里的话有些有点儿不合事理。禹稷颜子如果同道，那么其形迹不同当由于地位之异，所谓易地则皆然也，说平世乱世似乎分得不对，禹时有洪水，虽非乱世，岂不是大灾祸之时乎。至于以同室与乡邻之斗分别作譬喻，更欠切贴，只要全篇通读一过，即可看出不能自圆其说。照这样看来，我们把一切都归咎后儒，未免很有点冤枉的。我想，这个毛病还是在于儒家本身里，他有前后两宗分子掺合在一起，其不能融和正是当然的了。所谓前后分子，最好便借用柈子的现成话，即是饥寒由己，民以奉君这两样不同的观念，换句话说，亦即是儒者自居的地位不同，前后有主奴之别也。这样看来，我们喜欢与不喜欢的原故也就可以明了，其理由也可以说是并没什么不合了。孟子书中于赞美禹稷之外又常提及仁政，最具体的如在《梁惠王上》所云：

"五亩之宅，树之以桑，五十者可以衣帛矣。鸡豚狗彘之畜，无失其时，七十者可以食肉矣。百亩之田，勿夺其时，数口之家可以无饥矣。谨庠序之教，申之以孝悌之义，颁白者不负戴于道路矣。七十者衣帛食肉，黎民不饥不寒，然而不王者，未之有也。"孟子对于梁惠王齐宣王都说过同样的话，在《尽心上》伯夷避纣章中又反复的说，可见这在孟子是极重要的事，无论实行上效果如何，总之这还是古圣心法的留遗，至少是以禹稷为模范的，可以说是儒家的大乘一派。又《尽心下》云：

"孟子曰，民为贵，社稷次之，君为轻。"为了这几句话，不但使得孟子坐不稳圣庙，而且还几乎受明太祖的箭射，此最显得出孟子的真精神，与其思想的真来源也。但《滕文公下》答公都子问中大骂杨墨，最言重的是这一段：

"杨子为我，是无君也。墨子兼爱，是无父也。无父无君，是禽兽也。"杨子姑且不论，墨子实在是禹之徒，摩顶放踵而利天下，或少事实可征，若守宋国一事，已尽足与子贡存鲁相比，孟子尊大禹而于墨子加以罗织，未免于理有乖，视上文论斗更差一步矣。《论语》记言甚简略，故孔子无具体的大段言论，惟对于禹之倾倒极为显著，至称之为无间然，又其所标举德目最要为仁与智与勇，此虽稍为抽象，但亦正与后来的小乘派截然不同。《庄子·天道篇》云：

"昔者舜问于尧曰，天王之用心何如？尧曰，吾不敖无告，不废穷民，苦死者，嘉孺子而哀妇人，此吾所以用心已。"这虽是道家所说的话，却是很得要领，显得出儒家广大的精神，总是以利他为宗，与饥寒由己的思想一致。后来儒者便是另一条路，盖其思想转为君以役民，民以奉君了，故其言曰，臣罪当诛，天王圣明，曰天下无不是的父母，曰饿死事小，失节事大，天地万物只以三纲统之，孔子所举示的仁智勇已被阁置，改易为忠孝贞节，此三者本亦不坏，但是人的道德只局限于对于君父与夫的服役，与前者利他的精神相比，其大小广狭显然大异，即使不说别的，其为小乘总是无可疑了。在奉者一方面做去，不无牺牲之美德，但在役者一方面这便容易有威福的倾向，故此种教条无论怎样说的巧妙圆到，总不能完全脱掉利己的气味，实是无可如何的事，盖由于事实然也。

以上所说本来只是外行人的考察，又说得很凌乱，难免有些错误，不过这都没有多大关系，我对于经学或哲学不曾有研究，说错看错无宁说是当然，这里我只是以中国人的关系对于本国的事来插一句嘴而已。上文尽管说的不对，我只想表明这一点意见，中国思想中有为人民与君父的两派，后者后来独占势力，统制了国民的道德观念，这是很不幸的一件事。我平常读近代文人的文集，其中所记多是大官，孝子节妇等事，看笔记则大都讲雷击不孝，节妇子中举，展卷辄感不愉快，此皆所谓有益于风教之文字也，但其意思何其卑陋，影响何其下劣耶。在上者如务恫吓，不服事将有鬼责，在下者计利得，服事将获富贵，是使父子夫妇之亲不以天然的恩情相维系，反而责报偿论利害，岂非以凉薄为教，民德焉得而不日降哉。窃意中国道德标准宜加改正，应以爱人亲民为主，知己之外有人，而己亦即在人中，利他利己即是一事，空洞的一句话，在现今中国相信却是良药，只是如何吃下去，则不佞尚未想出方法耳。一杯药水到了肚里，怎样作用生出反应，身里的老病和旧毒怎样的变化增减，原有铁似的自然法则在焉，或愈或不愈，人力殆不能变动，俗语云，医生有割股之心，也只有是尽心开一方案，但如说得不敬一点，则又可谓之尽人事也。

廿九年九月四日

释子与儒生

读贺子翼的《水田居集》，有《诗筏》二卷，所说通达事理多可喜，有一则云：

"贯休诗气幽骨劲，所不待言，余更奇其投钱镠诗云，满堂花醉三千客，一剑霜寒十四州，镠谕改为四十州乃相见，休云，州亦难添，诗亦难改，遂去。贯休于唐亡后有湘江怀古诗，极感愤不平之恨，又尝登鄱阳寺阁，有故国在何处，多年未得归，终学於陵子，吴中有绿薇之句。士大夫平时以无父无君讥释子，唐亡以后满朝皆朱梁佐命，欲再求一凝碧诗几不复得，岂知僧中尚有贯休，将无令士大夫入地耶。"严九能著《蕙榜杂记》中亦云：

"大慧禅师曰，予虽学佛者，而爱君忧国之心与忠义士大夫等。紫柏老人读《宋史》李芾传大恸，怒侍者不哭，欲推堕岩下。被缁削发，究无生法忍，须具如此胸襟而后可。"这两节都说得极好，不但是关于佛教有所说明，也可以移用到别的事情上来。平常士大夫辟佛只骂倒世俗和尚而已，于佛教精神全不曾理会得。如阮葵生著《茶余客话》卷十二云：

"昔人谓佛老都是忍心汉。人之所以为忠臣孝子义夫节妇者，其心皆有所不忍也，佛老则无所不忍。呜呼，君父何人，忠孝何事，是可忍也，孰不可忍也。"此即是一例。声闻缘觉二乘可以说是独善其身的办法，若是大乘菩萨的行愿，单就众生无边誓愿度来说，尧舜其犹病诸，唯有大禹可以够得上吧，盖士大夫都是臣子的身份，故以忠孝为其义务，菩萨乃以君父自居，欲尽其慈仁之责，所以更是难能而可贵了。中国儒生亦称引禹稷，而行禹之道者却只有墨者，孟子又复斥之为禽兽，张和仲著《千百年眼》卷三曾论之曰：

"世方决性命之情以饕富贵，安肯如杨子之不拔一毛，世方后公事急身图，安肯如墨氏之摩顶放踵而利天下。妨道蠹民，其唯乡愿乎，彼其通宦机适俗性，故能深投小人之好，而且以久流于世也。然杨墨真而乡愿伪，试思泣歧悲染是何等心胸，即墨子守宋一端，已为古今奇绩，假令世有若人，又何暇稽其无父无君之流弊，即目之为忠臣孝子可矣。"由是可知，释子学佛，与墨者学禹相同，都不是容易事，非是有血性人不能到，若杨子为我，有如修小乘者，但了得四谛，至多可获阿罗汉果，终是自了汉，不可同日而语也。《孟子·离娄下》云：

"禹稷当平世，三过其门而不入，孔子贤之。颜子当乱世，居于陋巷，一箪食，一瓢饮，人不堪其忧，颜子不改其乐，孔子贤之。孟子曰，禹稷颜回同道。禹思天下有溺者，由己溺之也，稷思天下有饥者，由己饥之也，是以如是其急也。禹稷颜子易地则皆然。"这里说的本很圆通，明明说出有两条路，即平世与乱世不同，其实这不同的还只是两种人，禹稷与颜回有如伯夷与柳下惠，情性能力不是一样，孟子同样看待，虽或与事情不甚相合，这宽大的看法总是可取的。后来的儒生却更是不逊，大约自从韩愈以来一心只想道统，以明其道不计其功为口实，便以为天下最高的只有一种人，便是讲学家，这在佛教还够不上小乘，大抵等于唱经的和尚罢。《癸巳存稿》十三《黄石斋年谱当毁论》中引石斋讲书问答，有云：

"禹稷做一代宗祖，细于路人，仲尼做树下先生，尊于天地。此处看破，才有克复源头。"俞理初甚以为非，谓以禹稷细于路人，不似克复人语，其实克己复礼与救民饥溺元是两样事，如何比较得来，如必谓讲克复胜于救民，则害理甚矣。据我们平凡人想，儒家本是讲实际的，并不是不重功利，那么其理想当然是禹稷，孔子栖栖皇皇的奔走，其理由也无非是忧民，所以如是其急，等到没法下手去干，这才来坐在树下找几个学生讲讲，所讲的恐怕还是入世的问题要紧，性命之理也总在罕言之列罢。韩愈辟佛成名之后，后人忽又见禅理而大悦，于是儒家的主要事情变成专谈玄学，案此在西儒称为物理后学，中国儒家着重世事，此正是物理所有事，乃跳过了来讲后半橛，反而专弄玄虚，难怪反为释子所轻，盖彼如不专务拜忏唱戏，其大慈悲种子犹未断绝也。笼统的说一句，中国儒生汉以后道士化了，宋以后又加以禅和子化了，自己的生命早已无有，更何从得有血性与胸襟乎？这一篇账如不算结，儒家永无复生之望，所余留而或将益以繁荣者，也只是儒教式的咒语与符箓而已。

二十九年三月七日，改写前年所撰小文

汉文学的传统

　　这里所谓汉文学，平常说起来就是中国文学，但是我觉得用在这里中国文学未免意思太广阔，所以改用这个名称。中国文学应当包含中国人所有各样文学活动，而汉文学则限于用汉文所写的，这是我所想定的区别，虽然外国人的著作不算在内。中国人固以汉族为大宗，但其中也不少南蛮北狄的分子，此外又有满蒙回各族，而加在中国人这团体里，用汉文写作，便自然融合在一个大潮流之中，此即是汉文学之传统，至今没有什么变动。要讨论这问题不是容易事，非微力所能及，这里不过就想到的一两点略为陈述，聊贡其一得之愚耳。

　　这里第一点是思想。平常听人议论东方文化如何，中国国民性如何，总觉得可笑，说得好不过我田引水，否则是皂隶传话，尤不堪闻。若是拿专司破坏的飞机潜艇与大乘佛教相比，当然显得大不相同，但是查究科学文明的根源到了希腊，他自有其高深的文教，并不亚于中国，即在西洋也尚存有基督教，实在是东方的出品，所以东西的辩论只可作为政治宗教之争的资料，我们没有关系的人无须去理会他。至于国民性本来似乎有这东西，可是也极不容易把握得住，说得细微一点，衣食住方法不同于性格上便可有很大差别，如吃饭与吃面包，即有用筷子与用刀叉之异，同时也可以说是用毛笔与铁笔不同的原因，这在文化上自然就很有些特异的表现。但如说得远大一点，人性总是一样的，无论怎么特殊，难道真有好死恶生的民族么？抓住一种国民，说他有好些拂人之性的地方，不管主意是好或是坏，结果只是领了题目做文章的八股老调罢了，看穿了是不值一笑的。我说汉文学的传统中的思想，恐怕会被误会也是那赋得式的理论，所以岔开去讲了些闲话，其实我的意思是极平凡的，只想说明汉文学里所有的中国思想是一种常识的，实际的，姑称之曰人生主义，这实即古来的儒家思想。后世的儒教徒一面加重法家的成分，讲名教则专为强者保障权利，一面又接受佛教的影响，谈性理则走入玄学里去，两者合起来成为儒家衰微的缘因。但是我想原来当不是如此的。《孟子》卷四《离娄下》有一节云：

"禹稷当平世，三过其门而不入，孔子贤之。颜子当乱世，居于陋巷，一箪食，一瓢饮，人不堪其忧，颜子不改其乐，孔子贤之。孟子曰，禹稷颜回同道。禹思天下有溺者，由己溺之也，稷思天下有饥者，由己饥之也，是以如是其急也。禹稷颜子易地则皆然。今有同室之人斗者，救之，虽被发缨冠而救之，可也。乡邻有斗者，被发缨冠而往救之，则惑也，虽闭户可也。"末了的譬喻有点不合事理，但上面禹稷颜回并列，却很可见儒家的本色。我想他们最高的理想该是禹稷，但是儒家到底是懦弱的，这理想不知何时让给了墨者，另外排上了一个颜子，成为闭户亦可的态度，以平世乱世同室乡邻为解释，其实颜回虽居陋巷，也要问为邦等事，并不是怎么消极的。再说就是消极，只是觉得不能利人罢了，也不会如后世"酷儒菶书"那么至于损人吧。焦理堂著《易余籥录》卷十二有一则云：

"先君子尝曰，人生不过饮食男女，非饮食无以生，非男女无以生生。唯我欲生，人亦欲生，我欲生生，人亦欲生生，孟子好货好色之说尽之矣。不必屏去我之所生，我之所生生，但不可忘人之所生，人之所生生。循学《易》三十年，乃知先人此言圣人不易。"此真是粹然儒者之言，意思至浅近，却亦以是就极深远，是我所谓常识，故亦即真理也。刘继庄著《广阳杂记》卷二云：

"余观世之小人未有不好唱歌看戏者，此性天中之《诗》与《乐》也，未有不看小说听说书者，此性天中之《书》与《春秋》也，未有不信占卜祀鬼神者，此性天中之《易》与《礼》也。圣人六经之教原本人情，而后之儒者乃不能因其势而利导之，百计禁止遏抑，务以成周之刍狗茅塞人心，是何异壅川使之不流，无怪其决裂溃败也。夫今之儒者之心为刍狗之所塞也久矣，而以天下大器使之为之，爰以图治，不亦难乎。"案《淮南子·泰族训》中云：

"民有好色之性，故有大婚之礼，有饮食之性，故有大飨之谊，有喜乐之性，故有钟鼓管弦之音，有悲哀之性，故有衰绖哭踊之节。故先王之制法也，因民之所好而为之节文者也。"古人亦已言之，刘君却是说得更有意思。由是可知先贤制礼定法全是为人，不但推己及人，还体贴人家的意思，故能通达人情物理，恕而且忠，此其所以为一贯之道欤。章太炎先生著《菿汉微言》中云：

"仲尼以一贯为道为学，贯之者何，只忠恕耳。诸言絜矩之道，言推己及人者，于恕则已尽矣。人食五谷，麋鹿食荐，即且甘带，鸱鸦嗜鼠，所好未必同也，虽同在人伦，所好高下亦有种种殊异，徒知絜矩，谓以人之所好与之，不知适以所恶与之，是非至忠焉能使人得职耶。尽忠恕者是唯庄生能之，所云齐物即忠恕两举者也。二程不悟，乃云佛法厌弃己身，而以头目脑髓与人，是以己所不欲施人也，诚如是者，鲁养爰居，必以太牢九韶耶？以法施人，恕之事也，以财及无畏施人，忠之事也。"用现在的话来说，恕是用主观，忠是用客观的，忠恕两举则人己皆尽，诚可称之曰圣，为儒家之理想矣。此种精神正是世界共通文化的基本分子，中国人分得一点，不能就独占了，以为了不得，但总之是差强人意的事，应该知道珍重的罢。我常自称是儒家，为朋友们所笑，实在我是佩服这种思想，平常而实在，看来毫不新奇，却有很大好处，正好比空气与水，我觉得这比较昔人所说布帛菽粟还要近似。中国人能保有此精神，自己固然也站得住，一面也就与世界共通文化血脉相通，有生存于世界上的坚强的根据，对于这事我倒是还有点乐观的，儒家思想既为我们所自有，有如树根深存于地下，即使暂时衰萎，也还可以生长起来，只要没有外面的妨害，或是迫压，或是助长。你说起儒家，中国是不会有什么迫压出现的，但是助长则难免，而其害处尤为重大，不可不知。我常想孔子的思想在中国是不会得绝的，因为孔子生于中国，中国人都与他同系统，容易发生同样的倾向，程度自然有深浅之不同，总之无疑是一路的，所以有些老辈的忧虑实是杞忧，我只怕的是儒教徒的起哄，前面说过的师爷化的酷儒与禅和子化的玄儒都起来，供着孔夫子的牌位大做其新运动，就是助长之一，结果是无益有损，至少苗则槁矣了。对于别国文化的研究也是同样，只要是自发的，无论怎么慢慢的，总是在前进，假如有了别的情形，或者表面上成了一种流行，实际反是僵化了，我想如要恢复到原来状态，估计最少须得五十年工夫。说到这里，我觉得上边好些不得要领的话现在可以结束起来了。汉文学里的思想我相信是一种儒家的人文主义（Humanism），在民间也未必没有，不过现在只就汉文的直接范围内说而已。这自然是很好的东西，希望

160

他在现代也仍强健，成为文艺思想的主流，但是同时却并无一毫提倡的意思，因为我深知凡有助长于一切事物都是有害的。为人生的文学如被误解了，便会变为流氓的口气或是慈善老太太的态度，二者同样不成东西，可以为鉴。俞理初著《癸巳存稿》卷四有文题曰"女"，中引《庄子·天道篇》数语，读了很觉得喜欢，因查原书具抄于此云：

"昔者舜问于尧曰，天王之用心何如？尧曰，吾不敖无告，不废穷民，苦死者，嘉孺子而哀妇人，此吾所以用心已。"此与禹稷的意思正是一样，文人虽然比不得古圣先王，空言也是无补，但能如此用心，庶几无愧多少年读书作文耳。

还有第二点应当说，这便是文章。但是上边讲了些废话，弄得头重脚轻，这里只好不管，简单的说几句了事。汉文学是用汉字所写的，那么我们对于汉字不可不予以注意。中国话虽然说是单音，假如一直从头用了别的字母写了，自然也不成问题，现在既是写了汉字，我想恐怕没法更换，还是要利用下去。《尚书》实在太是古奥了，不知怎的觉得与后世文体很有距离，暂且搁在一边不表，再看《诗》与《易》，《左传》与《孟子》，便可见有两路写法，就是现在所谓选学与桐城这两派的先祖，我们各人尽可以有赞成不赞成，总之这都不是偶然的，用时式话说即是他自有其必然性也。从前我在论八股文的一篇小文里曾说，"汉字这东西与天下的一切文字不同，连日本朝鲜在内。他有所谓六书，所以有象形会意，有偏旁，有所谓四声，所以有平仄。从这里，必然地生出好些文章上的把戏。"这里除重对偶的骈体，讲腔调的古文外，还有许多雅俗不同的玩艺儿，例如对联，诗钟，灯谜，是雅的一面，急口令，笑话，以至拆字，要归到俗的一面去了，可是其生命同样的建立在汉字上，那是很明显的。我们自己可以不做或不会做诗钟之类，可是不能无视他的存在和势力，这会向不同的方面出来，用了不同的形式。近几年来大家改了写白话文，仿佛是变换了一个局面，其实还是用的汉字，仍旧变不到那里去，而且变的一点里因革又不一定合宜，很值得一番注意。白话文运动可以说是反对"选学妖孽桐城谬种"而起来的，讲到结果则妖孽是走掉了，而谬种却依然流传着，不必多所拉扯，只看洋八股这名称，即是确证。盖白话文是散文中之最散体的，难以容得骈偶的辞或句，但腔调还是用得着，因了题目与著者的不同，可以把桐城派或八大家，《古文观止》或《东莱博议》应用上去，结果并没有比从前能够改好得多少。据我看来，这因革实在有点儿弄颠倒了。我以为我们现在写文章重要的还要努力减少那腔调病，与制艺策论愈远愈好，至于骈偶倒不妨设法利用，因为白话文的语汇少欠丰富，句法也易陷于单调，从汉字的特质上去找出一点妆饰性来，如能用得适合，或者能使营养不良的文章增点血色，亦未可知。不过这里的难问题是在于怎样应用，我自己还不能说出办法来，不知道敏感的新诗人关于此点有否注意过，可惜一时无从查问。但是我总自以为这意见是对的，假如能够将骈文的精华应用一点到白话文里去，我们一定可以写出比现在更好的文章来。我又恐怕这种意思近于阿芙蓉，虽然有治病的效力，乱吸了便中毒上瘾，不是玩耍的事。上边所说思想一层也并不是没有同样的危险。我近来常感到，天下最平常实在的事往往近于新奇，同时也容易有危险气味，芥川氏有言，危险思想者，欲将常识施诸实行之思想是也，岂不信哉。

廿九年三月廿七日

中国文学上的两种思想

我们平时读书，往往遇见好些事情，觉得意见纷岐，以至互相抵触，要来辨别决定，很费一番心思，而其结果则多是倾向于少数的，非正宗的方面。这是为什么呢？难道真是有些怪人，如李卓吾俞理初等人，喜欢发为怪论，而这又能惑世诬民么？我想这未必然。据我的意见来说，关于政治道德中国本来有两种绝不同的思想，甲种早起，乙种后来占了势力，可是甲的根本深远，还时常出现，于是成了冲突。简单的用假定的名称来说，这可以说甲是一切都为人民，乙是一切都为君主的主张。这里最好借黄梨洲的现成的话来说明，在《明夷待访录·原君篇》中云：

"古者以天下为主，君为客，凡君之所毕世而经营者，为天下也。今也以君为主，天下为客，凡天下之无地而得安宁者，为君也。"《原臣篇》中云：

"天下之大，非一人之所能治，而分治之以群工，故我之出而仕也，为天下，非为君也，为万民，非为一姓也。"又《置相篇》中云：

"孟子曰，天子一位，公一位，侯一位，伯一位，子男同一位，凡五等。君一位，卿一位，大夫一位，上士一位，中士一位，下士一位，凡六等。盖自外而言之，天子之去公犹公侯伯子男之递相去，自内而言之，君之去卿犹卿大夫士之递相去，非独至于天子遂截然无等级也。"这几节话已经说的很简要，现在再引经书来加以证明，重要的还是在《孟子》里，如《尽心下》云：

"民为贵，社稷次之，君为轻。是故，得乎丘民而为天子，得乎天子为诸侯，得乎诸侯为大夫。诸侯危社稷，则变置。牺牲既成，粢盛既洁，祭祀以时，然而旱干水溢，则变置社稷。"《离娄下》云：

"禹稷当平世，三过其门而不入，孔子贤之。颜子当乱世，居于陋巷，一箪食，一瓢饮，人不堪其忧，颜子不改其乐，孔子贤之。孟子曰，禹稷颜回同道。禹思天下有溺者，由己溺之也，稷思天下有饥者，由己饥之也，是以如是其急也。禹稷颜子易地则皆然。"《万章上》说伊尹云：

"思天下之民，匹夫匹妇有不被尧舜之泽者，若己推而内之沟中，其自任以天下之重如此。"此外如《万章上》之说天下之民讴歌舜禹，《梁惠王上》《尽心上》之叙五亩之宅等办法，《离娄下》之说君之视臣如土芥则臣视君如寇仇，也都是这宗主张的表现，可以说即是黄梨洲说的根源。孔子并未明白说过，《尚书》多载政事祭祀，也未见说及，但是在传说上很有许多留存，如舜与禹之受禅，许由务光之逃避，禹稷之辛劳，以及汤之祷雨，皆是。据《太平御览》卷八三引《帝王世纪》云：

"汤自伐桀后大旱七年，洛川竭。殷史卜曰，当以人祷。汤曰，吾所为请雨者民也，若必以人祷，吾请自当。遂斋戒，剪发断爪，以己为牲，祷于桑林之社。"查照文化人类学的研究，古代君王与野蛮酋长一样，负有燮理阴阳的责任，如或旱干水溢，调整无功，往往有为牲之虞，有如晒城隍神相似。又据说君长的坐立衣食也多有拘束，如坐高座，足不着地之类，我们看《月令》中对于天子之衣的颜色，食的种类，有不近人情的规定，似乎有点近似。所以有些地方找人做酋长，候补者不愿意，有时竟至拒捕。这些《金枝》上的另碎话，虽然都出在非奥各蛮地，却颇可帮助我们证明传说中事实之可能，即使时代与人物未必便那么可以明确认定。在中国有文字纪录的时候，这样的时代早已过去很久了，事实上君权十分确立，其思想当如《洪范》所说，唯辟作福，唯辟作威，唯辟玉食，那是殆无可疑的了。但是在想像中还存留着这么一个影子，成为传说，一直流传下来，而一般思想家中之特殊者也就由此传说而成为理论，于是为人民为天下的思想遂以成立，如孟子，如王介甫，如李卓吾黄梨洲，如俞理初，都是属于这一系的。至于为君主的主张则为君权时代之正宗思想，千百年来说的很是堂皇，但分析起来，大旨只如《明夷待访录》所说，《原君篇》云：

"后之为人君者，以为天下利害之权皆出于我，我以天下之利尽归于己，以天下之害尽归于人，亦无不可。使天下之人不敢自私，不敢自利，以我之大私为天下之公。始而惭焉，久而安焉，视天下为莫大之产业，传之子孙，受享无穷，汉高帝所谓某业所就孰与仲多者，其逐利之情不觉溢之于辞矣。"又《原臣篇》云：

"世之为臣者，以为臣为君而设也，君分吾以天下而后治之，君授吾以人民而后牧之，视天下人民为人君囊中之私物，今以四方之劳扰，民生之憔悴，足以危吾君也，不得不讲治之牧之之术，苟无系于社稷之存亡，则四方之劳扰，民生之憔悴，虽有诚臣，亦以为纤芥之疾也。"这里批评的很彻透，不过事实上一直具有绝大势力，这大抵起于有史以来，至秦而力量更加大，至宋而理论更加强，以至于今，民国成立以来犹未能清算。但是向民间去看，那里的思想相当保有原来的纯朴，他们现实方面畏惧皇帝的威力，理想方面却仍归依于治水的大禹，养老的西伯，一般老百姓所期待的所谓真命天子，实在即是孟子所云天与之人与之的为人民治事的君，若说弥勒菩萨转世，乃是附带的装点而已。这样看来，现今觉得对立着的两种主张，为君主的思想乃是后起，虽然支持了很久的时间，但其根柢远不及为人民为天下的思想之深长，况且在民国建国以后，这最古老的固有思想也就最为适宜而合理，此其重点当然在于政治道德上，有加以扶植之必要，唯在一般从事于文史工作的人也很值得注意的事也。

上面所说都是泛论，现在且就文学方面来一看，究竟这两种思想占的势力如何。据理来推测，为君主的主张既在实际上占着势力很大也很久，应当各方面都已侵入浸透了，至少也有相当的根基，但是实在未必如此。文学上现今且只以诗歌为例。据我浅陋的知识说来，大约只有《离骚》一篇可以说是真是这种为君的思想的文学，此外就不大容易再去找寻。这实是无足怪的，屈原据《史记》说是楚之同姓，别的诗人忧生悯乱，感念身世，屈子则国事亦即是家事，所以那么特别迫切。可是我们仔细想来，《离骚》的文学价值就在于此么？刘彦和在《文心雕龙》上说得好，叙情怨则郁伊而易感，述离居则怆怏而难怀，论山水则循声而得貌，言节候则披文而见时，枚贾追风而入丽，马杨沿波而得奇，其衣被词人，非一代也。语虽简略，却能得其概要。我们回过去再看《诗经》，差不多也可以这样说。现在且依据小序去看，大雅与颂本来是以政事祭祀为主的篇什，倒是合例的，但以文学论这部分不占重要的位置，正如后来的郊祀歌一样。国风好色而不淫，小雅怨诽而不乱，这是很好的诗了，然而其中也有差别。据本文或序语看出确有本事的若干篇中，美少而刺多，诗人之意也只是忧国为主而非思君，至于后世传诵，很有影响的诗则又大都是忧生悯乱的悲哀之作，别一部分是抒情叙景的，随便举例，前者有《黍离》《兔爰》《山有枢》《中谷有蓷》《谷风》《氓》《卷耳》《燕燕》等，后者如《七月》《东山》《野有死麕》《静女》《绸缪束薪》《溱洧》《风雨》《蒹葭》是也。这里所说极不精密，但大概情形也就是如此吧。

关于古今体诗，这里也只得草率的说一下。不能广泛的去查考，只好利用一二选本，如闻人倓的《古诗笺》，张琦的《古诗录》，暂且应用。古诗十九首，有些评家都以为是逐臣或失志之士之词，这个我们实在看不出来，恐怕大家也有同一感想。阮嗣宗的《咏怀》五十首，陶渊明的大部分的诗，照例是被归入这一类里去的，我们可以重复说关于《诗经》作者的话，他们诚然是忧时，但所忧者乃是魏晋之末的人民的运命，不是只为姓曹的或姓司马的一家也。以后我们且只看唐诗，而且唐诗中也只看杜少陵，因为唐诗固无从谈起，而杜少陵足为其代表，且亦正以每饭不忘君的诗人著名也。这里我所依据的是芸叶盦的二十卷本《杜工部集》，可是恰巧有名的古诗都是早年之作，收在前几卷里，检阅甚便，据我看来，《咏怀》《述怀》与《北征》诸诗，确如东坡所云，可以见其忠义之气，但如说其诗的价值全都在此，那有如说茶只是热得好，事实当然未必如此。老杜这类诗的好处如自己说过，正在其"忧端齐终南，澒洞不可掇"，如上述诸诗外，有《哀江头》《哀王孙》，新安石壕二吏，新婚垂老无家三别，《悲陈陶》《兵车行》，前后出塞，《彭衙行》《羌村三首》《春望》《月夜忆舍弟》《登岳阳楼》，这些虽然未能泣鬼神，确有惊心动魄之力，此全出于慈爱之情，更不分为己为人，可谓正是文艺的极致。"世乱遭飘荡，生还偶然遂"，我们现在读了，能不感到一种怅惘。我不懂得诗，尤其不敢来讲杜少陵的事情，这里只是乱抓的抓到他，请他帮我证明一下，为君主的思想怎样的做不成好诗，结果倒是翻过来，好诗多是忧生悯乱的，这就是为人民为天下的思想的产物。这也就可以说是中国本来的文学思想的系统，自《诗经》以至杜少陵是如此，以后也是如此，可以一直把民国以来的新文学也算在里边。散文方面的例我没有引，因为这事情太是繁重了，一时来不及着手。在那里面为君主的思想当更占有势力，臣罪当诛天王圣明的话头在诗中难免稍为触目，文中便用得惯了，更肉麻些也还不妨，所以那边的情形自然会得稍有不同，须待查考了再说。但是我相信，至少是依据我对于中国思想与文学的意见来说，这种一切为君主的思想本是后起的，因了时代的关系一时间大占势力，在文化表面上很是蔓延，但是终于扎不下深的根，凡是真正好的文学作品都不是属于这一路的，现在又因了时代的关系明显的已失势力，复兴的应该是那一切为人民为天下的思想，不但这是中国人固有的思想，一直也就是中国文学的基调。这里的例证与说明或者还不甚充足，有待于将来的补订，但我想这两种思想的交代总是无疑的事实，而且此与普通思潮之流行变化不同，乃是与民族的政治文化的运动密切相关，现今从事于文学工作的人正有极须注意之必要。末了觉得又须加上一点蛇足的说明，以上只是我个人对于中国文学思想之一种观察，应用的范围自然就以中国为限。自然科学的定理世间只有一个，假如有了两个，其中之一必将被证明为假，若在人文方面便可以容得不同，不好用了一条定例去断定一切，所以论中国的事情，其结论即使正确，其通行范围亦姑且限于本国，不当以此结论妄去应用于外国事情之上，亦不可以外国之结论拿来随便应用。人的头脚虽同，鞋帽却难通用，此小事人无不知者，而吾于此乃犹哓哓费词，此其所以为蛇足也。

三十二年四月十三日在南京中央大学所讲

汉文学的前途

　　今天所谈的是中国新文学之将来，题目却是汉文学，这里须稍有说明。我意想中的中国文学，无论用白话那一体，总都是用汉字所写，这就是汉文，所以这样说，假如不用汉字而用别的拼音法，注音字母也好，罗马字也好，反正那是别一件东西了，不在我所说的范围以内。因为我觉得用汉字所写的文字总多少接受着汉文学的传统，这也就是他的特色，若是用拼音字写下去，与这传统便渐有远离的可能了。

　　汉文学的传统是什么，这个问题一时也答不上来，现在只就我感到的一部分来一说，这就是对于人生的特殊态度。中国思想向来很注重人事，连道家也如是，儒家尤为明显，世上所称中国人的实际主义即是从这里出来的。孔孟的话不必多引了，我们只抄《孟子·离娄》里的一节话来看。

　　"禹稷当平世，三过其门而不入，孔子贤之。颜子当乱世，居于陋巷，一箪食，一瓢饮，人不堪其忧，颜子不改其乐，孔子贤之。孟子曰，禹稷颜回同道。禹思天下有溺者，由己溺之也，稷思天下有饥者，由己饥之也，是以如是其急也。禹稷颜子易地则皆然。"我想这禹稷精神当是中国思想的根本，孔孟也从此中出来，读书人自然更不必说了。在诗歌里自《诗经》《离骚》以至杜甫，一直成为主潮，散文上更为明显，以致后来文以载道的主张发生了流弊，其形势可想而知。这如换一句话说，就可以叫作为人生的艺术，但是他虽执着人生，却不偏向到那一极端去，这是特别的一点。在自家内有道家与法家左右这两派，在外边又有佛教与基督教这两派，他在中间应酬了这两千年，并未发生什么动摇，可知其根本是很深稳的了。其特色平常称之曰中庸，实在也可以说就是不彻底，而不彻底却也不失为一种人生观，而且这也并不是很容易办的事。大抵这完全是从经验中出来的，道家的前辈经验太深了，觉得世事无可为，法家的后生又太浅了，觉得大有可为，儒家却似经过忧患的壮年，他知道这人生不太可乐，也不是可以抛却不管事的，只好尽力的去干了看，这即是所谓知其不可为而为之的态度。道家与佛教，法家与基督教，各站在一极端，自有他的理想，不是全便是无，儒家不能那样决绝，生活虽难，觉得不必绝粒饿死，也难望辟谷长生，余下的一条路还只是努力求生，如禹稷者即其代表，遒生尽死至，亦便溘然，以个人意见言之，正复恰合于生物之道者欤。

中国民族的这种人生观，在汉文学上可以说是伦理的传统，我看一直占着势力，不曾有什么变动。这是一个很好的木本水源，从这里可以长发出健全的艺术以及生活来，将来的文学自必沿着这道路前进，但是要紧的一点是在强固地立定基础之外，还要求其更切实的广化。中国的伦理根本在于做人，关于这个说明，孔子曰，仁者人也。近世焦理堂云：

"先君子尝曰，人生不过饮食男女，非饮食无以生，非男女无以生生。唯我欲生，人亦欲生，我欲生生，人亦欲生生，孟子好货好色之说尽之矣。不必屏去我之所生，我之所生生，但不可忘人之所生，人之所生生。循学《易》三十年，乃知先人此言圣人不易。"这一节说得极好，当作生活南针的确已是十分好了，但是在学术艺文发展上，对于人其物的认识更是必要，而这在中国似正甚缺少。本来所谓人的发见在世界也还是近代的事，其先只是与神学思想的对立，及生物学人类学日益发达，人类文化的历史遂以大明，于是人的自觉才算约略成就。又孟子曰，民为贵，社稷次之，君为轻。此固是千古名言，确实足为中国固有思想的代表，唯此但为政治道德之大纲，而其目或尚有未备。《庄子·天道篇》云：

"昔者舜问于尧曰，天王之用心何如。尧曰吾不敖无告，不废穷民，苦死者，嘉孺子而哀妇人，此吾所以用心已。"这里嘉孺子而哀妇人一句话，恰补充得很好，此固是仁民所有事，但值得特别提出来说，这与现代的儿童研究和妇女问题正拉得上，我想在将来中国的道德政治，学术文艺上，这该有重大的地位，希望中国文化人肯于此予以注意。过去多少年间中国似乎过分的输入外国思想，以致有类似流弊的现象发生，但稍为仔细考察，其输入并未能及日本前例之三分一，且又未能充分消化吸收，所谓流弊乃即起因于此，盖不消化亦会中毒也。吾人吸收外国思想固极应慎重，以免统系迥殊的异分子之侵入，破坏固有的组织，但如本来已是世界共有的文化与知识，唯以自己的怠惰而落伍，未克取得此公产之一部分，则正应努力赶上获得，始不忝为文明国民，通今与复古正有互相维系之处。中国固有思想重人事，重民生，其发现于哲学文艺上者已至显明，今后则尚期其深化，于实际的利用厚生之上更进而为人间之发见与了解，次又由不敖无告之精神，益广大化，念及于孺子妇人，此亦是一种新的发见与了解也。由此观之，将来新文学之伟大发展，其根基于中国固有的健全的思想者半，其有待于世界的新兴学问之培养者亦半，如或不然，虽日日闭户读《离骚》，即有佳作亦是楚辞之不肖子，没有现代的意味。在现今的中国，希望将近世生物人类儿童妇女各部门的学者学说全介绍进来，这件事显见得是不可能的，但是在文化界至少不可不有这么一种空气，至少有志于文学工作不可不有此一点常识，简单的一句话，也只是说文学不再是象牙塔里的事，须得出至人生的十字街头罢了。中国新文学不能孤立的生长，这里必要思想的分子，有自己的特性而又与世界相流通，此即不是单讲诗文的所能包办，后来的学子所当自勉而不必多让者也。于今不必多征引外国旧事以为左证，但闻近时有日本文学批评家推举本国文人，以夏目漱石，森鸥外，长谷川二叶亭三氏为代表，以其曾经世界文艺之磨炼，此言大有见解，中国文人正大可作为参考也。

在《论语》里孔子曾说过这样的话，曰，修辞立其诚，又曰，辞达而已矣。这两句话的意思极是，却也很平常，不必引经据典的说，一般人也都会赞成，认为写文章的正当规律，现在却这样郑重的征引者，别无什么重要缘故，实只是表明其有长久的传统而已。从前我偶讲中国文学的变迁，说这里有言志载道两派，互为消长，后来觉得志与道的区分不易明显划定，遂加以说明云，载自己的道亦是言志，言他人之志即是载道，现在想起来，还不如直截了当的以诚与不诚分别，更为明了。本来文章中原只是思想感情两种分子，混合而成，个人所特别真切感到的事，愈是真切也就愈见得是人生共同的，到了这里志与道便无可分了，所可分别的只有诚与不诚一点，即是一个真切的感到，一个是学舌而已。如若有诚，载道与言志同物，又以中国思想偏重入世，无论言志载道皆希望于世有用，此种主张似亦相当的有理。顾亭林著《日知录》卷十九有《文须有益于天下》一则，其文曰：

"文之不可绝于天地间者，曰明道也，纪政事也，察民隐也，乐道人之善也，若此者有益于天下，有益于将来，多一篇多一篇之益矣。若夫怪力乱神之事，无稽之言，剿袭之说，谀佞之文，若此者有损于己，无益于人，多一篇多一篇之损矣。"又文集卷四《与人书二》中云：

"孔子之删述六经，即伊尹太公救民于水火之心，而今之注虫鱼命草木者，皆不足以语此也。"顾君的正统思想鄙人深所不取，但这里所说文须有益于天下，却说的不错，盖中国人如本其真诚为文，结果自然多是忧生悯乱之情，即使貌若闲适，词近靡丽，而其宗旨则一，是即是有益于世，谓之明道殆无不可矣。孔子删述六经未为定论，不敢率尔附和，但如云古来贤哲述作，即伊尹太公救民于水火之心，则鄙人亦甚同意，且觉得此比喻下得极妙，安特勒也夫曾云，文学的伟大工作在于消除人间所有种种的界限与距离，案是即仁人之用心，正可为顾君之言作为证明。由是言之，怪力乱神之事，无稽之言，苟出于此种用心，其文学的价值亦仍重大，未可妄意轩轾，唯剿袭谀佞，自是有损无益，其故正由于不诚耳，若注虫鱼命草木乃是学者所有事，与立言固自无关也。统观中国文学的变迁，最大的毛病在于摹仿，剿说雷同，以至说诳欺人，文风乃以堕地，故镜情伪一事，诚如顾君所言，至为重要。《日知录》中曾论之曰：

"黍离之大夫，始而摇摇，中而如噎，既而如醉，无可奈何而付之苍天者，真也。汨罗之宗臣，言之重，辞之复，心烦意乱而其词不能以次者，真也。栗里之征士，淡然若忘于世，而感愤之怀，有时不能自止而微见其情者，真也。其汲汲于自表暴而为言者，伪也。"此论本为钱谦益而发，但语甚有理，读中国古文学者固可以此为参考，即在将来为新文学运动者读之亦未为无益也。

再从诚说到达，这里的话就只有简单的几句。写文章的目的是要将自己的意思传达给别人知道，那么怎么尽力把意思达出来自然是最要紧的一件事，达意达得好的即是好文章，否则意思虽好而文章达不出，谁能够知道他的好处呢。这些理由很是简单，不必多赘，只在这里将我的私见略述一二点。其一，我觉得各种文体大抵各有用处，骈文也是一种特殊工具，自有其达意之用，但是如为某一文体所拘束，如世间认定一派专门仿造者，有如削足适履，不能行路，无有是处。其二，白话文之兴起完全由于达意的要求，并无什么深奥的理由。因为时代改变，事物与思想愈益复杂，原有文句不足应用，需要一新的文体，乃始可以传达新的意思，其结果即为白话文，或曰语体文，实则只是一种新式汉文，亦可云今文，与古文相对而非相反，其与唐宋文之距离，或尚不及唐宋文与《尚书》之距离相去之远也。这样说来，中国新文学为求达起见利用语体文，殆毫无疑问，至其采用所谓古文与白话等的分子，如何配合，此则完全由作家个人自由规定，但有唯一的限制，即用汉字写成者是也。如由各个人的立场看去，汉字汉文或者颇有不便利处，但为国家民族着想，此不但于时间空间上有甚大的连络维系之力，且在东亚文化圈内亦为不可少的中介，吾人对于此重大问题，以后还须加以注意。

我想谈汉文学的前途，稿纸写了七张，仍是不能得要领。这原来是没法谈的问题。前途当然是有的，只要有人去做。有如一片荒野，本没有路，但如有人开始走了，路就出来了，荒野尽头是大河，有人跳下去游泳，就渡了过去，随后可以有渡船，有桥了。中国文学要有前途，首先要有中国人。中国人的前途——这是又一问题。现在只就文学来谈，我记起古时一句老话，士先器识而后文章，我觉得中国文人将来至少须得有器识，那么可以去给我们寻出光明的前途来。我想这希望不会显得太奢罢。

附 记

　　民国二十九年冬曾写一文曰"汉文学的传统"，现今所说大意亦仍相同，恐不能中青年读者之意，今说明一句，言论之新旧好歹不足道，实在只是以中国人立场说话耳。太平时代大家兴高采烈，多发为高论，只要于理为可，即于事未能，亦并不妨，但不幸而值祸乱，则感想议论亦近平实，大抵以国家民族之安危为中心，遂多似老生常谈，亦是当然也。中国民族被称为一盘散沙，自他均无异辞，但民族间自有系维存在，反不似欧人之易于分裂，此在平日视之或无甚足取，唯乱后思之，正大可珍重。我们缮史书，永乐定都北京，安之若故乡，数百年燕云旧俗了不为梗，又看报章杂志之记事照相，东至宁古塔，西至乌鲁木齐，市街住宅种种色相，不但基本如一，即琐末事项有出于迷信敝俗者，亦多具有，常令览者不禁苦笑。反复一想，此是何物在时间空间中有如是维系之力，思想文字语言礼俗，如此而已。汉字汉语，其来已远，近更有语体文，以汉字写国语，义务教育未普及，只等刊物自然流通的结果，现今青年以汉字写文章者，无论地理上距离间隔如何，其感情思想却均相通，这一件小事实有很重大的意义。旧派的人，叹息语体文流行，古文渐衰微了，新派又觉得还不够白话化方言化，也表示不满意，但据我看来，这在文章上正可适用，更重要的乃是政治上的成功，助成国民思想感情的连络与一致，我们固不必要褒扬新文学运动之发起人，唯其成绩在民国政治上实较文学上为尤大，不可不加以承认。以后有志于文学的人亦应认明此点，把握汉文学的统一性，对于民族与文学同样的有所尽力，必先能树立了国民文学的根基，乃可以大东亚文学之一员而参加活动，此自明之事实也。关于文人自肃，亦属重要，唯苦口之言，取憎于人，且即不言而亦易知，故从略。

民国癸未七月二十日记

中国的国民思想[①]

今天是教育总署主办的中等学校教员暑期讲习班开始的一天，暑期讲习班照例每年举行一次，本届已经是第三次了，所以关于暑期讲习班的意义，不必再加说明了。照预定的程序里面，我有两小时的讲话，实在说，我没有什么东西可讲，虽然我从民初以来都是作教员生活，可是讲演非我所长，不过既然规定了有这种讲话，所以我就把平常所想到的极平常的几句话提出来同大家谈谈。至于许多新的问题，说的人很多，我就不必说了。我所说的，是极平常的，没有新的东西，不过是我个人多少年以来想出来的一点问题，就是中国固有的国民思想，究竟是什么？它的优点与劣点在那里？

这个问题与我们很有关系。我认为这个问题好像一个人对于自己的身体一样的重要，可是平常不注意它，等到身体有病的时候，才想起来，我的身体怎样，要请医生检查检查，究竟那一部分不好，应当赶紧医治。也有许多人讳疾忌医，有了病不肯请医生看，惟恐经过医生检查之后，会发现某部分发生毛病，心里反

① 一九四一年七月十七日在华北各省市中等学校教员第三届暑期讲习班讲演，记录者不详。

更不安适，所以不如不去检查；但这是没有用的，毛病在那里，不去医治，随他去，结果自然越来越厉害。一个人对于自己的身体是如此，国民对于国民的思想也是如此。中国的国民思想，现在已经到了病得很重的时期了，非请医生检查不可，必须明了那部分健全，那部分不健全有毛病，这是很重要。不过看法各人不一样，我所说的是我个人的看法，虽然是很平凡很旧的，不过我相信没有假话，应该怎样说就怎样说，决没有怎样说得好就怎样说的地方，完全根据我一二十年来所想过的几点意见同大家谈谈。

中国国民的思想，说来说去，无论人喜欢不喜欢，根本思想还是儒家的思想。再具体一点说，就是孔孟的思想。为什么呢？这道理很简单，因为孔子是中国人，他的学问特别高，思想特别好，可以做我们的代表，无论什么人，有学问的，没有学问的，他的根本思想完全根据孔子的思想，即是所谓儒家的思想。这是二千年以来，由种种方面可以看出来的。

儒家的思想那一点最重要呢？简单的说，就是利人——这是我假定的名称——对于他人，对于民众，要给他幸福，为民众求福利，这是古今的中国国民思想，也就是儒家的思想。我从前念过四书，记得《孟子》里有一段，讲禹稷。禹是治水的，"三过其门而不入"。治水是禹的责任，天下只要有个人被水淹死，就是禹自己的不好，如同禹淹死这个人一样。稷是种田的，天下只要有一个人挨饿，就是稷自己的不好，如同稷叫这个人挨饿一样。所以禹稷都是圣人的心理。再如孟子与梁惠王讲仁政——所谓王道——孟子说得很简单，只要人民不饥不寒，年老的人有绸衣可穿，有肉可吃，等到人民的生活安定了，然后办学校，申之以孝悌之义，这样就是王道。简单的说，我以为中国思想的优点，完全在为人谋福利，并不是为自己，我是圣人圣王，责任就很重大，所有的人民，有一个没饭吃，没有衣穿，都是我的责任，决没有"我是皇帝，我应该享福"的思想。这种享福的思想，是后来才有的。孔孟的利人思想，拿这两个例子就可以代表了。

还有一位清朝的学者焦理堂先生，曾经说过一段话，他说，他的父亲告诉他，天下的事情很简单，第一就是自己要生存，第二就是子孙要不断的绵延下去。自己生存，子孙绵延，天下事就完了。不过，自己生存，同时也要使他人生存，自己的子孙绵延下去，同时也要使他人的子孙绵延下去。焦理堂听了他父亲的话，研究多少年，也没有明白，后来研究《周易》，才知道他父亲所说的，都是经验之谈。简言之，就是很平常的人生观。人是要生存的，不但要自己能生存，而且要他人也能生存，这样才能大家平平安安的生存下去。讲得玄妙一点，我们不太懂，平常说，就是所谓仁。孔子无论怎样玄妙，讲到底就是个仁字。曾子说过："夫子之道，忠恕而已矣。"恕就是推己及人，我能生存，他人也能生存。不过，恕是主观的，我喜欢吃甜的，他人也有不喜欢吃甜的，于是就要讲忠了。忠就是科学上所谓客观的态度，我喜欢吃甜的，他人也有不喜欢吃甜的，我要了解他喜欢吃什么东西，与我有什么不同，这就是忠。所以孔子之道，一以贯之，就是仁，分说就是忠恕。

关于这一点，我以为从孔孟起，到老百姓为止，没有什么不懂的。这是最简单的人生观。自己要生存，他人也要生存，自己的子孙要绵延下去，他人的子孙也要绵延下去。凡事都不要损人利己。这个观念不见得只有中国人有，是人人都有的，不过中国人对于这点特别明了而已。这是从书籍上看来，就可以完全知道的。有了这点理论，第二点实际，也就是由这一点研究出来的。

第二点是讲实际，不是理论，完全是就事论事。由讲实际看来，孔子的学说不是宗教，因为宗教有很大的理论，譬如佛教，他认为这世界的种种人生都是无聊的，所以要与这个世界断绝，求自己的解脱。基督教也是如此，认为人生在这污浊的恶世里非常痛苦，必须在这时候祷告上帝，领入天堂，才可以有永生。而孔子就没有这种思想。他认为这个世界就是我们的世界，至于死后如何，就不去考虑了。孔子曾说过："未知生，焉知死。"对于死后问题毫无研究兴趣，而对于现在则非常重视，只要现在的几十年之中好好的过，对于父子兄弟夫妇朋友，好好的处，一生的目的就完了。照佛教说起来，父子兄弟夫妇朋友种种关系，使人不得自由，于是要出家，去求个人的解脱。儒家却是相反，这是孔子学说与宗教不同之点。至于中国人的崇信宗教，也是完全为帮助现在的生活，并不是为死后的永生。试看到妙峰山拜菩萨的人很多，可是他们朝山拜佛，大多数是求现在的幸福的。再举一个显明的例，财神庙是很有名的，到了财神菩萨生日的那一天，大家去求发财，可是到了第二天，大家就把财神菩萨忘记了，其实并不是永久忘记，其所以崇拜财神菩萨的原因，无非只是祈求现在发财而已，不像基督教徒一样每饭不忘，吃饭也祈祷，睡觉也祈祷，同时他们的祈祷只是求神的保佑，没有其他的目的，由这点看来，孔子学说与宗教就完全不同了。孔子只要现在的问题解决，目的就达到了，并不是死后能否免去轮回，引入天国。所以把孔子作为宗教家，根本是不通的。可是孔子虽然只求现实，但也不是功利主义者。因为实际主义往往容易变成功利主义，而孔子则不然，《论语》里面说："知其不可而为之。"明知道做不成功，他还是要做，但并不是有利的才去做，无利的就不去做，可能的就做，不可能的就不做，与功利主义完全不同。

第三点，中国国民的思想是讲中庸的，不偏于任何一方面。

固然中庸的弊病可以变成骑墙，不过中国国民的思想并不是骑墙，大体上看来，还是比较偏重于儒家，他还是有他的宗旨。中国的思想，除了儒家之外，还有道家的老子、庄子，法家的韩非、商鞅，不过这两派不大发达，法家偏于积极，太拘泥法理，一切照预定方针做下去，一点没有变通，虽然在西洋法家比较成功，而在中国的历史上看来，秦，王莽，以及王安石等想求法治，却都没有成功，可知法家在中国社会是不容易成功的。至于道家则偏于消极，知其不可为而不为，虽然他也不是宗教，不求解脱，但是一切只求敷衍。儒家在法家道家之间，你说他消极，他不消极，你说他积极，他也不积极，只是适乎其中。西洋的哲学家也虽有人说"人生没有极端"，也就是中庸的意思。譬如走路，不动当然不能走，两腿一齐动，也不能跳得很长久，只有两腿一前一后的向前走，才可以达到目的地的。又有一位英国人说，"一个人吃东西可以有两个极端办法，一个是纵欲，一个是禁欲"。所谓纵欲，是今天有好吃的，就尽量的吃，原来吃三碗饭，因为是好吃的就吃五碗饭；所谓禁欲，就是根本不吃。这两极端都是不行的。多吃了胃中容纳不下，会发生胃病；不吃也不能生活。为图生活快活，有好吃的也要少吃一点，今天吃一部分，明天再吃一部分，使我们的口腹之欲天天能满足，少吃虽然也是禁欲，但不是单纯的绝对的禁欲，是纵欲与禁欲两者之间的。这话本来是很简单很平常的，除了少吃之外，两极端是没有人能做得通的。所以人生就是中庸。吃饭，走路，睡觉，都要合乎中庸，才能生活。中国人从孔子起，至一般老百姓止，都有中庸的思想，希望中国人做大事业，是做不出来的，可是叫他维持长久，他的力量却很大。试看中国过去的历史，倒霉的历史也很多，这就是中国思想的弱点，由于没有宗教家的热诚，希望信仰的缘故，但是因为思想中庸，却能够保持长久，所以在历史上虽有时期长短不一的患难，而中国的思想仍然保存，仍然可以复活过来。

我以为中国国民的思想的特色，就是以上的三点，这三点也就是根据于儒家的思想，上自孔圣，下至不识字的老百姓，他们的人生观都是如此，这是我个人的观察。

人本来是生物之一，生物当然要生存，这是最简单的欲望。有一位外国人问我："中国的国民性怎样？"我说："中国人是人，是生物，他要生存，这是中国人的国民性，此外并无什么古怪异常的地方。"因为中国人是人，是生物，要生存，所以你不让他生存他是要反抗的。有许多宗教，不希望现社会的生存，而希望永久的生存，因此性格转变了。中国就没有这种转变，所以中国思想是很平常很健全的。不过后来出了一种毛病，因此有人责备儒家，其实这是出于别一来源的。这就是考试制度。从唐朝起，一直到清朝末叶，都靠诗文取士，最近五百年则文章又限于八股，无论什么人，只要考中了，就可以做官。这种制度，把中国好好的国民性都弄坏了。考试本来是很好的制度，据外国人看起来，是很有道理的。可是这仅是就好的理论方面来讲，而没有看见考试的流弊。考试制度最大的流弊的两点：第一，因为作文章不肯说真话，完全是说谎。我们平常作文学的文章，自己照自己的思想去作，今天心里高兴，写出来的文章，就是高兴，今天有悲伤的事情，写出来的文章就是悲痛的，但是考试的文章却不能如此，虽然我有很悲痛的事情，在考场上出了庆贺皇太后八十万寿的题目，就非得作颂扬的文章不可，因此千余年来，中国人作文章的本领很好，一般外国人，特别是友邦人，说中国人的宣传本领很好，这就是由于千年来学成的遵命文学的缘故。人家说杯子是圆的，我就作一篇杯子是圆的文章，人家说杯子是方的，我就作一篇杯子是方的文章，就是有人说这不是杯子，我也照样可以作一篇文章，于是文章完全依据题目去作了。我们从前学作论文，先生就是这样教，若不这样做，文章就作不好。但这种文章，决不是自己的文章，完全是替题目说话，弊病很大。第二，是胡说八道。从前在书房里作什么《汉高祖论》《管仲论》，谈论一二千年以前的事情，汉高祖怎样与匈奴作战，我们完全不知道，怎样作论文呢？结果只好乱说了。如果向来大家都说汉高祖如何的好，你能翻案，说他如何不好，这便是更好的文章了。有了这样的好文章，一旦考中，点了翰林，做了御史，就更可胡说八道了。从前汉高祖打匈奴都可批评，都可以骂，何况是现代人？因为有考试，所以要作文章，因为作文章，所以不说真话，胡说八道，这种习性养成之后，于是把中国的国民性弄坏了。中国儒教的思想，原来并不是如此，孔子对子路说："知之为知之，不知为不知，是知也。"这才是真实的知道。可是因为考试制度，把这点精神完全丧失了，变成说谎同胡说八道，因此只在文章上讲空论，真实的学问一齐都不发达了，科学也因此不能发达了。

　　以上所说，是中国因为考试制度把中国国民思想弄坏了，只知说谎，胡说，把真实的学问都阻塞了，因此中国的科学也不能发达了。譬如拿医学来说，从前有人说："不为良相，则为良医。"医生同宰相一样，都可以救人的，可是我们中国人，对于医学向来就不注重，为什么呢？因为一般医生都不拿医作为专门职业，虽然医生所负的责任非常重大，病人的生命完全交付在医生的身上，而做医生的都是不第的童生，以及失业的塾师，一方面行医，一方面还准备应考；一旦考中，就可以飞黄腾达，即使自己考不取，再教他儿子念书，儿子考中了，就可以做老太爷，就可以不再行医了，因此对于医学不去深究，医学就永远不进步，不发达。

我们再拿日本的医学来比较一下：日本很受中国思想的影响，对于孔孟程朱的思想，尽量的吸收，可是他们对于科学的态度，就与中国完全不一样了。其所以不同的原因，第一，因为他们没有考试的制度，仍然保持孔孟的思想，一切讲实际，不讲空论，不说谎；第二，因为日本在明治维新以前，都是封建制度，做医生的人永远做医生，并且他的子孙也大抵是永远做医生，做工的人本人以及他的子孙永远做工人，做工人的要想做官，是绝对不行的。不像中国无论什么人，只要考中后，就可做官。并且他们学什么做什么，不像中国学非所用，甚至像前清候补道一样，什么事都办，在日本决没有这种现象，学医的永远做医生，以医生为职业。因为永远做医生，诊治得多，经验也多，并且一代传一代，经验越积越多。以往日本都是汉医，因为他们以医生为职业，所以设法研究，使医学进步，于是又探求西洋人如何医治，最初自己研究荷兰文，看荷兰的医书，逐渐完全转变为西洋医学了。几百年前由中国传过去的中药秘方，有如行军散避瘟丹之流，经过他们几代的研究，也完全改变了。譬如宝丹，是二三百年前的秘方，可是这二三百年之内，经过他们的研究改良，才成为今日的宝丹。我有一位朋友，是学中医的，他说："宝丹的好处，在于冰片多。可是冰片的价值很昂贵，照宝丹里的冰片分量，成本很可观，但宝丹的售价，只二角钱，不知他们用什么方法代替冰片，而效用完全与冰片一样。"日本能用中国的旧方，求新的方法来改良，所以他的医药能够进步发达。他们何以能如此呢？就是由于两国的国民性不同，虽然同一儒教的根源，但是他们没有阻碍知识发达的考试制度。中国现在虽然已取消了考试制度，可是这种弊病还遗留在那里，依然没有去掉。

现在我们已经把中国的身体检查过了，好的部分也看出来了，坏的部分也看出来了，我们要使中国的身体健全起来，当然要发展好的部分，去掉坏的部分，否则是没有方法可救的。中国国民固有的思想是好的，应该加上什么东西，就可以救中国呢？据我想，还是科学教育。我这样说，好像也是看题目做文章，因为各位都是理科教员，所以说科学教育来救中国，其实不然，这是我向来的主张。我觉得中国根本思想是好的，不过是后来变坏了，只要再加上科学文明，就可以把固有的国民性恢复起来。

科学文明现在已不是时髦话了，现在最时髦的是精神文明。可是我说科学文明可以恢复固有的国民性，是有道理的。物质文明的流弊不能说没有，中国因为科学不发达，所以没有感受痛苦，西洋各国因为科学发达，受到很大的痛苦。前几天，有一位日本朋友来看我，他说："中国现在一切事情，关于教育与文化，应该拿日本作为前车之鉴。日本因为偏重科学的物质文明，对于自己的文明不注重，所以生了流弊；中国不要再踏覆辙才好。好在中国的科学没有发达，还来得及预防。怎样预防呢？那就是一面输入西洋的物质文明，同时还要注意本国原来的文明。"我觉得他这话很可作我们参考。中国的确还没有充分的物质文明，必须输入西洋的物质文明。可是别国现成的药方不能吃，我们生什么病，开什么方子，吃什么药，西洋的物质文明虽然我们很需要，可是我们只拿西洋文明的一段输进来，其余的一段不去过问，势必发生流弊。我们输入十九世纪后叶至二十世纪的西洋文明，同时也要注意到十九世纪以前的文明，否则只看见飞机大炮以及各种机器，以为西洋的文明全都在这里了，这是完全不对的。飞机的用途，现在说起来好像只是专门轰炸的利器，但当初发明制造飞机的并不是这种用意，所以我们一方面输入科学文明，一方面还要明了科学文明的历史。

西洋的科学文明发源于希腊罗马，要输入西洋的科学文明，就要了解中古时代希腊罗马的人文科学。从希腊的文明看来，我们觉得物质文明与精神文明没有什么区别，他的文明又同中国很有相像的地方。希腊的宗教、文明、历史，与基督教的国家相比，差得很远，可是与中国相比，却很相近。希腊的宗教，崇拜天地日月，与中国差不多，他的哲学，以苏格拉底（Socrates）为代表，与中国的孔孟相似。孔孟讲到最后的是中庸，他们的哲学虽然另有名称，而意思也是讲中庸。希腊的道德观以春夏秋冬气候变化的情形为基础，譬如夏天很热，但是不能永远更热下去，热至极点，到了大暑，就逐渐凉爽，成为秋天，再逐渐冷下去，就到了冬天，可是冷到极点，也不会再冷，于是又逐渐热起来，成为春天，无论什么事都是如此，不能太过，所以希腊人的道德最重适中，最忌过中，而其根据则以自然律为本，这种观念，完全与中国一样。这样看来，科学源流的希腊文明，在我们中国人觉得很容易了解的。

　　希腊文化既然与中国相近，何以科学发源于希腊，而中国的科学如此不发达呢？要知道希腊之科学文明，也不是自己创造的，是接受巴比伦埃及的文明，而发生光大则完全由于苏格拉底、其弟子柏拉图（Plato）及再传弟子亚理斯多德（Aristotle），当时他们的地位与时代，正同中国的孔孟一样，曾子是孔孟的弟子，孟子也可说是孔子的再传弟子。可是苏格拉底的再传弟子亚理斯多德，除了伦理学、政治学、哲学以外，对于各种科学都有很多的著作，而孟子只著了论道的七篇书。亚理斯多德的著作之中，有四部讲动物学的，后世的达尔文看见他的著作，说他能够在若干年之前研究出后世学者所未发现的学理，非常的佩服他。希腊接受巴比伦埃及的文明，发挥希腊的文明，可以作我们很好的教训。

我们再看日本近代科学，非常发达，也是我们很好的教训。

希腊的精神文明同中国不相上下，何以亚理斯多德变成世界自然科学的祖师，而我们的科学落伍呢？日本的文明是根据由中国传达去孔孟程朱陆王的学问，而接受了西洋文明，于是科学发达，但我们何以不能接受西洋文明呢？在这里，我们应该深深的反省，古代因为贤哲只讲哲学，不讲科学，所以科学落后；近代因为我们受了科举制度的流弊，所以就不能接受西洋文明了。过去的已经过去，没有办法了，只有第二步求补救的方法，就是以中国固有的国民思想为基础，再尽量的吸收西洋自然科学以及物质文明，现在努力去做，还来得及。

关于以中国固有的国民思想为基础一点，有人说要保存国粹，提倡中国的思想，这种办法与我的意思有点不同，因为中国固有的国民思想——就是儒教的思想——本来是健全的，只要中国不消灭，这种思想也不会消灭的，没有保存提倡的必要。为什么呢？我可以拿一个比喻来说：假定中国人是松树，那么孔子也是松树，不过孔子的那棵松树特别高大茂盛，作为松树的代表，但是无论如何，同是一个根，同是一个种，把所有的松树种子松树根都使他长得同孔子的那棵松树一样高大茂盛，那是不可能的，但能好好的培养灌溉，长出来的反正都是同样的松树，也能茂盛起来，不会死的。所以不必怕儒教思想消灭，不必多事的说保存提倡，如果不想法培养灌溉，却去拨弄撮拔他，那是不会茂盛反而要坏的。怎样培养灌溉呢？就是孟子所说的不饥不寒，再进一步，使他们受教育，一方而把考试制度的流弊去掉，把物质文明的肥料加上去，自然就会茂盛起来了。

考试制度的流弊怎样去掉呢？我以为一方面把物质文明建设起来，一方面从教育方面着手，把自然科学普遍起来，养成科学的思想方法，这是只有这种药，才可以医治考试制度的病。英国有一位学者说："学校里理科的课目并不是给学生预备将来研究专门学问的，而是普通的知识，养成科学的头脑，任何方面都可以应用。"譬如数学是整理思想的方法，平常对于题目怎样解决，训练好之后，就可以应用到政治经济外交上去，同样的将问题整理之后，就可以把要点抓住。文法也是如此。文法熟悉之后，不但说话都依照文法，将来对于办理事件也就可以用文法即论理的头脑，把要点抓住了。中国向来没有文法，不但八股文章没有文法，就是说话也没有文法。自从施行新教育之后，一般学校都添了英文，可是英文有一缺点，就是文法不密，这样讲也可以，那样讲也似乎可以，所以要学外国语或第二外国语，最好添学老的拉丁文或新的德文，古典文有一个动词有一百零八个变化，德文文法也很严密，先多费点心去学了，后来很有用处。学习文法不仅是为学外国语，是为养成科学的头脑，以便将来应用到任何事件去，所以这种科学训练，可以改变以往不讲实际的弊端。

中国还没有物质文明的流弊，这是因为中国还没有充分建设起物质文明的缘故。可是，不能因为物质文明有流弊，我们就不要物质文明，就是不对的。物质文明比如是鱼肉，别人因为吃鱼肉而生病，我们根本吃不起鱼肉，也说我不吃鱼肉，这未免笑话。没有吃过鱼肉，怎会生病呢？我们的态度，应该是：别人吃鱼肉生了病，我们就用别的方法，把他配合起来吃。这是我的主张。

总结以上所说的话，中国的思想本来是好的，可以乐观的，第一利人，讲仁，讲忠恕，要使大家安居乐业；第二是讲实际，不讲玄虚，死后如何，永生如何，天堂如何，一概不问，只知道现在生活的几十年中好好的过活；第三是讲中庸。中国的思想就是很平凡，可是经过考试制度之后，中国的思想变坏了，我们要补救他，就要吸收世界的科学知识，不偏于物质，同时还要注意科学的根源，一方面发展有用的机械文明，普遍自然科学的知识，一方面顾到固有的文化，如此则中国的缺点可以补足，原有的优点也可以发扬了。这样办法与从前所说的"中学为体，西学为用"不同，因为他们把中学与西学分为两截，中学是人的身体，西学是人的衣服，我的意见不是如此。西学是我们没有的东西，可是由外国拿过来之后，就不是西学了，譬如拿医学来说，中医与西医当然不同，可是仔细一看，只有时代的不同，中医是十七八世纪的医学，西医是现代的医学，我们把西医拿进来之后，就是我们的医学，也无所谓西医了。我们利用西洋的文明来补救中国的弊病，并不是"中学为体，西学为用"，保存国粹，还在其次，必须首先将固有的精神思想健全起来，然后再用科学方法选择西洋文明的优点输入进来，这才是最好的办法。当然这不是一件容易的事，社会如此不安定，无从下手，唯一的方法只有由教育机关设法进行了。今天在座的诸位，都是教理科的，虽然文科方面的教师责任也重大，可是诸位对于中国的责任更重大，除了使学生得到理科的学问之外还要使学生养成科学的头脑，这是救中国最重要的一点。

　　我对于科学完全是门外汉，今天藉这个机会，把我从前所想到放在心里的几句话和大家谈谈，所说的话平常得很，没有新意见，不过完全是真实不假的意见，应该怎样就怎样说，这一点是可以贡献给诸君的。

读书的经验

买到一册新刻的《汴宋竹枝词》，李于潢著，卷头有蒋湘南的一篇《李李村墓志铭》，写得诙诡而又朴实，读了很是喜欢，查《七经楼文钞》里却是没有。我看着这篇文章，想起自己读书的经验，深感到这件事之不容易，摸着门固难，而指点向人亦几乎无用。在书房里我念过四书五经，《唐诗三百首》与《古文析义》，只算是学了识字，后来看书乃是从闲书学来，《西游记》与《水浒传》，《聊斋志异》与《阅微草堂笔记》，可以说是两大类。至于文章的好坏，思想的是非，知道一点别择，那还在其后，也不知道怎样的能够得门径，恐怕其实有些是偶然碰着的吧。即如蒋子潇，我在看见《游艺录》以前，简直不知道有这么一个人，父师的教训向来只说周程张朱，便是我爱杂览，不但道咸后的文章，即使今人著作里，也不曾告诉我蒋子潇的名字，我之因《游艺录》而爱好他，再去找《七经楼文》与《春晖阁诗》来读，想起来真是偶然。可是不料偶然又偶然，我在中国文人中又找出俞理初，袁中郎，李卓吾来，大抵是同样的机缘，虽然今人推重李卓老者不是没有，但是我所取者却非是破坏而在其建设，其可贵处是合理有情，奇辟横肆都只是外貌而已。我从这些人里取出来的也就是这一些些，正如有取于佛菩萨与禹稷之传说，以及保守此传说精神之释子与儒家。这话有点说得远了，总之这些都是点点滴滴的集合拢来，所谓粒粒皆辛苦的，在自己看来觉得很可珍惜，同时却又深知道对于别人无甚好处，而仍不免常要饶舌，岂真敝帚自珍，殆是旧性难改乎。

外国书读得很少，不敢随便说，但取舍也总有的。在这里我也未能领解正统的名著，只是任意挑了几个，别无名人指导，差不多也就是偶然碰着，与读中国书没有什么两样。我所找着的，在文学批评是丹麦勃阑兑思，乡土研究是日本柳田国男，文化人类学是英国茀来则，性的心理是蔼理斯。这都是世界的学术大家，对于那些专门学问我不敢伸一个指头下去，可是拿他们的著作来略为涉猎，未始没有益处，只要能吸收一点进来，使自己的见识增深或推广一分也好，回过去看人生能够多少明白一点，就很满足了。近年来时常听到一种时髦话，慨叹说中国太欧化了，我想这在服用娱乐方面或者还勉强说得，若是思想上那里有欧化气味，所有的恐怕只是道士气秀才气以及官气而已。想要救治，却正用得着科学精神，这本来是希腊文明的产物，不过至近代而始光大，实在也即是王仲任所谓疾虚妄的精神，也本是儒家所具有者也。我不知怎的觉得西哲如蔼理斯等的思想实在与李俞诸君还是一鼻孔出着气的，所不同的只是后者靠直觉懂得了人情物理，前者则从学理通过了来，事实虽是差不多，但更是确实，盖智慧从知识上来者其根基自深固也。这些洋书并不怎么难于消化，只须有相当的常识与虚心，如中学办得适宜，这与外国文的学力都不难习得，此外如再有读书的兴趣，这件事便已至少有了八分光了。我自己读书一直是暗中摸索，虽然后来找到一点点东西，总是事倍功半，因此常想略有陈述，贡其一得，若野芹蜇口，恐亦未免，唯有惶恐耳。

近来因为渐已懂得文章的好坏，对于自己所写的决不敢自以为好，若是里边所说的话，那又是别一问题。我从民国六年以来写白话文，近五六年写的多是读书随笔，不怪小朋友们的厌恶，我自己也戏称曰文抄公，不过说尽是那么说，写也总是写着，觉得这里边不无有些可取的东西。对于这种文章不以为非的，想起来有两个人，其一是一位外国的朋友，其二是亡友烨斋。烨斋不是他的真名字，乃是我所戏题，可是写信时也曾用过，可以算是受过默许的。他于最后见面的一次还说及，他自己觉得这样的文很有意思，虽然青年未必能解，有如他的小世兄，便以为这些都是小品文，文抄公，总是该死的。那时我说，自己并不以为怎么了不得，但总之要想说自己所能说的话，假如关于某一事物，这些话别人来写也会说的，我便不想来写。有些话自然也是颇无味的，但是如《瓜豆集》的头几篇，关于鬼神，家庭，妇女特别是娼妓问题，都有我自己的意见在，而这些意见有的就是上边所说的读书的结果，我相信这与别人不尽同，就是比我十年前的意见也更是正确。所以人家不理解，于别人不能有好处，虽然我十分承认，且以为当然，然而在同时也相信这仍是值得写，因为我终于只是一个读书人，读书所得就只这一点，如不写点下来，未免可惜。在这里我知道自己稍缺少谦虚，却也是无法。我不喜欢假话，自己不知道的都已除掉，略有所知的就不能不承认，如再谦让也即是说诳了。至于此外许多事情，我实在不大清楚，所以我总是竭诚谦虚的。

（一九四〇年二月）

谈儒家

中国儒教徒把佛老并称曰二氏，排斥为异端，这是很可笑的。据我看来，道儒法三家原只是一气化三清，是一个人的可能的三样态度，略有消极积极之分，却不是绝对对立的门户，至少在中间的儒家对于左右两家总不能那么歧视。我们且不拉扯书本子上的证据，说什么孔子问礼于老聃，或是荀卿出于孔门等等，现在只用我们自己来做譬喻，就可以明白。假如我们不负治国的责任，对于国事也非全不关心，那么这时的态度容易是儒家的，发些合理的半高调，虽然大抵不违背物理人情，却是难以实行，至多也是律己有余而治人不足，我看一部《论语》便是如此，他是哲人的语录，可以做我们个人持己待人的指针，但决不是什么政治哲学。略为消极一点，觉得国事无可为，人生多忧患，便退一步愿以不才得终天年，入于道家，如《论语》所记的隐逸是也。又或积极起来，挺身出来办事，那么那一套书房里的高尚的中庸理论也须得放下，要求有实效一定非严格的法治不可，那就入于法家了。《论语·为政第二》云：

"子曰，道之以政，齐之以刑，民免而无耻。道之以德，齐之以礼，有耻且格。"后者是儒家的理想，前者是法家的办法，孔子说得显有高下，但是到得实行起来还只有前面这一个法子，如历史上所见，就只差没有法家的那么真正严格的精神，所以成绩也就很差了。据《史记》四十九《孔子世家》云：

"定公十四年，孔子年五十六，由大司寇行摄相事。于是诛鲁大夫乱政者少正卯。"那么他老人家自己也要行使法家手段了，本来管理行政司法与教书时候不相同，手段自然亦不能相同也。还有好玩的是他别一方面与那些隐逸们的关系。我曾说过，中国的隐逸大都是政治的，与外国的是宗教的迥异。他们有一肚子理想，但看得社会浑浊无可施为，便只安分去做个农工，不再来多管，见了那知其不可而为之的人，却是所谓惺惺惜惺惺，好汉惜好汉，想了方法要留住他，看晨门接舆等六人的言动虽然冷热不同，全都是好意，毫没有歧视的意味，孔子的应付也是如此，都是颇有意思的事。如接舆歌云，往者不可谏，来者犹可追，正是朋友极有情意的劝告之词，孔子下，欲与之言，与对于桀溺的蔑视，对于阳货的敷衍，态度全不相同，正是好例。因此我想儒法道三家本是一起的，那么妄分门户实在是不必要，从前儒教徒那样的说无非想要统制思想，定于一尊，到了现在我想大家应该都不再相信了罢。至于佛教那是宗教，与上述中国思想稍有距离，若论方向则其积极实尚在法家之上，盖宗教与社会主义同样的对于生活有一绝大的要求，不过理想的乐国一个是在天上，一个即在地上，略为不同而已。宗教与主义的信徒的勇猛精进是大可佩服的事，岂普通儒教徒所能及其万一，儒本非宗教，其此思想者正当应称儒家，今呼为儒教徒者，乃谓未必有儒家思想而挂此招牌之吃教者流也。

（一九三六年十二月）

关于近代散文

　　我与国文的因缘说起来很有点儿离奇。我曾经在大学里讲过几年国文，可是我自己知道不是弄国文的，不能担当这种工作。在书房里我只读完了四书，五经则才读了一半，这就是说《诗》与《易》，此外都只一小部分。进了水师学堂之后，每礼拜有一天的汉文功课，照例做一篇管仲论之类的文章，老师只给加些圈点，并未教示什么义法与规矩。民国前六年往日本，这以后就专心想介绍翻译外国文学，虽然成绩不能很好，除了长篇小说三部，中篇二部，即《炭画》与《黄蔷薇》之外，只有两册《域外小说集》刊行于世。民国元年在本省教育司做了半年卧病的视学，后来改而教书，自二年至六年这中间足足五十个月，当了省立第五中学的英文教员，至其年四月这才离开绍兴，来到北京。当时蔡孑民先生接办北京大学，由家兄写信来叫我，说是有希腊罗马文学史及古英文等几门功课，可以分给我担任，于是跑来一看，反正那时节火车二等单趟不过三四十元，出门不是什么难事。及至与蔡先生见面，说学期中间不能添开功课，这本来是事实，还是教点预科的作文吧。这使我听了大为丧气，并不是因为教不到本科的功课，实在觉得国文非我能力所及，虽然经钱玄同沈尹默诸位朋友竭力劝挽，我也总是不答应，从马神庙回寓的路上就想定再玩两三日，还是回绍兴去。可是第二天早半天蔡先生到会馆来，叫我暂在北大附设的国史编纂处充任编纂之职，月薪一百二十元，刚在洪宪倒坏之后，中交票不兑现，只作五六折使用，却也不好推辞，便即留下，在北京过初次的夏天。这其间不幸发了一次很严重的痧子，接着又遇见那滑稽而丑恶的复辟，这增进了我好些见识，所以也可以说是不幸中之幸。秋间北大开学，我加聘为文科教授，担任希腊罗马文学史欧洲文学史两课各三小时，一面翻译些外国小说，送给《新青年》发表，又在《晨报副刊》上写点小文章，这样仿佛是我的工作上了轨道，至文学研究会成立，沈雁冰郑西谛接办《小说月报》，文学运动亦已开始了。恰巧友人沈尹默钱玄同马幼渔叔平隅卿等在办理孔德学校，拉我参加，尹默托我代改高小国文作文本，我也答应了，现今想起来是我与国文发生关系之始，其后又与尹默玄同分担任初中四年国文教课，则已在民国十二三年顷矣。十一年夏天承胡适之先生的介绍，叫我到燕京大学去教书，所担任的是中国文学系的新文学组，我被这新字所误，贸贸然应允了，岂知这还是国文，根本原是与我在五年前所坚不肯担任的东西一样，真是大上其当。这不知怎样解说好，是缘分呢，还是运命，我总之是非教国文不可。那时教师只是我一个人，助教是许地山，到第二年才添了一位讲师，便是俞平伯。我的功课是两小时，地山帮教两小时，即是我的国语文学这一门的一部分。我自己担任的国语文学大概也是两小时吧，我不知道这应当怎样教法，要单讲现时白话文，随后拉过去与《儒林外史》《红楼梦》《水浒传》相连接，虽是容易，却没有多大意思，或者不如再追上去，到古文里去看好。我最初的教案便是如此，从现代起手，先讲胡适之的《建设的文学革命论》，其次是俞平伯的《西湖六月十八夜》，底下就没有什么了。其时冰心女士还在这班里上课，废名则刚进北大预科，徐志摩更是尚未出现，这些人的文章后来也都曾选过，不过那是在民国十七八年的时候。这之后加进一点话译的《旧约》圣书，是《传道书》与《路得记》吧，接着便是《儒林外史》的楔子，讲王冕的那一回，别的白话小说就此略过，接下去是金冬心的《画竹题记》等，郑板桥的题记和家书数通，李笠翁的《闲情偶寄》抄，金圣叹的《水浒传序》。明朝的有张宗子，王季重，刘同人，以至李卓吾，不久随即加入了三袁，及倪元璐，谭友夏，李开先，屠隆，沈承，祁彪佳，陈继儒诸人，这些改变的前后年月现今也不大记得清楚了。大概在这三数年内，资料逐渐收集，意见亦由假定而渐确实，后来因沈兼士先生招赴辅仁大学讲演，便约略说一过，也别无什么新鲜意思，只是看出所谓新文学在中国的土里原有他的根，只要着力培养，自然会长出新芽来，大家的努力决不白费，这是民国二十一年的事。至于资料，又渐由积聚而归删汰，除重要的几个人以外，有些文章都不收入，又集中于明代，起于李卓吾，以李笠翁为殿，这一回再三斟酌，共留存了十人，文章长短七十余篇，重复看了一遍，看出其中可以分作两路，一是叙景兼事的纪游文，一是说理的序文，大抵关于思想文学问题的，此本出于偶然，但是我想到最初所选用的胡俞二君的大文，也正是这两条路的代表作，我觉得这偶然便大有意味，说是非偶然亦可也。还有一层，明季的新文学发动于李卓吾，其思想的分子很是重要，容肇祖君在《李卓吾评传》中也曾说及。民初的新文学运动正是一样，他与礼教问题是密切有关的，形式上是文字文体的改革，但假如将其中的思想部分搁下不提，那么这运动便成了出了气的烧酒，只剩下新文艺腔，以供各派新八股之采用而已。明末这些散文，我们这里称之曰近代散文，虽然已是三百年前，其思想精神却是新的，这就是李卓吾的一点非圣无法气之留遗，说得简单一点，不承认权威，疾虚妄，重情理，这也就是现代精神，现代新文学如无此精神也是不能生长的。古今不同的地方有这一点，李卓吾打破固有的虚妄，却是走进佛教里去，被道学家称为异端，现今则以中国固有的疾虚妄的精神为主，站在儒家的立场来清算一切谬误，接受科学知识做帮助，这既非教旨，亦无国属，故能有利无弊。我本来不是弄国文的人，现在却来谈论国文，又似乎很有意见，说的津津有味，岂不怪哉。我自己还是相信没有教国文的能力，但我是中国人，对于汉文自不能一点不懂不会，至少与别的事物相比总得要多知道一点，而且究竟讲过十年以上，虽然不知说的对与不对，总之于不知为不知之外问我所知，则国文终不得不拿来搪塞说是其一矣。近代散文的资料至今存在，闲中取阅，重为订定，人数篇数具如上述。国文教员乐得摆脱，破书断简落在打鼓担里有何可惜，但凡有所主张亦即有其责任，我今对于此事更有说明，非重视什么主张，实只是表明自己的责任而已。

民国三十四年七月二十七日，在北京

大乘的启蒙书

钱振锽著《名山小言》卷七中有一则云：

"文章有为我兼爱之不同。为我者只取我自家明白，虽无第二人解，亦何伤哉，老子古简，庄生诡诞，皆是也。兼爱者必使我一人之心共喻于天下，语不尽不止，孟子详明，墨子重复，是也。《论语》多弟子所记，故语意亦简，孔子诲人不倦，其语必不止此。或怪孔明文采不艳而过于丁宁周至，陈寿以为亮所言尽众人凡士云云，要之皆文之近于兼爱者也。诗亦有之，王孟闲适，意取含蓄，乐天讽谕，不妨尽言。"这一节话说得很好，也可以应用于学问方面，据我的意见还可改称为小乘的与大乘的，意思比较更为显明。大家知道佛教里有这一种区分，小乘的人志在自度，证得阿罗汉果，就算完事，大乘的乃是觉有情的菩萨，众生无边誓愿度，必须度尽众生自己才入涅槃。弄学问的人精进不懈，自修胜业，到得铁杵磨针，功行已满，豁然贯通，便是证了声闻缘觉地位，可以站得住了，假如就此躲在书斋里，那就是小乘的自了汉，有如富翁在家安坐纳福，即使未尝为富不仁，总之也是无益于世的东西。理想的学者乃是在他自己修成胜业之后，再来帮助别人，古人所云，以先知觉后知，以先觉觉后觉就是这个意思，以法施人，在布施度中正是很重要的一种方法。近代中国学者之中也曾有过这样的人，他们不但竭尽心力著成专书，预备藏之名山，传之其人，还要分出好些工夫来，写启蒙用的入门书，例如《说文释例》等书的著者王筠著有《文字蒙求》《正字略》与《教童子法》，《说文通训定声》的著者朱骏声著有《六书假借经征》与《尚书古注便读》，此皆是大乘菩萨之用心，至可佩服者也。前清以八股文取士，士子在家读经书习文字，只当作敲门之砖，考取后则专令做官，以多碰头少说话为原则，在此时代似乎学问是难望发达的了，可是事实上倒也还并不尽然。极少数的人高尚其志，不求闻达，以治学为事的也不是没有，此其一。秀才举人不能再上进，或以教职知县用，不很得意，拂袖归去，重理旧业，遂成专门之学，此其二。又或官高望重，无可再升，转而读书，炳烛之明，亦可得一二十年，宾客众多，资料易集，其成绩往往有可观者，此其三。在八股猖獗之世，整理国故的事业居然有相当成就，此在言近三百年来文化者无不予以承认，虽然别的方面成绩就都没有这样的好。民国成立以后，已经经过了三十多年，科举制度代以学校，学问艺文应该大有进步了吧，然而不然。不，也不能说不发达，大概是学风改变了，据我看来似乎并不一定向着好的方面转。从前是先弄几年的经书文字，拿来弋官，做了官自然就与学问远离了，但如上文所说，也有一部分人从八股与官那边退回来的，即使是从中年或老年再弄起头，他却是切实的做下去，至于年寿尽为止。后来则是把弄学问放在前头，先进十五六年的学校，再在研究院提出论文，随后放到社会里去，大半还是做官，与民国以前没有什么两样，可是这样一去之后大抵不再回来的了。以经书文字做敲门砖，本来很是可笑，现在也还是敲门砖，不过是用各科学问与博士论文，这其间大概也说不出有什么高下，所不同的是以前以时文作砖，后来还或有机会回来做学问，现今则以学问作砖，放下之后便难得再拾起来了吧。本来只要学问能够发达，就是暂作敲门砖也无甚妨碍，可是比较起来不大上算，因为昔人后半生弄学问时间颇长，今人移在青年时代这几年里，不大充分，还有一层很重要的事，中年晚年所做的是自己的事业，少有名利的关系，完成胜业固是好事，能够于人有益也是很好的，若是青年写博士研究论文，自然不能这么超然，其态度便难免是小乘的，实在也是莫怪的事。民国以来整理国故的成绩不能说不好，但其大部分恐怕多是博士论文的性质，要新奇可喜的主张或发见大抵不难，若是大部著作如《说文释例》的既不易得，至于《文字蒙求》似的启蒙小书，那是更难得有人肯做了。为什么呢，写这种小册可以说完全是利人的事，如写专门论著，只要所有知识的十分七八安排得好，便可成功，显得富丽堂皇，写启蒙书只有二分就够了，可是你还得准备十足的知识在那里，选择布置，更须多费气力，人家见了却并不看重，既是事倍功半，而且无名少利，不是对于后辈真心关切的人，谁肯来干这些呆事呢。据鄙人的私见说来，这些新的研究自然也都是很好的，但在现今国故整理尚未成功，古典不曾疏解明白，国学常识还未普及，只靠几位博士先生互相传观他们的新主张与发见，那还是不大够的，此外对于一般后辈的启蒙工作也实不可少，原典的校订注解，入门与工具书的编纂，都是极紧要的事，从前的事也就不算了吧，以后总不能再是这样懈怠下去了。但是，这事期待谁来做呢？我想这也并不太难。大乘的佛教岂不即是从小乘出来的么，这只在态度的一转变间罢了，正如主张为我的人假如想到"己亦在人中"，或者感到"吾与尔犹彼也"，那么就会得把为我兼爱一以贯之，证了阿罗汉果，再去修菩萨行，不但不是难事，且亦恰是正道也。

说到这里，差不多我所想说的话已经完了，我的希望只是有人在学问方面做点兼爱的工作，于编排自己的大著作之外，再费点工夫替后辈写些适用的小书，虽未免稍为损己，却是大大的利人，功德无量也。这些是什么书呢，我也一时回答不来，还要请各部门的学者自己去斟酌，我所想到的觉得国学常识总是必要的一种吧。这个名称恐怕定得有点不大恰当，难免有人误会以为与国粹有关，其实并不如此，我的意思只是说本国文化学术的大要，青年学生所应当知道的，简要的说一遍，算作常识的一部分，将来必要时会得有用，即使不然，本国的事情多知道一点也总是好的。其次国史常识我也觉得很重要，这有如自己以及家里的过去的事情，好歹都须得知道个概要。各种古典与各项学问能够多方面介绍给青年知道都是好的，要紧的事是设法引他入门，于他有益同时也要觉得有兴味。世间常有读经的呼声，鄙人未曾注意，亦思避免说话，现在谈到这些问题，似乎不无牵连，因此也不得不有所说明。鄙人的意思是大概以知为主，希望青年增进知识，修养情意，对于民族与人生多得理解，于持身涉世可以有用而已，若是宗教式的行事则非小信的鄙人所知矣。窃观昔人论六经最好者莫过于清初的刘继庄，在所著《广阳杂记》卷二中有一则云：

"余观世之小人未有不好唱歌看戏者，此性天中之《诗》与《乐》也，未有不看小说听说书者，此性天中之《书》与《春秋》也，未有不信占卜祀鬼神者，此性天中之《易》与《礼》也。圣人六经之教原本人情，而后之儒者乃不能因其势而利导之，百计禁止遏抑，务以成周之刍狗茅塞人心，是何异壅川使之不流，无怪其决裂溃败也。夫今之儒者之心为刍狗之所塞也久矣，而以天下大器使之为之，爰以图治，不亦难乎。"刘君此论极为明通，可谓能深知圣人之用心，此事原难能可贵，但说出却亦平常，无非是本于人情耳。如依据此意，欲使圣人六经之教宣明于世，办法亦殊简单，即照所说的那样，从唱歌看戏小说说书占卜祭祀各端下手，溯流寻源，切实的做去，即是民生问题得了端绪，更不必再抱住刍狗不放了。刘继庄又说，戏文小说乃明王转移世界之大枢机，圣人复起，不能舍此而为治也。他能这样的了解，无怪其深许可金圣叹，圣叹还只是文人，以经书当文学看，与《水浒》《西厢》相并，继庄则更是经世家，以戏文小说当经书看，此深与鄙见相合，觉得须有此见识乃能与之谈经也。若如世俗之说，唯读经乃可以正人心，鄙人既不好辩，且尤畏祸，不想多说，但拟一问题甲曰，中国的老百姓大都心是好的，又问题乙曰，中国的老百姓十九不大识字。这两个问题的答案我想总是一个"是"字，可是这里有一个矛盾。如乙说，老百姓既不识字，即稍识字也总不曾读过经，那么他们的心照例应该不正的，至少要比读书识字的士大夫坏得多，然而又如甲说，老百姓的行为也总未必不及士大夫，或者有人说还要胜过士大夫亦未可知。那么可见必读经而后人心乃正之说不见得是正确，无宁说是中国的人心本来就正，这从老百姓上边可以证明，因其性天中本有经或与经相合的道理，故能与圣人心心相印，不待外力而自然发动，无不中节。如此说法虽似未免稍近理想，却能使我们对于自己民族增加自信，奋发前进，比自认是一群猪猡须俟呼喝鞭策始能挨挤前行者要好得多，且无人以呼喝鞭策者自居，此于世道人心乃更有裨益也。中国现今切要的事，还是如孔子遗训所说，乃是庶，富，教这三段，教与养算来是一与二之比，后之儒者舍养而言教，是犹褓母对于婴孩绝乳糜去襁褓，专以夏楚从事，如俞理初言，非酷则愚矣。鄙人亦知读经如念佛，简单易行，世所尊敬，为自身计，提倡此道，最为得策，但无论如何，即使并无欺世愚民种种心计，亦总之是小乘法，不足听从。我们所期望者乃是舍己为人的法施，此事固未可性急，急亦无用，但是语有之，十室之内必有忠信，百步之内必有芳草，吾安知不旦暮遇之也。

民国三十四年，一月十七日

两个鬼的文章

　　鄙人读书于今五十年，学写文章亦四十年矣，累计起来已有九十年，而学业无成，可为叹息。但是不论成败，经验总是事实，可以说是功不唐捐的，有如买旧墨买石章，花了好些冤钱，不曾得到甚么好东西，可是这双眼睛磨炼出来一点功夫，能够辨别好坏了，因为他知道花钱买了些次货，即此便是证据。我以数十年的光阴用在书卷笔墨上面，结果只得到这一个觉悟，自己的文章写不好，古人的思想可取的也不多。这明明是一个失败，但这失败是很值得的，比起古今来自以为成功的人，总是差胜一筹了。陆放翁《冬夜对书卷有感》诗中有句云：

　　万卷虽多当具眼，一言惟恕可铭膺。这话说得很好，可是两句话须是分开来说，恕字终身可行，是属于处世接物的事，若是读书既当具眼，就万不能再客气，固然不可故意苛刻，总之要有自信，看了贵人和花子同样不眨眼的态度。以前读《论语》，多少还徇俗论，特别看重他，近来觉得这态度不诚实，就改正了，黄式三的《论语后案》我以为颇好，但仔细阅过之后，我想这也是诸子之一，与老庄佛经都有可取处，若要作为现代国民的经训缺漏甚多，虽然原是儒家思想的重要史料。看古人的言论，有如披沙拣金，并不是全无所得，却是非常苦劳，而且略不当心，便要上当，不但认鱼目为明珠，见笑大方，或者误食蝘蜓，有中毒之危险。我以多年的苦辛，于此颇有所见，古人云，只可自怡悦，不堪持赠君，今则持赠固难得解人，中国事情想来很多懊恼，因此亦不见得可怡悦，只是生为中国人，关于中国的思想文章总该知道个大概，现在既能以自力略为辨别，不落前人的窠臼，未始不是可喜的事也。

　　我所写的文章都是小篇，所以篇数颇多，至于自己觉得满意的实在也没有，所以文章是自己的好，这句成语在我并不一定是确实的。人家看来不知道是如何？这似乎有两种说法。其一是说我所写的都是谈吃茶喝酒的小品文，是不革命的，要不得。其二又说可惜少写谈吃茶喝酒的文章，却爱讲那些顾亭林所谓国家治乱之原，生民根本之计，与文学离得太远。这两派对我的看法迥异，可是看重我的闲适的小文，在这一点上是意见相同的。我的确写了些闲适文章，但同时也写正经文章，而这正经文章里面更多的含有我的思想和意见，在自己更觉得有意义。甲派的朋友认定闲适文章做目标，至于别的文章一概不提，乙派则正相反，他明白看出这两类文章，却是赏识闲适的在正经文章之上。因为各人的爱好不同，原亦言之成理，我不好有甚么异议，但这一点说明似乎必要。我写闲适文章，确是吃茶喝酒似的，正经文章则仿佛是馒头或大米饭。在好些年前我做了一篇小文，说我的心中有两个鬼，一个是流氓鬼，一个是绅士鬼。这如说得好一点，也可以说叛徒与隐士，但也不必那么说，所以只说流氓与绅士就好了。我从民国八年在《每周评论》上写《祖先崇拜》和《思想革命》两篇文章以来，意见一直没有甚么改变，所主张的是革除三纲主义的伦理以及附属的旧礼教旧气节旧风化等等，这种态度当然不能为旧社会的士大夫所容，所以只可自承是流氓的。《谈虎集》上下两册中所收自《祖先崇拜》起，以至《永日集》的《闭户读书论》止，前后整十年间乱说的真不少，那时北京正在混乱黑暗时期，现在想起来，居然容得这些东西印出来，当局的宽大也总是难得的了。但是杂文的名誉虽然好，整天骂人虽然可以出气，久了也会厌足，而且我不主张反攻的，一件事来回的指摘论难，这种细巧工作非我所堪，所以天性不能改变，而兴趣则有转移，有时想写点闲适的所谓小品，聊以消遣，这便是绅士鬼出头来的时候了。话虽如此，这样的两个段落也并不分得清，有时是综错间隔的，在个人固然有此不同的嗜好，在工作上也可以说是调剂作用，所以要指定那个时期专写闲适或正经文章，实在是不可能的事。去年写过一篇《灯下读书论》，与十七年所写的《闭户读书论》相比，时间相隔十有六年，却是同样的正经文章，而在这中间写了不少零碎文字，性质很不一律，正是一个好例。民国十四年《雨天的书》序中说：

"我平素最讨厌的是道学家，岂知这正因为自己是一个道德家的缘故，我想破坏他们的伪道德不道德的道德，其实却同时非意识地想建设起自己所信的新的道德来。"三十三年《苦口甘口》序中又云：

"我一直不相信自己能写好文章，如或偶有可取，那么所可取者也当在于思想而不是文章。总之我是不会做所谓纯文学的，我写文章总是有所为，于是不免于积极，这个毛病大约有点近于吸大烟的瘾，虽力想戒除而甚不容易，但想戒的心也常是存在的。"这也可以算作一例，其间则相差有二十个年头了。我未尝不知道谦虚是美德，也曾努力想学，但又相信过谦也就是不诚实，所以有时不敢不直说，特别是自己觉得知之为知之的时候，虽然仿佛似乎不谦虚也是没有法子。自从《新青年》《每周评论》及《语丝》以来，不断的有所写作，我自信这于中国不是没意义的事，当时有陈独秀钱玄同鲁迅诸人也都尽力于这个方向，现今他们已经去世了，新起来的自当有人，不过我孤陋寡闻不曾知道。做这种工作并不是图甚么名与利，世评的好坏全不足计较，只要他认识得真，就好。我自己相信，我的反礼教思想是集合中外新旧思想而成的东西，是自己诚实的表现，也是对于本国真心的报谢，有如道士或狐所修炼得来的内丹，心想献出来，人家收受与否那是别一问题，总之在我是最贵重的贡献了。至于闲适的小品我未尝不写，却不是我主要的工作，如上文说过，只是为消遣或调剂之用，偶尔涉笔而已。外国的作品，如英吉利法阑西的随笔，日本的俳文，以及中国的题跋笔记，平素也稍涉猎，很是爱好，不但爱诵，也想学了做，可是自己知道性情才力都不及，写不出这种文字，只有偶然撰作一二篇，使得思路笔调变换一下，有如饭后喝一杯浓普洱茶之类而已。这种文章材料难找，调理不易。其实材料原是遍地皆是，牛溲马勃只要使用得好，无不是极妙文料，这里便有作者的才情问题，实做起来没有空说这样容易了。我的学问根柢是儒家的，后来又加上些佛教的影响，平常的理想是中庸，布施度忍辱度的意思也颇喜欢，但是自己所信毕竟是神灭论与民为贵论，这便与诗趣相远，与先哲疾虚妄的精神合在一起，对于古来道德学问的传说发生怀疑，这样虽然对于名物很有兴趣，也总是赏鉴里混有批判，几篇"草木虫鱼"有的便是这种毛病，有的心想避免而生了别的毛病，即是平板单调。那种平淡而有情味的小品文我是向来仰慕，至今爱读，也是极想仿做的，可是如上文所述实力不够，一直未能写出一篇满意的东西来。以此与正经文章相比，那些文章也是同样写不好，但是原来不以文章为重，多少总已说得出我的思想来了，在我自己可以聊自满足的了。乙派以为闲适的文章更好，希望我多作，未免错认门面，有如云南火腿店带卖普洱茶，他便要求他专开茶栈，虽然原出好意，无奈栈房里没有这许多货色，摆设不起来，此种实情与苦衷亦期望友人予以谅解者也。以店而论，我这店是两个鬼品开的，而其股份与生意的分配究竟绅士鬼还只居其小部分，所以结果如此，亦正是为事实所限，无可如何也。

　　我不承认是文士，因为既不能写纯文学的文章，又最厌恶士流，即所谓清流名流者是也。中国的士大夫的遗传性是言行不一致，所作的事是做八股，吸鸦片，玩小脚，争权夺利，却是满口的礼教气节，如大花脸说白，不再怕脸红，振古如斯，于今为烈。人生到此，吾辈真以摆脱士籍，降于堕贫为荣幸矣。我又深自欣幸的是凡所言必由衷，非是自己真实相信以为当然的事理不敢说，而且说了的话也有些努力实行，这个我自己觉得是值得自夸的。其实这样的做也只是人之常道，有如人不学狗叫或去咬干矢橛，算不得甚么奇事，然而在现今却不得不当作奇事说，这样算来我的自夸也就很是可怜的了。我平常自己知道思想知识极是平凡，精神也还健全，不至于发疯打人或自大称王，可是近来仔细省察，乃觉得谦逊与自信同时并进，难道真将成为自大狂了么？假如这样下去，我很忧虑会使得我堕落。俗语云，无鸟村里蝙蝠称王。蝙蝠本何足道，可哀的是无鸟村耳，而蝙蝠乃幸或不幸而生于如是村，悲哉悲哉，蝙蝠如竟代燕雀而处于村之堂屋，则诚为蝙蝠与村的最大不幸矣。

民国三十四年十一月十六日

一桩心愿

蔼理斯的话

蔼理斯（Havelock Ellis）是我所最佩服的一个思想家，但是他的生平我不很知道，只看他自己说十五岁时初读斯温朋（Swinburne）的《日出前之歌》，计算大约生于一八五六年顷。我最初所见的是他的《新精神》，系司各得丛书之一，价一先令，近来收在美国的"现代丛书"里。其次是《随感录》及《断言》。这三种都是关于文艺思想的批评，此外有两性，犯罪，以及梦之研究，是专门的著述，都处处有他的对于文化之明智的批评，也是很可贵的，但其最大著作总要算是那六册的《性的心理研究》。这种精密的研究或者也还有别人能做，至于那样宽广的眼光，深厚的思想，实在是极不易得。我们对于这些学问原是外行人，但看了他的言论，得到不少利益，在我个人总可以确说，要比各种经典集合起来所给的更多。但是这样的思想，在道学家的群众面前，不特难被理解，而且当然还要受到迫害，所以这研究的第一卷出板，即被英国政府禁止发卖，后来改由美国的一个医学书局发行，才算能够出板。这部大著当然不是青年的读物，唯在常识完具的成人，看了必有好处；道学家在中国的流毒并不小于英国的清教思想，所以健全思想之养成是切要的事。

蔼理斯排斥宗教的禁欲主义，但以为禁欲亦是人性之一分子；欢乐与节制二者并存，且不相反而实相成；人有禁欲的倾向，即所以防欢乐的过量，并即以增欢乐的程度。他在《圣芳济与其他》一篇论文中曾说，"有人以此二者（即禁欲与耽溺）之一为其生活的唯一目的者，其人将在尚未生活之前早已死了。有人先将其一推至极端，再转而之他。其人才真能了解人生是什么，日后将被记念为模范的圣徒。但是始终尊重这二重理想者，那才是知生活法的明智的大师。……一切生活是一个建设与破坏，一个取进与付出，一个永远的构成作用与分解作用的循环。要正当地生活，我们须得模仿大自然的豪华与其严肃。"他在上边又曾说道，"生活之艺术，其方法只在于微妙地混和取与舍二者而已"，很能简明的说出这个意思。

在《性的必理研究》第六卷跋文末尾有这两节话。"有些人将以我的意见为太保守，有些人以为太偏激。世上总常有人很热心的想攀住过去，也常有人热心的想攫得他们所想像的未来。但是明智的人，站在二者之间，他同情于他们，却知道我们是永远在于过渡时代。在无论何时，现在只是一个交点，为过去与未来相遇之处，我们对于二者都不能有什么争向。不能有世界而无传统，亦不能有生命而无活动。正如赫拉克来多思（Heraclitus）在现代哲学的初期所说，我们不能在同一川注中入浴二次，虽然如我们在今日所知，川流仍是不断的回流。没有一刻无新的晨光在地上，也没有一刻不见日没。最好是闲静地招呼那熹微的晨光，不必忙乱的奔向前去，也不要对于落日忘记感谢那曾为晨光之垂死的光明。

在道德的世界上，我们自己是那光明使者，那宇宙的顺程即实现在我们身上。在一个短时间内，如我们愿意，我们可以用了光明去照我们路程的周围的黑暗。正如在古代火炬竞走——这在路克勒丢思（Lucretius）看来似是一切生活的象征——里一样，我们手里持炬，沿着道路奔向前去。不久就要有人从后面来，追上我们。我们所有的技巧，便在怎样的将那光明固定的炬火递在他的手内，我们自己就隐没到黑暗里去。"

这两节话我最喜欢，觉得是一种很好的人生观。"现代丛书"本的《新精神》卷首，即以此为题词，（不过第一节略短些，）或者说是蔼理斯的代表思想亦无不可。最近在《人生之舞蹈》的序里也有相类的话，大意云，赫拉克来多思云人不能在同一川流中入浴二次，但我们实在不得不承认一连续的河流，有同一的方向与形状。关于河中的常变不住的浴者，也可以同样的说。"因此，世界不但有变化，亦有统一。多之差异与之一固定保其平均。此所以生活必为舞蹈，因为舞蹈正是这样：永久的微微变化的动作，而与全体的形状仍不相乖忤。"

（上边的话，有说的不很清楚的地方，由于译文词不达意之故，其责全在译者。十三年二月）

承张崧年君指示，知道蔼理斯是一八五九年生的，特补注于此。

（十四年十月）

希腊闲话[①]

　　诸位知道，我不是什么专门家，"学术讲演"四字实在说不上。若要推究起来，我本是一个军人，这与学术研究完全是不相干的；我现在可以算是京兆人，但是生在南方，北京话又说不好，原打算不来讲演的；但是承会里诸君再三相邀，真没办法，不得已来补一次空罢。

　　我也没有研究好什么，关于我的本行是海军，完全拿不出来。闲话好说些，随便讲演吧。

　　为什么我要找《希腊闲话》这个题目呢？这并不是如方才主席所说，是加一番工夫研究好了的，不过我本性喜欢两种文化，一是希腊的，一是日本的。关于日本的不好乱说，恐怕又有人加以"亲日派"的头衔，所以不讲了，还是说希腊的吧。

　　现在一些学者们，讲什么西洋文明是物质的，东方文明是精神的，这些我们不懂，不去管他。不过一种文明之起，必定有他的源流，西方文明特色之一是"科学发达"，那是不错的了。但是我们要问，科学如何发达来的呢？在此我们不得不推原其始了。

---

① 本文为 1926 年 11 月 27 日在北京大学学术研究会的讲演，笔记者朱偰。

讲西洋文明，刚就近几世纪讲是讲不明白的；西洋文明的主线来自希腊，要了解西方文明似乎不可不从希腊说起。

希腊文明差不多是一切学术的始祖，现在通常文学上科学上的用语，差不多以来自希腊的居多。名词尚且是从希腊来的，"有其名必有其实"，受其名的实体当然更是从希腊来的了。我们且先找一找文学上的用语。

文学中的戏剧，是从希腊来的；所以希腊文 Drama 一字，也跟着戏剧而流行各国。又如诗的一字，它的语根也是从希腊文来的，现代除德国有所谓国粹主义不用这个字（他们常用"das Gedicht"来代"poem"）不算外，其馀各国差不多都是用的"poem"这个字。希腊文的"poiema"本是指的"创造品"，"poietes"是指的"创造者"；由前一字演出了英文的"poem"，由后一字演出了英文的"poet"，实在统统都由希腊文的"poiem"（造作）演化出来的。又如从希腊文的"mousa"演变出来了英文的"muse"，"music"等字。"Musa""Museum"即近时中国所称的"弥撒""缪史"等文艺女神；希腊文的"mousike"，本是 Mousike tekhne 之略，即 Mrua 的艺术之意，后来就指音乐；Mouseion 则是 Musa 的庙，那些文人雅士，有时在那里开一次音乐会，有时在那里宣读了一篇论文，相沿到了后代，遂变成"博物馆"的意义。可见一切重要的艺术，一切值得注意的文献，通通已在希腊时代种了根，有的甚至开花结果，千百年后还不能超过他的盛况。

再说些科学上和哲学上的名词。

"哲学"（Philosophy）本来是从希腊文的 philosophia 演变出来的，本是"爱智"的意义。philos 是"爱好"，sophia 是"智慧"的意义。又如 Zoology 一字，也是从希腊文的 Zoon（生物）和 logyia 变成的。诸如此类，正不胜枚举。诸位若是高兴，很可以在字典上查去。

再说最近发明的名词，似乎不应该发源希腊了，但实际上也不如此。如"神经"是比较晚近的发现，但是也是从希腊文Neuron变来，本意是筋，但在一世纪时Galenus已经引伸作神经讲，现在神经学便称作Neurology。又如Bacteria（微生虫）一字，本是最近发明的名词，然而也是由希腊文的Bacterion（棒）演化成的。

再说中文的名词。这似乎很奇怪，中文如何有源于希腊文的名词？可是实际上也可找出好些个。如"萝卜"本称"莱菔"，是由希腊文的Raphe转音来的。又如"葡萄"一字，也是由希腊文的Botrus变来的。中国人所吸的"鸦片"，古称"阿芙蓉"，是同一译名之转变，这是从大英国来的，但是opium一字，也是从希腊文的opion（罂粟汁）变来的。更如"吗啡"，是Morphia的译音，而Morphia却又来自希腊文的Moupheus，这本是梦神，又出自Morphe（形象）一字，因为它能给人们在梦中见种种形象。

举了这许多，可是还不入本题，就此"言归正传"吧。

关于希腊文化，我们不能从各方面去讲；现在只就希腊的神话，来讲些闲话。

神话是宗教上的故事。托尔斯泰曾说：艺术是把创作的人的感情传给别人的方式。把好的感情传给，便是好的艺术，便是好的文学。好的感情是什么呢？他回答说是那时人民的宗教思想。这一节话我觉得颇有道理。这在古时的宗教思想上特别说得对：古时的宗教思想是古时的人的人生观，与后来的传统的，不能代表当代的要求的宗教思想是迥乎不同的。这应了人心的要求而发生的宗教，最能代表一时的思想。

现在很有些人嫌恶宗教；但是宗教的本意，也无非是保存和改善生活。古时的人最怕的有两件事：一是无食，一是无子，无食不能保存现在的生命，无子不能继续将来的生命。怎样去保持这两种生命，便是宗教所应作的事。所以宗教的精神是积极的；因为积极要生存，所以要去祈求好的神明保佑，或是去抵抗坏的神明。由此可见宗教的用心与近代各式的"主义"，初不是不相一致的，只不过手段上有点不同罢了。古时宗教的手段，是或去压服坏的神明，或去祷告好的神明，"世异则事异"，经过了若干岁月，现代种种主义的手段遂采取另种方式，即自己动手来求生存，改造现代的社会制度。这是时代的关系，初不是宗教和主义绝对有何不同。我们可以说，宗教就是古代的主义；我们更可以进一步说，宗教的野心，比现代种种主义的野心更大。耶教的天堂，佛教的净土，回教的天国，比后世种种主义的理想国都有过无不及。所不同的地方，只是宗教想在另一世界（The other world）去找幸福，而主义则放弃了寻求另一世界的迷梦，即欲把现世界造成理想世界。这也不过是程度上的差别，并不是绝对有什么性质上的殊异，所以宗教思想并不是什么不好的东西。

希腊文明的精神，很有许多表现在神话里面。这种精神的特点——也就是希腊人人生观的特点——有二：一是现世主义，一是爱美的精神。以下分别讲来。

（一）古代的现世主义，希腊可为代表。关于"死后生活如何"这个问题，神话中间有两种答法。（a）古来的神话说，如根据荷马（Homer）的话，死后的生活与现世同，业农的人仍是业农，著书的人还是著书；不过死后的世界没有太阳，那里的人都没有肉体的凭藉，说话如蝙蝠之鸣，既没有精神，又没有力气，所以无快乐可言。这正是描写死后的凄凉，以反衬现世的可爱。（b）过了二百多年，宾达洛恩（Pindaros）改变古来神话的说法，以为死后的世界与现世完全相同。那里有红花绿草，生在那世界里的人可歌可舞，可遨可游。他完全把现世的快乐搬到死后去了。不过他的本意，还是现世主义。因为觉得现世的可爱，所以要更进一步把现世的状态延长。这两种观念都是现世主义，都竭力想把现世改善。

（二）希腊民族向来是爱美的民族，他们理想中的神的形象，也和别的民族不同。中国的神，有三头六臂青面獠牙种种奇形怪状；而埃及的神，更有人面兽身种种可怕的形象。希腊的神则不然，他们都是很美丽的，与人的形象相同。有人问雕刻家 Phidias，何以神与人相同；他说神想来是最好看的，世上惟人最美，所以相同。又希腊的神不仅形与人相同，便是行为举动亦无一不与人相同。神并非是全能的，不过较人能干些罢了。有两段故事，很可以表现神的行为：他们也恋爱，也打仗，也受伤。

史诗上说，战神 Ares 打仗受了伤，回到天上，狂叫呼痛，大神 Zeus 赶紧叫 Apllon 给他敷上止痛的药，这才停止。

恋爱女神 Aphrodite 嫁给战神，两人间的感情非常不洽。恋爱女神遂另外爱一个打铁的神 Hephaistos；战神知道了，用网将打铁之神网住，把他从天上掷了下来，打铁之神遂自此跛足。

固然打铁之神跛足，原因并非如此（古时残废的人在家做工，所以打铁的人常是残废不全），但是即此也可见神与人的生活，是没有什么差别的。总之希腊人以现世生活为重，所以他们的理想生活不外人的生活，他们最高理想的神，也是与人无异。

希腊的宗教没有专门的祭司们，也没有一定的圣书，保存宗教上的传说的只是一班诗人和美术家。所以他们能把原始时代传下来的丑陋的分子，逐渐美化。我们且举几个例来说一说。

神话中的 Gorgon 本来是一个瞪眼，露牙，吐舌，手里捉着鸟，很丑很可怕的女神像，任谁见了她都要变成石头。（也就和中国"泰山石敢当"石上的怪物一样，都用以辟邪。）但是一到了美术家手里，可就完全美化了：可怕的脸变成了可爱的庞儿，只有头发还是蛇形的，作成悲痛的女人的像了。

又如复仇的女神（Erinues 英文作 Furies），也是由丑逐渐变美的一个例。在原始时期，被杀的人只有他的家族出来为他报仇，假如没有人替他报仇，死人的尸身自己会起来复仇（和中国的僵尸差不多），这是一种可怕的思想。到了后来，尸体自己不出来了，变了别种鬼——一种专门替人报仇的鬼出来复仇；不过仍是非常可怕，眼中流血，头发是蛇做的。后来却又改变了，有一种传说，说英雄 Orestes 的父亲出征回来，被他的妻子谋杀了，Orestes 便把他的母亲杀死，以替他父亲报仇。报仇的鬼又出来为他的母亲报仇，要杀死 Orestes，但是有许多神来保护他，不让报仇的鬼把他杀死。后来调停的办法，是以血洗血，于是宰一猪，把猪血淋在他的头上，被除旧罪；更造一庙，塑成三个女像，以安置这三个凶鬼。于是从前可怕的鬼，遂变成了三个美丽的女神，专司物类的生殖，名字也由"怒鬼"（Erinues）而改称"慈惠女神"（Eumehides）了。

以上都是希腊的使恐怖与丑恶化美的显例。这一种"美化"的精神，便是希腊人现世主义与爱美观念充分的表现，于文化进化至有关系，欧洲中古的黑暗时代之变为文艺复兴，可以算是一种实例。

希腊的文明，很有点和中国古代的文明相似。不过中国古代的学术差不多都是零碎的，片断的，无系统的；而希腊的学术却不然。就生物学讲，Aristotle 的动物学识诚多可笑的地方，但是系统却很完整，且有许多精密的研究与发见在内。这是两种文明程度上的差异。

中国的现世主义是可佩服的。历史上的事我们不说，单看种种店号的名字，如长发，高升……无一不是表现现世主义。不过中国文明没有希腊文明爱美的特长，所以虽是相似，却未免有流于俗恶的地方。但是我们要了解希腊文明，也就不难了。

现在我来说几句正经话吧。希腊文明很有研究的价值，尤其是在我们中国，这有以下的几种理由：

（一）希腊文明是西洋文明的源流，欲了解现代的西洋文明不可不先了解希腊文明。

（二）希腊文明与中国文明比较接近，在二者之中求其异同，很是件有兴趣且是值得研究的事情。

（三）希腊文明于人生最适用，他的地位在各种文明中比较适中。

（四）读希腊文可以训练用思。中国文文法简单，涵义不多，读文法较繁的文字，很可以造成多多构思的机会。所以我觉得中学校的学生全读英文，全读与中文文法繁简相差不远的英文，还不如读德法文好些。

希腊神话一

哈理孙女士（Jane Ellen Harrison）生于一八五〇年，现在该有八十四岁了，看她过了七十还开始学波斯文，还从俄文翻译两种书，那么可见向来是很康健的罢。我最初读到哈理孙的书是在民国二年，英国的家庭大学丛书中出了一本《古代艺术与仪式》（*Ancient Art and Ritual* 1913），觉得他借了希腊戏曲说明艺术从仪式转变过来的情形非常有意思，虽然末尾大讲些文学理论，仿佛有点儿鹘突，《希腊的原始文化》的著者罗士（R.T.Rose）对于她著作表示不满也是为此。但是这也正因为大胆的缘故，能够在沉闷的希腊神话及宗教学界上放进若干新鲜的空气，引起一般读者的兴趣，这是我们非专门家所不得不感谢她的地方了。

哈理孙是希腊宗教的专门学者，重要著作我所有的有这几部，《希腊宗教研究绪论》（*Prolegomena to the Study of Greek Religion* 1922 三板），《德米思》（*Themis* 1927 二板），《希腊宗教研究结论》（*Epilegomena* 1921），其 Alpha and Omega（或可译作"一与亥"乎？）一种未得，此外又有三册小书，大抵即根据上述诸书所编，更简要可诵。一为"我们对于希腊罗马的负债"丛书（Our Debt to Greece and Rome）的第二十六编《神话》（*Mythology* 1924），虽只是百五十页的小册，却说的很得要领，因为他不讲故事，只解说诸神的起源及其变迁，是神话学而非神话集的性质，于了解神话上极有用处。二为"古今宗教"丛书中的《古代希腊的宗教》（*Religion of Ancient Greece* 1905），寥寥五六十页，分神话仪式秘法三节，很简练地说明希腊宗教的性质及其成分。三为《希腊罗马的神话》（*Myths of Greece and Rome* 1927），是彭恩六便士丛书之一，差不多是以上二书的集合，分十二小节，对于阿林坡思诸神加以解释，虽别无新意，但小册廉价易得，于读者亦不无便利。好的希腊神话集在英文中固然仓卒不容易找，好的希腊神话学更为难求，哈理孙的这些小书或者可以算是有用的入门书罢。

《希腊罗马的神话》引言上说："希腊神话的研究长久受着两重严重的障碍。其一，直至现世纪的起头，希腊神话大抵是依据罗马或亚力山大的中介而研究的。一直到很近的时代，大家总用了拉丁名字去叫那希腊诸神，如宙斯（Zeus）是约夫（Jove），海拉（Hera）是由诺（Juno），坡塞同（Poseidon）是涅普条因（Neptune）之类。我们不想来打死老虎，这样的事现在已经不实行了。现在我们知道，约夫并不就是宙斯，虽然很是类似，密涅伐（Minerva）也并不就是雅典娜（Athena）。但是一个错误——因为更微妙所以也更危险的错误依然存留着。我们弃掉了拉丁名字，却仍旧把拉丁或亚力山大的性质去加在希腊诸神的上边，把他们做成后代造作华饰的文艺里的玩具似的神道。希腊的爱神不再叫作邱匹德（Cupid）了，但我们心里都没有能够去掉那带弓箭的淘气的胖小儿的印象，这种观念怕真会使得德斯比亚本地崇拜爱神的上古人听了出惊罢，因为在那里最古的爱洛斯（Eros，爱神）的像据说原来是一块未曾雕琢的粗石头呀。

第二个障碍是，直到近时希腊神话的研究总是被看作全然附属于希腊文学研究之下。要明白理解希腊作家——如诗人戏曲家以至哲学家的作品，若干的神话知识向来觉得是必要的。学者无论怎么严密地应用了文法规则之后有时还不能不去查一下神话的典故。所以我们所有的并不是神话史，不是研究神话如何发生的书，却只是参考检查用的神话辞典。总而言之，神话不被当作一件他的本身值得研究的东西，不是人类精神历史的一部分，但只是附随的，是文学的侍女罢了。使什么东西居于这样附随的地位，这就阻止他不能发达，再也没有更有效的方法了。"

还有一层，研究希腊神话而不注意仪式一方面，也是向来的缺点。《神话》引言中说："各种宗教都有两种分子，仪式与神话。第一是关于他的宗教上一个人之所作为，即他的仪式。其次是一个人之所思索及想像，即他的神话，或者如我们愿意这样叫，即他的神学。但是他的作为与思索却同样地因了他的感觉及欲求而形成的。"神话与仪式二者的意义往往互相发明，特别像希腊宗教里神话的转变很快，后来要推想他从前的意思和形式，非从更为保守的仪式中间去寻求难以得到线索，哈理孙的工作在这里颇有成就。她先从仪式去找出神话的原意，再回过来说明后来神话变迁之迹，很能使我们了解希腊神话的特色，这是很有益的一点。关于希腊神话的特别发达而且佳妙的原因，在《古代希腊的宗教》中很简明的说过：

"希腊的宗教的材料，在神学（案即神话）与仪式两部分，在发展的较古各时期上，大抵与别的民族的相同。我们在那里可以找到鬼魂精灵与自然神，祖先崇拜，家族宗教，部落宗教，神之人形化，神国之组织，个人宗教，魔术，被除，祈祷，祭献，人类宗教的一切原质及其变化。希腊宗教的特色并不是材料，只在他的运用上。在希腊人中间宗教的想像与宗教的动作，虽然在他们行为上并非全无影响，却常发动成为人类活动的两种很不相同的形式——此二者平常看作与宗教相远的，其实乃不然。这两种形式是艺术，文字的或造形的，与哲学。凭了艺术与哲学的作用，野蛮分子均被消除，因为愚昧丑恶与恐怖均因此净化了，宗教不但无力为恶，而且还有积极的为善的能力了。"《神话》第三章论山母中关于戈耳共（Gorgon）的一节很能具体的证明上边所说的话，其末段云：

"戈耳共用了眼光杀人，它看杀人，这实在是一种具体的恶眼（Evil Eye）。那分离的头便自然地帮助了神话的作者。分离的头，那仪式的面具，是一件事实。那么，那没有身子的可怕的头是那里来的呢？这一定是从什么怪物的身上切下来的，于是又必须有一个杀怪物的人，贝尔修斯（Perseus）便正好补这个缺。所可注意的是希腊不能在他们的神话中容忍戈耳共的那丑恶。他们把它变成了一个可爱的含愁的女人的面貌。照样，他们也不能容忍那地母的戈耳共形相。这是希腊的美术家与诗人的职务，来洗除宗教中的恐怖分子。这是我们对于希腊的神话作者的最大的负债。"

哈理孙写有一篇自传，当初登在《国民》杂志（*The Nation*）上，后又单行，名曰"学子生活之回忆"（*Reminiscences of a Student's Life* 1925）。末章讲到读书，说一生有三部书很受影响，一是亚列士多德的《伦理学》，二是柏格孙的《创造的进化》，三是弗洛伊特的《图腾与太步》（*Totem and Taboo*），而《金枝》（*The Golden Bough*）前后的人类学考古学的书当然也很有关系，因为古典学者因此知道比较人类学在了解希腊拉丁的文化很有帮助了。"泰勒（Tylor）写过了也说过了，斯密斯（Robertson Smith）为异端而流放在外，已经看过东方的星星了，可是无用，我们古典学者的聋蛇还是塞住了我们的耳朵，闭上了我们的眼睛。但是一听到《金枝》这句咒语的声音，眼上的鳞片便即落下了，我们听见，我们懂得了。随后伊文思（Arthur Evans）出发到他的新岛去，从它自己的迷宫里打电报来报告牛王（Minotauros）的消息，于是我们不得不承认这是一件重要的事件，这与荷马问题有关了。"

《回忆》中讲到所遇人物的地方有些也很有意思，第二章坎不列治与伦敦起首云：

"在坎不列治许多男女名流渐渐与我的生活接触起来了。女子的学院在那时是新鲜事情，有名的参观人常被领导来看我们，好像是名胜之一似的。屠格涅夫（Turgenev）来了，我被派去领他参观。这是千载一时的机会。我敢请他说一两句俄文听听么？他的样子正像一只和善的老的雪白狮子。阿呀，他说的好流利的英文，这是一个重大的失望。后来拉斯金（Ruskin）来了。我请他看我们的小图书馆。他看了神气似乎不很赞成。他严重地说道，青年女子所读的书都该用白牛皮纸装钉才是。我听了悚然，想到这些红的摩洛哥和西班牙皮装都是我所选定的。几个星期之后那个老骗子送他的全集来给我们，却全是用深蓝色的小牛皮装的！"末了记述一件很有趣的事："我后来在纽能学院所遇见的最末的一位名人即是日本的皇太子。假如你必须对了一个够做你的孙子的那样年青人行敬礼，那么这至少可以使你得点安慰，你如知道他自己相信是神。正是这个使我觉得很有趣。我看那皇太子非常地有意思。他是很安详，有一种平静安定之气，真是有点近于神圣。日本文是还保存着硬伊字音的少见的言语之一种。所有印度欧罗巴语里都已失掉这个音，除俄罗斯文外，虽然有一个俄国人告诉我，他曾听见一个伦敦卖报的叫比卡迭利（Piccadilly）的第三音正是如此。那皇太子的御名承他说给我听有两三次，但是，可惜，我终于把它忘记了。"所谓日本的硬伊字音不知道是怎么一回事，假如这是俄文里好像是 bI 或亚拉伯数字六十一那样的字，则日本也似乎没有了，因为我们知道日本学俄文的朋友读到这音也十分苦斗哩——或者这所说乃是朝鲜语之传讹乎。

结论的末了说："在一个人的回忆的末后似乎该当说几句话，表示对于死之来临是怎样感想。关于死的问题，在我年青的时候觉得个人的不死是万分当然的。单一想到死就使得我暴躁发急。我是那样执著于生存，我觉得敢去抗拒任何人或物，神，或魔鬼，或是运命她自己，来消灭我。现在这一切都改变了。假如我想到死，这只看作生之否定，一个结局，一条末了的必要的弦罢了。我所怕的是病，即坏的错乱的生，不是怕的死。可是病呢，至现在为止，我总逃过了。我于个人的不死已没有什么期望，就是未来的生存也没有什么希求。我的意识很卑微地与我的身体同时开始，我也希望他很安静地与我的身体一同完了。

"会当长夜眠，无复觉醒时。

"那么这里是别一个思想。我们现在知道在我们身内带着生命的种子，不是一个而是两个生命，一是种族的生命，一是个人的生命。种族的生命维持种族的不死，个人的生命却要受死之诱惑，这种情形也是从头就如此的。单细胞动物确实是不死的，个人的复杂性却招到了死亡。那些未结婚的与无儿的都和种族的不死割断了关系，献身于个人的生活——这是一条侧线，一条死胡同，却也确是一个高上的目的。因了什么奇迹我免避了结婚，我也不知道，因为我一生都是在爱恋中的。但是，总而言之，我觉得喜欢。我并不怀疑我是损失了许多，但我很相信得到的更多。结婚至少在女人方面要妨害两件事，这正使我觉得人生有光荣的，即交际与学问。我对于男子所要求的是朋友，并不是丈夫。家庭生活不曾引动过我。这在我看去顶好也总不免有点狭隘与自私，顶坏是一个私地狱。妻与母的职务不是一件容易事，我的头里又满想着别的事情，那么一定非大失败不可。在别方面，我却有公共生活的天赋才能。我觉得这种生活是健全，文明，而且经济地正当。我喜欢宽阔地却也稍朴素地住在大屋子里，有宽大的地面与安静的图书馆。我喜欢在清早醒来觉得有一个大而静的花园围绕着。这些东西在私人的家庭里现已或者即将不可能了，在公共生活里却是正当而且是很好的。假如我从前很富有，我想设立妇女的一个学问团体，该有献身学术的誓言和美好的规律与习惯，但在现在情形之下，我在一个学院里过上多年的生活也就觉得满足了。我想文化前进的时候家庭生活如不至于废灭，至少也将大大的改变收缩了罢。

"老年是，请你相信我，一件好而愉快的事情。这是真的，你被轻轻地挤下了戏台，但那时你却可以在前排得到一个很好的坐位去做看客，而且假如你已经好好地演过了你的戏，那么你也就很愿意坐下来看看了。一切生活都变成没有以前那么紧张，却更柔软更温暖了。你可以得到种种舒服的，身体上的小小自由，你可以打着瞌睡听干燥的讲演，倦了可以早点去睡觉。少年人对你都表示一种尊敬，这你知道实在是不敢当的。各人都愿意来帮助你，似乎全世界都伸出一只好意的保护的手来。你老了的时候生活并没有停住，他只发生一种很妙的变化罢了。你仍旧爱着，不过你的爱不是那烧得鲜红的火炉似的，却是一个秋天太阳的柔美的光辉。你还不妨仍旧恋爱下去，还为了那些愚蠢的原因，如声音的一种调子，凝视的眼睛的一种光亮，不过你恋的那么温和就是了。在老年时代你简直可以对男子表示你喜欢和他在一起而不致使他想要娶你，或是使他猜想你是想要嫁他。"

　　这末了几节文章我平常读了很喜欢，现在趁便就多抄了些，只是译文很不惬意，但也是无法，请读者看其大意可也。

　　　　　　　　　　　　二十三年一月二十四日，于北平

希腊神话二

    我对于神话向来有点喜欢。这个缘故说起来恐怕有点长远。小时候看说部演义，神怪故事着实看了不少，这很有许多潜势力，其中要以《西游记》和《封神传》为最有关系。故事的古怪，荒唐，这都不要紧，第一是要不太可怕，便是好故事，而且古怪荒唐得好的时候往往能够把可怕的分子中和了，如有人批评阿普刘思（Apuleius）的《变形记》（*Metamorphoses*），里边虽有杀人放火僵尸狼人的事件，以现实为背景，而写得离奇惝怳，好像一切都笼罩在一层薄雾里，看去不甚明显迫近，因此就不会感到恐怖嫌恶。《聊斋志异》《夜谈随录》，文笔的确不坏，有些故事却使我读了至今害怕，我不信鬼怪而在黑暗凄寂中有时也要毛戴，这便是读过可怕的故事的影响。《封神》《西游》并不如此，他没有什么可怕的事，却只是讲荒唐古怪的"大头天话"，特别是《西游》，更多幽默有趣的笔致，正如我的祖父所说这很足以开发儿童的神智。孙悟空打败了赶紧摇身一变变成一座破庙，只剩尾巴没处安顿，便变做一枝旗竿竖在庙背后，被人家看出了破绽。这一节故事他常常背给我们听，当作一个好例，说罢自己也呵呵大笑，虽然他平日是很严峻的人。近年来似乎文以载道之说复兴，大家对于书本子上的话十分认真，以为苟非真理即是诳语，关系世道人心殊非浅鲜，因此神话以至童话都发生问题，仿佛小孩读了《封神传》就会归截教，看了《西游记》就要变小妖似的，这原是见仁见智，难以言语相争，不过据我想来那也何至于此呢。事实是这些书看了颇有意思，我至今还想念它，可是也并没有相信邪教练法术，我自己所可说的就是这几句话。

还有一个原因是从外面来的，因为听说读外国文学书须得懂一点神话才行。哈理孙女士曾说，"要明白理解希腊作家——如诗人戏曲家以至哲学家的作品，若干的神话知识向来觉得是必要的。学者无论怎么严密地应用了文法规则之后，有时还不能不去查一下神话的典故。"她是研究宗教的，这里边包含神话与仪式两种东西，不能偏废，现在如把神话作为文学的附属品，不当做宗教的一部分去研究，她觉得不满原是应该的，但如从文学的立场来说，那么这也正是必须，但当离之则双美耳。还有一层，希腊神话本身便是一种优美的艺术品，当作文艺也值得单独的去读。本来神话的内容材料与别民族没有什么大异，只因运用不同，把愚昧丑恶等野蛮分子净化了，便成就了诗化的神话。哈理孙女士说过，"这是希腊的美术家与诗人的职务，来洗除宗教中的恐怖分子。这是我们对于希腊的神话作者的最大的负债。"再从别一方面说，神话与童话也有密切的关联。故事还是这一件故事，拿来说明宇宙文化之所以然，这算是神话，只当做小说听了好玩便是童话，若是相信某人某地所曾有过的事迹，那又在这两者之间，是一种传说了。神话可以说是古代初民的科学，传说是历史，童话是文艺，大有一气化三清之概，这在我喜欢童话的人，又觉得是很有意思的事。

因为这些缘故，我对于希腊神话特别有好感，好久就想翻译一册到中国，可是这也很不容易。第一为难的是底本的选择。我最初所有的是一本该莱（C.M.Gayley）所编的《英国文学上的古典神话》，无出版年月，我买这书在一九〇六初到日本的时候，其目的便是为文学典故的参考。这不是一卷纯粹的神话集，只以柏耳芬志（T.Bulfinch）的《传说的时代》作蓝本，加以增补，引许多英国诗文以为例证，虽适宜于读英文学者的翻阅，全部译成汉文是劳而无功的事情。其次再看《传说的时代》，此书著于七十年前，却至今销行，我的一册是人人丛书本，一九一〇年新板，文章写得很有趣味，日本有野上弥生子的译本，近来又收入岩波文库中，可以想见这书的价值，不过我也不想译他。这为什么缘故呢？当时我看了一点人类学派的神话解释，总觉得旧说不对，因此也嫌这里边有些说法欠妥帖。又为了同一原因，也就不满意于德国的两种小册子。这都叫作"希腊罗马神话"，其一是斯妥伊丁（H.Steuding）著，英译有两种，一是英国本，巴纳忒（L.D.Barnett）译，收在邓普耳初步丛书里，一是美国本，哈林顿与妥耳曼（Harrington and Tolman）二人译，哈理孙女士举参考书时曾提及。这本小书我也颇喜欢，因为他不专讲故事而多论其异同及意义，又常说明神话中人名的字义，皆非普通神话书所有，但毛病也就出在这里，就是那旧式的天文气象的解释。其二是惹曼（O.Seemann）所著的，英译有比安奇（Bianchi）本，其毛病与上边相同，虽然未全备那些好处。哈理孙女士的两册，即"希腊罗马的负债"丛书中的《神话》与彭恩六便士丛书中的《希腊罗马的神话》，解释是好的了，但有说明而无本事，与詹姆士（H.R.James）的《我们的希腊遗产》中所讲略同，这总得在先有了一本神话集之后才能有用。菲厄板克思（A.Fairbanks，一九〇六）的一册是以作西洋美术和文艺的参考为主的，塔忒洛克女士

（J.M.Tatlock，一九一六）的讲给学生听也很漂亮，这都有可取。福克思（W.S.Fox，一九一六）的是"各民族神话丛书"之一，内容丰富确实，又洛士（R.J.Rose）的《希腊神话要览》（一九二八）最晚出，叙录故事之外又有研究资料，我觉得这是一部很好的书，但是，要翻译却又似乎太多一点了。关于选择这一件事情上总是疑惑不决，虽然当时如决心起手译了塔式洛克或福克思也就不错。

读英国俄来德（F.A.Wright）的《希腊晚世文学史》，卷二讲到阿坡罗陀洛斯（Apollodorus）的著作云：

"第四种书，也是著作年代与人物不很确实的，是阿坡罗陀洛斯的《书库》，希腊神话与英雄传说的一种纲要，从书册中集出，用平常自然的文体所写。福都思主教在九世纪时著作，以为此书作者是雅典文法家，生存于基督前百四十年顷，曾著一书曰'诸神论'，但是这已证明非是，我们从文体考察大抵可以认定是西历一世纪时的作品。在一八八五年以前我们所有的只是这七卷书中之三卷，但在那一年有人从罗马的梵谛冈图书馆里得到全书的一种节本，便将这个暂去补足了那缺陷。卷一的首六章是诸神世系，以后分了家系叙述下去，如斗加利恩，伊那珂斯，阿格诺耳及其两派，即欧罗巴与加特摩斯，贝拉思戈斯，阿忒拉斯，阿索坡斯。在卷二第十四章中我们遇到雅典诸王，德修斯在内，随后到贝洛普斯一系。我们见到忒罗亚战争前的各事件，战争与其结局，希腊各主帅的回家，末后是阿迭修斯的漂流。这些都简易但也颇详细的写出，如有人想得点希腊神话的知识，很可以劝他不必去管那些现代的参考书，最好还是一读阿坡罗陀洛斯，有那莆来则勋爵的上好译本。"

阿坡罗陀洛斯的《书库》（*Bioliothēkē*）与巴耳德尼阿斯（Parthenius）的《恋爱故事》，这是希腊神话集原书之仅存者，我虽亦知道其可贵重，但那时一心要找现代的参考书，没有想到他，如今恍然大悟，即刻去从书箱里找了出来，在希腊拟曲完工之后便动手来翻译这部神话了。

阿坡罗陀洛斯原书收在古典丛书内，有茀来则的译注。茀来则在绪论上说：

"《书库》可以说是希腊神话及英雄传说的一种梗概，叙述平易不加修饰，以文学中所说为依据，作者并不说采用口头传说，在证据上及事实的可能上也可以相信他并不采用，这样几乎可以确说他是完全根据书卷的了。但是他选用最好的出处，忠实地遵从原典，只是照样纪述，差不多没有敢想要说明或调解原来的那些不一致或矛盾。因此他的书保存着文献的价值，当作一个精密的纪载，可以考见一般希腊人对于世界及本族的起源与古史之信念。作者所有的缺点在一方面却变成他的长处，去办成他手里的这件工作。他不是哲学家，也不是词章家，所以他编这本书时既不至于因了他学说的关系想要改窜材料，也不会为了文章的作用想要加以藻饰。他是一个平凡的人，他接受本国的传说，简直照着字面相信过去，显然别无什么疑虑。许多不一致与矛盾他都坦然地叙述，其中只有两回他曾表示意见，对于不同的说法有所选择。长庚星的女儿们（Hesperides）的苹果，他说，并不在吕比亚，如人们所想，却是在远北，从北风那边来的人们的国里，但是关于这奇怪的果子和看守果子的百头龙的存在，他似乎还是没有什么怀疑。"其他一例，因为枯燥一点，今且从略。

茀来则又说，"在几点上阿坡罗陀洛斯的《书库》颇与《旧约·创世纪》相似。两者都算是纪载世界的历史，从创造起头，或是从安排这世界时为始，直至作者的祖先出现于地上，这便是他本族的住家，勋业的背景。在这两种著作里，自然的移动与人事的转变都从神话传说的幻光里看过去，又多因这朦胧的烟雾而被歪曲或放大了。这两者都是综合成的，为一个比较晚出的编者缀合而成，他把从各样文书抽出来的材料加以编比，并不怎么用心去说明其间的差异或融和其不一致的地方。不过到了这里二者相似之点也就完了。《创世纪》是一篇文学天才的杰作，而阿坡罗陀洛斯的《书库》则是一个平常人的单调的编著，他重述故事，没有一点想象的笔触，没有一片热情的光耀，这些神话传说在古时候都曾引起希腊诗歌之不朽的篇章，希腊美术之富美的制作来过的。但是我们总还该感谢他，因为他给我们从古代文学的破船里保留下好些零星的东西，这假如没有他的卑微的工作，也将同了许多金宝早已无可挽救地沉到过去的不测的大洋里去了。"

我找到阿坡罗陀洛斯的希腊神话来翻译，自己觉得很是愉快也是有意义的事，目下所感到的困难乃是人神的名字太多，译音容易混乱，但别无妙法，还只得一个个的用汉字校了又译译了又校耳。

二十三年三月

希腊人的好学

看英国瑞德的《希腊晚世文学史》，第二章讲到欧几里得（Euclid）云：

"在普多勒迈一世时有一人住在亚力山大城，他的名字是人人皆知，他的著作至少其一是举世皆读，只有圣书比他流传得广。现在数学的教法有点变更了，但著者还记得一个时代，那时欧几里得与几何差不多就是同意语，学校里的几何功课也就只是写出欧几里得的两三个设题而已。欧几里得，或者写出他希腊式的原名欧克莱德思（Eukleides），约当基督二百九十年前生活于亚力山大城，在那里设立一个学堂，下一代的贝耳伽之亚波罗纽思即他弟子之一人。关于他的生平与性格我们几于一无所知，虽然有他的两件轶事流传下来，颇能表示出真的科学精神。其一是说普多勒迈问他，可否把他的那学问弄得更容易些，他回答道，大王，往几何学去是并没有御道的。又云，有一弟子习过设题后问他道，我学了这些有什么利益呢？他就叫一个奴隶来说道，去拿两角钱来给这厮，因为他是一定要用他所学的东西去赚钱的。后来他的名声愈大，人家提起来时不叫他的名字，只说原本氏（Stoikheiotes）就行，亚刺伯人又从他们的言语里造出一个语源解说来，说欧几里得是从乌克里（阿刺伯语云钥）与地思（度量）二字出来的。"后边讲到亚奇默得（Archimedes），又有一节云：

"亚奇默得于基督二八七年前生于须拉库色，至二一二年前他的故乡被罗马所攻取，他叫一个罗马兵站开点，不要踹坏地上所画的图，遂被杀。起重时用的滑车，抽水时用的螺旋，还有在须拉库色被围的时候所发明的种种机械，都足证明他的实用的才能，而且这也是他说的话：给我一块立足的地方，我将去转动这大地。但他的真的兴趣是在纯粹数学上，自己觉得那圆柱对于圆球是三与二之比的发明乃是他最大的成功。他的全集似乎到四世纪还都存在，但是我们现在只有论平面平衡等八九篇罢了。"苏俄类佐夫等编的《新物理学》中云：

"距今二千二百年前，力学有了一个伟大的进步。古代最大的力学者兼数学者亚奇默得在那时候发明了约四十种的力学的器具。这些器具中，有如起重机，在建筑家屋或城堡时都是必要，又如抽水机，于汲井水泉水也是必要的，但其大多数却还是供给军事上必要的各种的器具。

"须拉库色与其强敌罗马抗战的时候，兵数比罗马要少得多，但因为有各色的石炮，所以能够抵抗得很久。在当时已经很考究与海军争斗的各手段了。如敌船冒了落下来的石弹向着城墙下前进，忽然墙上会出现杠杆，把上头用铁索系着的铁钩对了敌船抛去，在帆和帆索上钩住。于是因了墙后的杠杆的力将敌船拉上至相当高度，一刹那间晃荡一下便把它摔出去。船或者沉没到海里去，或是碰在岩石上粉碎了。"这些玩艺儿自然也是他老先生所造的了，但是据说他自己颇不满意，以为学问讲实用便是不纯净，所以走去仍自画他的图式，结果把老命送在里头（享年七十五），这真不愧为古今的书呆子了。

后世各部门的科学几乎无不发源于希腊，而希腊科学精神的发达却实在要靠这些书呆子们。柏拉图曾说过，好学（To philomathes）是希腊人的特性，正如好货是斐尼基人与埃及人的特性一样。他们对于学，即知识，很有明其道不计其功的态度。英国部丘教授在《希腊的好学》这篇讲义里说道：

"自从有史以来，知这件事在希腊人看来似乎它本身就是一件好物事，不问它的所有的结果。他们有一种眼光锐利的，超越利益的好奇心，要知道大自然的事实，人的行为与工作，希腊人与外邦人的事情，别国的法律与制度。他们有那旅人的心，永远注意着观察记录一切人类的发明与发见。"又云：

"希腊人敢于发为什么的疑问。那事实还是不够，他们要找寻出事实（To hoti）后面的原因（To dioti）。对于为什么的他们的答案常是错误，但没有忧虑踌躇，没有牧师的威权去阻止他们冒险深入原因的隐秘区域里去。在抽象的数学类中，他们是第一个问为什么的，大抵常能想到正确的答案。有一件事是古代的中国印度埃及的建筑家都已知道的，即假如有一个三角，其各边如以数字表之为三与四与五，则其三与四的两边当互为垂直。几个世纪都过去了，未见有人发这问题：为什么如此？在基督约千一百年前中国一个皇帝周公所写的一篇对话里（案这是什么文章一时记不得，也不及查考，敬候明教），他自己也出来说话，那对谈人曾举示他这有名的三角的特性。皇帝说，真的，奇哉！但他并不想到去追问其理由。这惊奇是哲学所从生，有时却止住了哲学。直到希腊人在历史上出现，才问这理由，给这答案。总之，希腊的几何学是人类思想史上的一件新东西。据海罗陀多思说，几何学发生于埃及，但那是当作应用科学的几何学，目的在于实用，正如在建筑及量地术上所需要的。理论的几何学是希腊人自己创造出来的，它的进步很快，在基督前五世纪中，欧几里得的《原本》里所收的大部分似乎都已具备明确的论理的形式。希腊人所发现的那种几何学很可表示那理想家气质，这在希腊美术文艺上都极明显易见的。有长无广的线，绝对的直或是曲的线，这就指示出来，我们是在纯粹思想的界内了。经验的现实状况是被搁置了，心只寻求着理想的形式。听说比达戈拉思因为得到一个数学上的发见而大喜，曾设祭谢神。在古代文明里，还有什么地方是用了这样超越利害的热诚去追求数学的呢？"

我这里抄了许多别人的文章，实在因为我喜欢，礼赞希腊人的好学。好学亦不甚难，难在那样的超越利害，纯粹求知而非为实用。——其实，实用也何尝不是即在其中。中国人专讲实用，结果却是无知亦无得，不能如欧几里得的弟子赚得两角钱而又学了几何。中国向来无动植物学，恐怕直至传教师给我们翻译洋书的时候。只在《诗经》《离骚》《尔雅》的笺注，地志，农家医家的书里，有关于草木虫鱼的记述，但终于没有成为独立的部门，这原因便在对于这些东西缺乏兴趣，不真想知道。本来草木虫鱼是天地万物中最好玩的东西，尚且如此，更不必说抽象的了。还有一件奇怪的事，中国格物往往等于谈玄，有些在前代弄清楚了的事情，后人反而又胡涂起来，如螟蛉负子梁朝陶弘景已不相信，清朝邵晋涵却一定说是祝诵而化。又有许多伦理化的鸟兽生活传说，至今还是大家津津乐道，如乌反哺，羔羊跪乳，枭食母等。亚里士多德比孟子还大十岁，已著有《生物史研究》，据英国胜家博士在《希腊的生物学与医学》上所说，他记述好些动物生态与解剖等，证以现代学问都无差谬，又讲到头足类动物的生殖，这在欧洲学界也到了十九世纪中叶才明白的。我们不必薄今人而爱古人，但古希腊人之可钦佩却是的确的事，中国人如能多注意他们，能略学他们好学求知，明其道不计其功的学风，未始不是好事，对于国家教育大政方针未必能有补救，在个人正不妨当作寂寞的路试去走走耳。

廿五年八月

希腊之余光

　　一个月以前，在日本书店里偶然得到一册长坂雄二郎译的《古代希腊文学史》，引起我好些的感想。这是理查及勃教授的原著，本名"希腊文学初步"，是麦克米兰书店文学初步丛书之一。这丛书虽然只是薄薄的小册子，却是很有意思，我所有的四册都很不错，其中两种觉得特别有用，便是这《希腊文学》，以及勃路克牧师所著的《英国文学》。我买到《英国文学初步》还是在民国以前，大概是一九一〇年，距离当初出版的一八七六已是三十四年，算到现在，恰巧又是三十四年了。我很喜欢勃路克的这册小书，心想假如能够翻译出来，再于必要处适宜的加以小注，是极好的一本入门书，比自己胡乱编抄的更有头绪，得要领。对于《希腊文学》也是如此想，虽然摩利思博士的《英文法初步》我也喜欢，却觉得总还在其次了。光阴荏苒的过去了三十几年，既不能自己来动手，等别人自然是靠不住，偶尔拿出来翻阅一下，还只是那两册蓝布面的原书而已。但是勃路克的书在日本有了石川诚的译本，名曰"英国文学史"，一九二五年初板，我所有的乃是一九四一年的改订再板本，及勃的书则出版于去年冬天，原书著作为一八七七年，盖是著者三十七岁时，去今已有六十七年矣。

我的感想，其一是这《希腊文学初步》在日本也已有了译本了，中国恐怕一时不会有，这是很可惜的事。其二是原书在起头处说过，是写给那不懂希腊文，除译本外不会读希腊书的人看的，因此又觉得在中国此刻也还不什么等用，或者不及翻译与介绍要紧。其三想到自己这边，觉得实在也欠用力，虽然本来并没有多少力量。在十四五年前，适值北京大学三十二周年纪念，发刊纪念册，我曾写过一篇小文，题曰《北大的支路》，意思是说于普通的学问以外，有几方面的文化还当特别注重研究，即是希腊，印度，亚剌伯与日本。大家谈及西方文明，无论是骂是捧，大抵只凭工业革命以后的欧美一两国的现状以立论，总不免是笼统，为得明了真相起见，对于普通称为文明之源的古希腊非详细考察不可，况且他的文学哲学自有其独特的价值，据愚见说来其思想更有与中国很相接近的地方，总是值得萤雪十载去钻研他的，我可以担保。当时我说的有点诙谐，但意思却是诚实的，至今也并没有改变。所可惜的是，中国学问界的情形也是没有改变。但是这有什么办法呢。日本在明治末年也还是很少谈希腊事情的人，但克倍耳教授已在大学里鼓吹有年，近二十年中人材辈出，译书渐多，这是很可羡慕的事。中国从何说起，此刻现在，学艺之不振岂不亦是应该，当暗黑时正当暗黑可也。不过话又说回来，现今假如尚有余裕容得人家来写文章，谈文学，则希腊的题目似尚有可取，虽然归根到底不免属于清谈之内，在鄙人视之乃觉得颇有意义，固不尽由于敝帚自珍耳。

　　我曾经写过一篇谈希腊人的好学的文章，引用瑞德著《希腊晚世文学史》里的话，讲《几何原本》作者欧几里特的事。原文大意云：

　　"欧几里特，希腊式的原名是欧克莱台斯，约当基督二百九十年前生活于亚力山大城，在那里设立一个学堂，下一代的有些名人多是他的弟子。关于他的生平与性格我们几乎一无所知，虽然有他的两件轶事流传下来，颇能表示出真的科学精神。其一是说普多勒迈一世问他，可否把他的那学问弄得更容易些，他回答道，大王，往几何学那里去是并没有御道的。又云，有一弟子习过设题后问他道，我学了这些有什么好处呢。他就叫一个家奴来说道，去拿两分钱来给这厮，因为他是一定要用了他所学的东西去赚钱的。后来他的名声愈大，人家提起来时不叫他的名字，只说原本氏就行了。"部丘教授在《希腊之好学》文中云：

"自从有史以来，知这件事在希腊人看来似乎他本身就是一件好物事，不问他的所有的结果。他们有一种眼光锐利的，超越利益的好奇心，要知道大自然的事实，人的行为与工作，希腊人与外邦人的事情，别国的法律与制度。他们有那旅人的心，永远注意着观察记录一切人类的发明与发见。"这样为知识而求知识的态度甚可尊重，为纯粹的学问之根源，差不多为古希腊所特有，而在中国又正是缺少，我们读了更特别觉得是有意义的事。

在《希腊的遗产》这册论文集中，列文斯顿论希腊文学的特色第三是求真，这与上文有可以互相发明的地方。引了史诗与抒情诗的实例之后，讲到都屈迭台斯的史书，叙述希腊内争的一幕。这是基督四百二十四年前的事，即中国春秋时威烈王二年，斯巴达大将勃拉西达斯将攻略安非坡利斯，雅典大将都屈迭台斯在塔索斯，相距是一日半的水程，仓忙往救，勃拉西达斯急与市民议款，特予宽大，市遂降服。史书中云：

"是日晚，都屈迭台斯与其舟师入蔼翁港，但已在勃拉西达斯占据安非坡利斯之后，若再迟一宿，则彼更将并取蔼翁而有之矣。"此文看似寻常，但我们须知道，雅典大将都屈迭台斯即是记此事实的史家都屈迭台斯，而因了这里那么用了超然中立的态度所记的一件事，乃使他不得不离开祖国，流放在外至二十年之久。列文斯顿评云：

"都屈迭台斯客观地叙述简单的事实，好像是关系别个人似的，对于他一生中最大的不幸没有一句注释，没有不服，辩解，说明，或恨憎之词。他用第三人身写他自己。现代大将写自己的失败不是用这种写法的，但这正是希腊的写法。都屈迭台斯忘记了他自己和他的感情，他只看见那不幸的一天，他同了他的舟师沿河上驶，却见安非坡利斯的城门已经对他紧闭了。他这样的不顾自己的事，并不曾说这是不幸，虽然这实是不幸，对于他和他的故国。假如我们不知道他是雅典人，那么我们单从他的史书上就很不容易分别，在这战事上他是偏袒雅典的呢，还是偏袒斯巴达，因为他是那么全然的把他和他的感情隐藏起来了。可是他乃是热烈的爱国者，而他正在记述这战事，在这一回里他的故国便失掉了主权与霸图。"严正的客观到了这地步，有点超出普通的人力以上，但真足为后世学人的理想模范，正如太史公言，虽不能至，心向往之矣。

谈到希腊事情，大家总不会忘记提及他们的爱美这一节的。列文斯顿也引了所谓荷马颂歌里的一篇《地母颂》，与丁尼孙的诗相比较，他说，丁尼孙虽是美，而希腊乃有更上的美，这并非文字或比喻或雕琢之美，却更为简单，更为天然，更是本能的，仿佛这不是人间却是自然自己在说话似的。比诗歌尤为显明的例是希腊神话的故事，这正是如诗人济慈所说的希腊的美的神话，同样的出于民间的想像，逐渐造成，而自有其美，非北欧统系的神话所能及。列文斯顿说，就是在干燥无味的神话字典中，如亚塔阑达，那耳吉索斯，辟格玛利恩，阿耳孚斯与欧吕迭开，法伊东，默杜萨各故事，都各自有其魔力。这评语实在是不错的，不过传述既成的故事，也没有多大意思，还不如少为破点工夫，看其转变之迹，意义更为明显。希腊神话故事知道的人不少，一见也似平常，但是其形状并非从头就是如此，几经转变，由希腊天才加以陶融剪裁，乃始成就。希腊人以前的原住民没有神话，据古史家说，他们祀神呼而告之，但他们不给神以称号，亦无名字。罗马人在未曾从希腊借用神话以前情形也是如此，他们有渺茫的非人格的鬼物似的东西，他们并不称之曰诸神，只称之曰诸威力。威力是没有人的特性的，他没有性别，至少其性别是无定的，这只须参考古时的祈祷文便可明了，文中说祷告于精灵，无论是男是女。希腊民族乃是"造像者"，如哈理孙女士在《希腊神话论》引言中所说，他们与别的民族同样的用了宗教的原料起手，对于不可见的力之恐怖，护符的崇拜，未满足的欲望等，从那些渺茫粗糙的材料，他们却造出他们的神人来。我们一面再看埃及印度，也曾造有他们的神人，可是这与希腊的又是多么不同，埃及的鸟头牛首，印度的三头千手，在希腊都是极少见的。其实希腊何尝没有兽形化的神人，以及其他的奇形怪事，只是逐渐转变了，不像别国的永远不变，因为有祭司与圣经的制限。哈理孙女士说，希腊民族不是受祭司支配而是受诗人支配的，照诗人这字的原义，这确是所谓造作者，即艺术家的民族。他们不能容忍宗教中之恐怖与恶分子，把他渐益净化，造成特殊的美的神话，这是他们民族的一种成就，也是给予后世的一个恩惠。《希腊神话论》第三章是论山母的，里边详说戈耳共与蔼利女斯的转变，很是明白，也于我们最为有益。戈耳共本来是泰山石敢当似的一个鬼脸，是仪式上的一种面具，竭力做的丑恶，去恐吓人与妖魔的。既然有了头，那么一定有一个戈耳共在那里，或者更好是三数，于是有了三姊妹的传说，默杜萨即是最幼小的一个。戈耳共面普通都拖舌，瞪眼，露出獠牙，是恐怖之具体的形象。可是自从这成为默杜萨的头以后，希腊艺术家逐渐的把她变成了一个可怜的含愁的女人的面貌，虽然头发还是些活蛇，看见她面貌的人也要被变作石头。蔼利女斯如字义所示，是愤怒者，即是怒鬼，要求报复之被杀害的鬼魂。她们形状之可怕是可以想见的，大抵是戈耳共与哈耳普亚二者之合成，在报仇的悲剧中出现，是很惨怆的一种物事。在为报父仇而杀母的阿勒思特斯经雅典那女神被除免罪，与蔼利女斯和解之后，她们转变为慈惠神女，或称庄严神女，完全变换了性格。亚耳戈思地方左近有三方献纳的浮雕，刻出庄严神女的像，她们不再是那悲剧里可厌恶可恐怖的怨鬼，乃是三个镇静的主母似的形象，左手执着花果，即繁殖的记号，右手执蛇，但现在已不是愁苦与报复之象征，乃只是表示地下，食物与财富之源的地下而已。哈理孙女士结语中云，在戈耳共与地母上，尤其是在蔼利女斯上，我们看出净化的进行，我们目睹希腊精神避开了恐怖与愤怒而转向和平与友爱，希腊的礼拜者废除了驱除的仪式而采取侍奉的自由。罗斯金又评论希腊人说，他们心里没有畏惧，只是忧郁，惊愕，时有极深的哀愁与寂寞，但是决无恐怖。这样看来，希腊人的爱美并不是简单的事，这与驱除恐怖相连结，影响于后世者极巨，很值得我们的注意。这里语焉不详，深不自满，只是表示野人献芹之意，芹只一二根，又或苦口，更增惶恐矣。

此次因见日译《古代希腊文学史》出版，稍有感想，便拉杂写了下来。大意只是觉得古希腊的探讨对于中国学艺界甚有用处，希望其渐益发达，原典翻译固然很好，但评论参考用书之编译似尤为简捷切要，只须选择得宜，西欧不乏佳籍，可供学子之利用，亦是事半而功倍。大抵此种工作语学固是必要，而对于希腊事情之爱好与理解亦是紧要的事，否则选择即不容易，又出力不讨好，难得耐寂寞写下去也。

民国甲申，五月末日

关于萨波

　　萨波（Sappho）在希腊的名声是极大的，他们本国人平常称荷马为诗人，不必提他的名字，同样的对于萨波也只称作女诗人。不过他们两人的情形却又极不相同，荷马的两大篇史诗差不多完全的保存下来，而其生平一切不详，萨波则作品十不存一，至多只能说是二十分之一弱罢了，她的生活依据了她的遗诗以及后人的记载，却多少有点可以查考。这些文献之中，有近年在埃及古坟中发现的芦纸抄本，其中一纸可以称作萨波小传的，尚存文字十许行，今译如下文：

　　　　萨波生于勒斯婆思的米都勒讷城，父名斯卡曼特洛思，或曰斯卡曼特洛女摩思。她有三个弟兄，欧吕瞿阿思，拉利戈思，最长者名喀拉克索思，旅行至埃及，为了一个名叫陀利喀的妓女耗费了许多钱财，幼小的拉利戈思最为她所钟爱。她有一个女儿，名叫克莱伊思，系袭用她母亲的名字。她被有些人指斥为行为不检，是爱女性的。她的状貌殊为委琐，而且丑陋，因为颜色黧黑，身材矮小。……（下文残缺不明。）

这里萨波的父亲的名字，一说是斯卡曼特洛女摩思，与史家之父赫洛陀妥思在《史记》中所记相同，史上又说及喀拉克索思在埃及为诨名蔷薇颊的陀利喀赎身事，并云以后常被萨波作诗谴责。拉利戈思据雅典奈阿思说，曾为米都勒讷公宴的执爵人，这原来叫作阿伊诺戈阿思，意云倒酒的，他的职务是从大碗里把同水和好了的酒舀出来分给客人，是只给有身分的好看的少年们去充当的。萨波的女儿在她的诗中曾经说及，诗集第五十四则云："我有一个美丽的女孩，模样像是一朵金花，我的爱女克莱伊思，我看一切吕地亚的地方和我所爱的勒斯婆思，都抵不过她。"又集第六十一引都洛思的玛克西摩思的话云："梭格拉底责备（他的妻）克山谛沛，因为她在他将死的时候哭泣。"萨波对她的女儿也说："在供奉艺文神女的家里不应有挽歌，因为那是于我们不相称的。"这里所说的也是克莱伊思，不过这是在萨波的晚年，她其时已是长大了。萨波的丈夫只据苏伊达思说名叫开耳屈拉思或开耳科拉思，是从安特洛思岛出来的一个富人，但也有人怀疑，以为这是有些喜剧家所开的玩笑，不能为凭，因为安特洛思意思是男岛，希腊语开耳科思是说尾巴，也是一种猥亵语，虽然别无实在的证佐，或者也是可能的吧。

除了喀拉克索思事件以外，萨波一生中的事情现在有点记录可依据的，是她在西基利亚的流寓。这在帕洛思刻石上简单的记着，萨波自米都勒讷流亡到西基利亚，这在什么年代，是被流放还是自己出亡，我们都无从知道，因为这里上下文都已残缺，无可考究了。但是呃特蒙士根据石上残存的两个字母，加以订补，说这是第二次流放，又按亚耳恺阿思诗断片上的注释，说第一次时有亚耳恺阿思，他的兄弟安帖默尼达思和萨波在内，不过这些订补太是自由，注释的那一条也实在看不清楚，所以较为谨严的学者还不敢相信这个说法。

　　萨波的容貌，如文献上所说，大都是一致的，说其貌不扬以至丑陋。这个来源大抵出于同一地方，即是喀迈勒恩的关于萨波的文章，他是亚列士多德的一个弟子，很有点学问，埃及发现的芦纸抄本的小传是西历二世纪时所写，似乎即是后世通行的一种节略本。著者虽是有名，可是现在有好些人对于他这来源觉得不大可以凭信，如雅典奈阿思所记喀迈列恩在《萨波传》内曾说亚那克勒恩与萨波有赠答诗，由他指出答诗并非萨波所作，赠诗也不是指的萨波，而且事实上他们赠答也不可能，因为萨波死时亚那克勒恩才只得几岁，因此觉得那不像是学者的审慎之作，而有点近于道听涂说了。海恩斯以为说萨波容貌不美，大概不全是假的，不过这里还有一特别的理由，萨波恐怕未必是纯粹的希腊系统，勒斯婆思向来多有自亚西亚大陆渡来的移民，埃阿利亚人一语据说原来是“杂”的意思，萨波之没有那种希腊雕像的标准的美是可以想像的。但是她的兄弟拉利戈思被派为执爵人，须是容貌端丽的贵族少年才有这资格，在坡西地坡思的诗里，喀拉克索思也被称为优美，萨波或者不会真是那么丑，后来大概由于喜剧家的渲染便流传开了，有如梭格拉底一样，他的丑陋也正是喜剧里所着力发挥出来的。萨波的石像都是在她死后七八十年时所作，所表现的当然不是实相了。但是雕得并不怎么不美，似乎艺术家方面不曾接受着那传说的影响，虽然梭格拉底是颇有刻的很丑怪的。有一个胸像，成于基督前二三〇年顷，是斯科帕思或吕西坡思派雕刻家的作品，表现出短小精悍，富于热情的神气，仿佛可以代表萨波的一面，但这自然也只是一面而已。

　　小传中说萨波被有些人指斥行为不检，是爱女性的，这是一个值得研究的重要的问题，不检（Ataktos）这字或者应当译作不规则，本来是用于军队，是说队伍不整，纪律不好，拿来说个人的行为，只是不合于现时的道德教条，意义颇为笼统，大概是等于说不守妇道吧。所谓爱女性的（Gunaikerastria）显然是说同性恋爱，因此又传说她是妓女。而好意的解说则说别有一个名萨波的妓女，她是干那些坏事的。关于这些事，海恩斯在诗集序说（第二十六节）中有一节话，总论对于萨波的非议之不可信，其文云：

　　说萨波是一个无耻的为人所不齿的女人，这件事之绝不可靠，可以由下列的事实证明之。她属于勒斯婆思岛的一个名门望族，我们只看她的兄弟拉利戈思在米都勒讷所任的职位，就可以知道。她或者在早年与一个富有的男人结了婚，生有一个女儿，跟着她在一起，是她所非常宝爱的。她大概是死在她自己的奉事艺文神女的家里，葬在米都勒讷。从希腊全国的各地方都有女子跑来求教于她，我们可以猜想，是得了她们朋友亲属的允许而来的。她被嘱托写结婚仪式用的唱歌，给她的友人们或是外人，组织并领导宗教的行列，致敬于赫拉，她写给司婚姻的贞洁的女神亚耳德米思的好些颂歌。一个有坏名声的女子能够做这些事，这是可以想像的么？亚列士多德说，她的国人尊敬她，虽则她是个女人，他会得不添说一句么，说虽则是淫荡（Aselgēs），假如她真是如此。（案，基督教徒塔贴安在西历一百八十年顷对于萨波及其作品大肆攻击，说萨波是色情狂的妓女，歌唱她自己的淫荡的诗，此处即用此典故。据海恩斯说，塔贴安虽如此说，看来却似不曾真见过萨波的作品。）亚利斯帖台思与路吉亚诺思都把她看作她故乡的一个光荣。她的面相被印在呃勒索思与米都勒讷的钱币上。她同时代的亚耳恺阿思称她为清净的。她被这些人说及，都加以称赞，或亦并无非毁的话，有如梭伦、赫洛陀妥思、柏拉图、亚列士多德、哈利卡耳那索思的阿女西阿思、《崇高论》的作者（案即朗葛诺思）、台美忒利阿思、布鲁达奇、发鲁萨的地翁、路吉亚诺思、伽伦以及罗马皇帝友利安。雅典奈阿思暗诵她的诗篇，虽然他常常说到她，可是他总替她辩解而不说她坏话。只是阿微特与玛耳贴亚耳的不洁净的心，才想把她拉下去到他们自己的同样地位上。

本来关于"女伴"的问题，是一件极其微妙的事情，有些时与地的分子在里面，如不弄清楚是很容易误解的。我们第一要说明，埃阿利亚系的人不知为什么缘故，对妇女的待遇十分宽大合理，有点像现代的欧洲，与别系的希腊人很不相同。雅典的伊阿尼亚一系，文艺学术上的成就很大，可是对于女人全用的是东方的禁闭方式，平时关在她们自己的闺房内，除祭祀外不能外出，学问更谈不到，大抵可以说是与中国很有点相像吧。斯巴达的陀利亚一系则走向那一极端，军事高于一切，青年女子与男人同样的注重体育，参加竞技，在男子面前裸体赛跑，目的是要养成健全的体格，能够生产军国民，对于女人自己的人格也是并不承认的。在这二者的中间，埃阿利亚人所取的是解放的道路，让妇女在自由的空气中生长，现在看来似乎平常，但在古代的确是很难得的。这种风气到后来还是一直存在，二百年前英国人吞福忒旅行到勒斯婆思岛，在他的《东方游记》上说那地方女人是有名的缺少女性的羞涩，其时虽然在回教（土耳其）的治下，她们时常裸露着上半身，平时的衣服也不遮盖着胸脯，绝无戴面巾，关闭在家里这种习惯。过了一百年之后，斯庚在一八四七年出版的《海行杂记》中说，勒斯婆思岛的女人是非常男性的，继承一切产业，管理家事，他还说她们常外出作工，或骑马打猎，男人则在家纺绩云，这种情形，在风习相反的地方的人看来，自然难免诧怪。雅典史家堵屈地台思说，女人愈是不出现于街上，不被人谈论，便愈算是好，因此只有那些名妓如亚斯帕西亚和柏吕讷等人，才可以在外面自由行动。三世纪前又一史家毕拉耳戈思说，叙拉库瑟的女人除官许的妓女外，不准戴用金饰和绣花的衣服，凡是良家妇女不得夜间单独外出，因为他们的想法是"如不是去与人通奸"是不会夜出的。在这些空气中的人，如不是特殊的贤哲，听到了萨波自己的生活，与女伴们的交际，拿了自己的尺度去量时，不由得不生出误解，若加上喜剧家故意的渲染，自然更甚。他们对于梭格拉底还说过他爱男色，因为他有名，更是有意挖苦，对于萨波也正是如此。还有女伴这一个字，本是伴侣的意思，男性的赫泰洛思意思一直是好的，梭格拉底的弟子们便用这个名称，在堵屈地台思史书中，雅典的政党亦称作赫泰莱亚，萨波所称的女伴即女性字赫泰拉，也可以解作女子，说得客气一点是女伴罢了。一个字的意义常因了用处及时间而生差异，赫泰拉这字，如用于男子的女伴，那自然解作正妻以外的外宅或是妓女，到得妇女讲学的风气不存，女伴一字的意思渐归着于第二义，至今欧语中借用便干脆单作妓女讲，这在萨波的时候原来是并不如此的。后来更传说勒斯婆思的女人多有同性爱的恶习，称作萨波党，这又由于中古的基督教会的造成更是变本加厉的谣言了。中国俗语说女子无才便是德，章实斋反对女子做诗，收入选集中列在和尚之后，娼妓之前，有什么光荣？宋朝女诗人李清照有名当代，被无中生有的说是垂老再嫁，累得后世学者再三订正，至今却还为一般人所盲信，世间相似的事情原是到处都有的吧。

末了是那跳白岩的问题。据说在希腊西方伊阿尼亚海边有一个娄卡思岛，意思即是白岛，西端的岬便是有名的白岩，凡是有恋爱失意的人，从岩上跳下海去，不是死了了事，也能忘却前情，从新过活，假如他是遇救不死的话。萨波晚年，据韦格耳推算是五十四岁，说是爱上了渡船的舟子巴翁，后被遗弃，乃远迢迢的跑到白岛，投岩而死。关于巴翁有各种离奇的传说，雅典奈阿思引雅典喜剧家克拉帖诺思的话，说亚柏罗地德爱上了巴翁，把他藏匿在野莴苣丛中，又云史家玛耳叙亚思也传述这故事，却说那隐匿的地方是在长成的大麦中。罗马的瑟耳微岛思在史诗注释中云，"巴翁是一个渡船的舟夫，往来于勒斯婆思岛与本陆之间，有一天威奴思（即亚柏罗地德）化作一个老妪来趁船，巴翁不收她的船钱，她就给他一石膏匣的膏油，每日搽一点，可以使得女人都爱他。"苏伊达思的字典里说，巴翁是一个很美的青年男子，许多女人都爱上了他，埃利亚奴思又说，后来他与有夫之妇私通，被人捉着杀死了。他之所以这样美，是由于亚柏罗地德所给的灵药的力量，据罗马的《自然史》著者泼利尼乌思说，他一定是得着了白的呃棱吉恩一种蓟类的草根，其状如男根，使佩带者对于异性有不可抗的引力云。

以上是关于巴翁这人的故事，至于说爱他的女人之中有萨波在内，因此跳了白岩的，斯忒拉蓬转引喜剧家默南特洛思的话，曾如此说，若是更具体的说明只有罗马诗人阿微地乌思（通称阿微特）的一篇空想的尺牍诗，是萨波写给巴翁的，韦格耳相信萨波的确跳了白岩，便完全以此为依据。可是在这里有好些疑问。

其一，阿微特虽然写了那些尺牍诗，其第十五即是拟萨波给巴翁的一篇，许多古典文学者都很怀疑，从用语及文法各点上看去不像是真本。（韦格耳引《希腊诗选》中萨波所作墓铭，其一是关于渔夫沛拉共的，用以说明她对于渔夫舟子们的关切，其实这诗也已证明非萨波之作。）即使是真的话，这也不足凭信，韦格耳以为他一定有古代已逸的文献及萨波的逸篇作资料，但在阿微特著作中，论理是应该多有萨波的影响的，却看不出什么痕迹，非但远不能及卡土鲁思，也远赶不上诃拉帖乌思（通称诃莱思），除了那篇可疑的尺牍诗之外，他几乎是与萨波没有什么关系的。其二，关于巴翁的故事本来是些神话故事，离奇可喜，却没有统一，平常是不会有人去当作史实看的。例如阿微特一生的大作是那故事诗《变形记》，它没有历史宗教的色彩，只是杂采各式各样的新奇故事，用文学手段安排成诗，目的是使人读了欣赏，并不是教人相信是事实，这是很明白的事。假如有人说别的原是神话，但是其中一个人的事，譬如说变蚱蜢的帖朵诺思，却是真的，这恐怕未必合理吧。其三，喜剧里的话比神话更是靠不住，因为神话还是自然结成的，而此则出于个人的意思，何况喜剧总是贬多褒少，而且意见多是保守的，岂可轻信，就是悲剧也还难据为定评，因为到底是文艺作品，于以纪实为目的的史书有别。现存的文献中，如上文海恩斯所列举的古代名人对于萨波初无微词，多搜逸闻的赫洛陀妥思亦未曾说及跳白岩的事，我们应当满足，何必一定要以不知为知，去从小丑口中找材料，再给他们去续编演义呢。我想假如萨波真是在五十几岁时重有所爱，因失望而跳了白岩，她自愿如此，那本亦无妨，只要有证据可凭，大家自当遵从，但是现在这虚实大有问题，我们还当阙疑，自不得以巴翁传说浪漫可喜，正好作为女诗人的不寻常的生活的结束，遂取用之也。

萨波的诗今所存者，只有两三篇是完全的（此外《希腊诗选》中有三章，还是疑问），其余都是断片，有的是不成句的几个字，共总不到五百行，据说她的诗共有九卷，每卷总有一千行以上，所以现在留存的才只有百分之五而已。萨波在古代希腊备受尊崇，大家称她为女诗人，又说是第十艺文神女，即是第十诗神。柏拉图说梭格拉底称她为美的萨波，这是说她诗歌之美，又把她列入哲人之内。梭伦在老年急于学唱萨波的新诗，他说道，"为的学会了我可以死"，大有朝闻道夕死可矣之概。在罗马基开隆（通称西瑟罗）时代萨波的诗还被歌唱着，在西历一世纪之末，在二世纪三世纪也是如此。萨波的名誉在希腊罗马虽然由于文士与喜剧家的作弄而受到损害，她的作品却仍然巍然存在着。这是后来由于基督教徒的卫道，才受到了不可补偿的毁灭。她的著作的公开焚毁第一次是举行于基督纪元三百八十年顷，其后在一〇七三年，法王格勒果利七世时，又在罗马及君士但丁堡火烧了一回，但是较有确实根据的是喀耳康突拉思所说，在十六世纪中东罗马皇帝治下教会当局焚了一大批希腊诗人的著作，其中有萨波、呃林那、亚那克勒思、明讷耳摩思、皮翁亚耳克曼、亚耳恺阿思等。那时文艺复兴的大潮正在震撼着西欧，反动势力也作一次大挣扎，这样之后那些异教诗人的作品的确就不大能够看见了。圣人们的卫道工作是完成了，可是苦了后世的文人学子，他们想一看古人遗诗的都大感困难，只好像那检破纸的人似的，去从古来的字典文法，注疏笔记中去找，抄出里边偶尔引用因而保存下来的一行半句，收拾烬余，作辑逸的工作，现在的《萨波遗诗集》便是一例，就是这样编集成功的。近时又有人在埃及发掘，于木乃伊的棺中得到许多废纸，中间找出好些抄本的诗文，萨波的诗于是又增加了不少，不过都是前后断烂残缺，经了专门的订补，这才可以通读，至于与原本究竟异同如何，那是无法知道的了。韦格耳在原书第二十一章《其他萨波诗的断片》中，于末尾有很悲伤的几句话道：

"这好像是从被盗劫的珠宝匣子的底里检拾起几颗散落的珠子，悲哀的去加在从前是无价之宝的项圈的一握碎片上边，连同此外一二整片，这就是那不可思议的宝藏所被强人们遗留下的所有的一切了。"我们推想在中古基督教会焚书的时候，一定以为毁灭异教邪书，有功于世道人心非浅，那里料得到会被后人这么的叹恨诅骂，至于比作强盗的呢。

关于萨波的一生实在知道的很少，正如她的遗诗之少一样。韦格耳在原书第二十四章《萨波在后世的声名》中有几句总结的话，说的很有意义，我们引用在这里，正好作为结束。

用了一时代的标准去判断别一时代，乃是非学者的态度。自然，在各时代都有些品性，可以分别为好或坏，善或恶，但是恋爱事情上的道德标准，变化得很快而且很广泛，所以这方面的批评最好是保留，除了这只当作纯粹的个人的或是派别的意见发表。而且弄这东西，必须离开其原来发生的场合而加以鉴定，这在艺术正是定理。凡是有识之士，无论在古代或是我们的时代，当无不知道，萨波的诗是应当列入人类的最大的艺术成就之中的，这也只是凭了她的诗才可以来对于她加以判断。

(一九五一年八月)

258

关于路吉阿诺斯

　　路吉阿诺斯（Loukianos）可以算是文苑中的一个奇异人物，他是罗马帝国的一个叙利亚人，照那时的说法乃是外夷（barbaros），但是用了希腊六百年前的古典文字写成传世的作品。他的生卒年月的确定时期，已无可考，据推测大约生在公元一一五至一二五这十年里边，死于二世纪的末年，已是一千八百年前的人，当中国后汉，他的文学活动时期盖在桓灵之世。

　　路吉阿诺斯的事迹只在他的作品里边，搜查到一点。据他的自传《关于梦中所见亦名路吉阿诺斯的生》（*Peritou Enypniou êtoi Bios Loukianos*）所说，他的外祖父与舅父均系石工，这是较高的一种，专门雕造人像的，所以他最初是给他舅父去做徒弟，学习雕刻，因为他在塾中常把习字用的蜡板上将蜂蜡刮了下来，捻造各种物像，颇得好评的缘故。但是这学习只有一天，便告终止了。舅父给他一块大理石叫他试凿，不料他用力太猛，把石头敲成两块了。舅父拿起棍子来教训他，不料一下子就将这徒弟打跑了。他逃回家去，告诉母亲不再做石匠了，由他自己决定，改做了辩士，在那篇文章里说的就是这改行的一件事。这是记一个梦中所见的景象，他看见有两个女人，都来劝他到她那边去，一个是工人模样，自己报名曰雕像（Hermoglyphikê），一个是很有文化的人，名字则曰教养（Paideia）。结果是他被昨日的棍子所吓慌了，决定走教养的一条路，学习在当时很是时髦的辩士了。

辩士（rhêtôr）专攻的学问便是辩论术（rhêtorikê），考究怎么说话的方法，现在还存留一种功课，叫作"修辞学"者，就是它的具体而微的遗迹了。这种学问在雅典民主时代特别发达，因为它在那时政治上很有实用，最重要的两点是在法廷里，两造曲直所由分，全得需要辩论，其次是在议会里，一场演说苟能抓得人心，立即大见成功。后来政体变更，辩士的职业仿佛成了塾师，他开门授徒，教以语言文字的技术，又兼近代文人的风气，将所写关于各种事物的文章，对众朗诵，据说是一种收入颇好的事。但是关于这一问题，我却是不很清楚，特别是关于路吉阿诺斯。他写的一手很好的古典希腊文，与二世纪时的希腊语已经有好些距离，例如基督教的《新约》，便是用所谓"普通话"所写的，那些他写的作品在一般听众会得爱听么？有一个时候，他还在他的故乡叙利亚首都做过辩士的职业，那些本地的夷人怎么能懂呢？不过他做辩士乃是事实，早年在小亚细亚，希腊，伊大利和法国南方游历，四十岁前后乃定居雅典，改而从事哲学，以得摩那克斯（Dêmônax）为师，所作有名的文章多是这时候所写的。一八〇年罗马皇帝孔摩狄乌斯（Commodius）即位后，据说曾派他为埃及地方的一个检察官，是很好的一个差使，这已经在他晚年的时候，很少写文章了，只有《关于丧事》推测是那时候所作的，但是文笔还很是健朗呢。

从辩论术转而弄哲学，在《渔夫》里虽有"直言人"有那一番理由，可是也不一定实在，因为这两者本是邻近的学问，容易发生接触，不过他的变改却别有意义。因为他把辩论术应用于对话，这本是哲学家的用法，有如柏拉图的著作各采用这种方法，可是在他的对话里所讲的却不是哲理，而是日常小事，这便成了一篇短小的喜剧了。他又采用历代喜剧家，如阿里斯托法涅斯（Aristophanês），墨南德洛斯（Menandros），赫洛达斯（Hêrôdas），以及墨涅波斯（Menippos）的手法，造成他的特殊的讽刺对话。在一篇《双重起诉》（*Dis Katêgoroumenos*）里，"对话"便诉说他是怎样的受委屈道：

"而且他将我的像样的悲剧面具拿去了，却换上了一个喜剧的，好像羊人似的，好笑的东西。随后又把我去与玩笑，讽刺，犬儒派，欧波利斯和阿里斯托法涅斯坐在一起，都是些可怕的人，专是讥笑神圣的和正当的事物的人。末了他又掘出了那只老狗来，叫作墨涅波斯的，给我作伴，很能叫喊，张着利齿，真是一条可怕的狗，因为他会不经意的咬你一口，他咬你却是同时笑着。"这所说的便指路吉阿诺斯特殊的作品，模仿墨尼波斯的韵文散文夹杂的一种讽刺诗，只可惜原诗既尽散佚，他所仿作的也只留存一篇，那便是《宙斯唱悲剧》。

路吉阿诺斯著作共存八十四篇，唯其中尚有十余，经近世学者审定系他人之作，此集共选二十篇，差不多其菁华已尽在这里了。据法国古典学者克洛塞（M.Croiset）的研究，其著作次序大旨如下，未曾选择者不列：

甲，公元一六〇年以前，在伊俄尼亚等处旅行时所著：

《苍蝇赞》，论文。

《关于琥珀或天鹅》，讲演引论。

乙，公元一六五年以后，受新喜剧的影响而作者：

《爱说诳的人》，讽刺迷信的对话。

《妓女对话》，小对话十五则。

丙，受墨尼波斯讽刺诗的影响而作者：

《死人对话》，小对话三十则。

《诸神对话》，小对话二十六则。

《海神对话》，小对话十五则。

《墨尼波斯》，讽刺哲学。

《伊卡洛墨尼波斯》，讽刺哲学与宗教。

《宙斯被盘问》，讽刺宗教。

《关于祭祀》，讽刺宗教的论文。但有人说，看这篇的语气似与《关于丧事》有关联，那么应当移在后面亦未可知。

《真实的故事》，模仿古代希腊历史家的作风而加以讽刺。

丁，受古喜剧的影响而作者，讽刺人类欲望的空虚：

《过渡》，讽刺权力的空虚。

《卡戎》，讽刺世事一切的空虚。

《提蒙》，讽刺财富的空虚。

《公鸡》，讽刺财富与权力的空虚。

《宙斯唱悲剧》，讽刺宗教。

《拍卖学派》，讽刺哲学。

《渔夫》，上同，带有自序的性质。

戊，在晚年所写：

《关于丧事》，论文。

此外还有两篇文章，据说是在公元一八〇年以后所写，那么也是他晚年之作了，其一为《得摩那克斯的生平》(Dêmônaktos Bios)，其二为《亚力山大或伪先知》(Alexandrosê Pseudomantis)。得摩那克斯是他的老师，他写这篇文章用以纪念他，他说在他同时也不乏可以佩服的人物，武的有索斯特剌托斯 (Sostratos)，他吃苦耐劳，除暴安良，修桥铺路，人家叫他赫剌克勒斯，他有一篇记他的事，只可惜今已不传了，文的便是他的哲学老师，文中写老哲人的言行很有风趣，差不多与拉厄忒的狄俄革涅斯所著的《哲人列传》（*Sophistôn Bioi*）里的一章可以相比。亚力山大却是个并世无双的大骗子，他用了一支大蛇假装一个人头，说是天医显圣，招摇撞骗无所不为，有极大的权势，经路吉阿诺斯揭发了出来，可以看见二世纪时民间风俗的一斑，的确是很有意思的事。这两篇我也很想翻译出来，但是因为性质与别篇迥别，所以踌躇好久之后，终于将它割爱了。不过作者因为揭发伪先知的缘故，因此身后很受到诽谤，在十世纪时苏伊达斯（Souidas）所编的大辞典里，说路吉阿诺斯末年是被群犬咬死的，算是他一生非圣无法的报应。这个说法显然是基督教徒所造作的，因为说亚力山大的文章是写明系写给罗马人刻尔苏斯（Celsus）的，据基督大师俄里革涅斯（Ôrigenês）作文回击一个刻耳苏斯，说他是厄庇枯洛斯派人，曾有文章攻击基督教，所以就怀疑那篇文章也是借亚力山大讥刺基督教的，但这是显然误解的事，不过他是怎么死的，到底是没有人知道。

临了还得将我与路吉阿诺斯的关系说一下。这已是五十多年前的事了，那时我还在东京念书，偶然在旧书店里买到一本英国加塞尔（Cassel）书店所出的丛刊，是袖珍平装的小册子，新的时候也不过是两角钱一本，所以这在书摊上找到也不过只是几分钱罢了。书名已经记不大清楚，仿佛是《月界旅行》（*A Trip to Moon*）之类，里边乃是路吉阿诺斯讲到月亮里去的文章，是《伊卡洛墨涅波斯》和《真实的故事》，大概是翻印一八二〇年图克（Tooke）的旧译吧。我这才知道路吉阿诺斯以及《真实的故事》对于后世文学的影响，文艺复兴时期的法国拉勃来（Rabelais）和十八世纪的英国斯威夫特（Swift），都是我所佩服的人，也都受着他的影响。事隔多年之后，我乃找得了英国福娄（Fowler）兄弟所译文集，这是奥斯福翻译丛书的一种，共有四册，差不多译了全体之八了。但是原文总还没有法子去找，只在柏尔书局的"有图的古典教本"中得到一册《真实的故事》，书名用拉丁文写作 *Vera Historia*。以后遂陆续依据英文，译出《妓女对话》中的三则，论文《关于丧事》，易名为《论居丧》，又对话《过渡》，易名为《冥土旅行》，相继发表，但因找不到原文，所以这工作未能进行。在二十多年前，戴望舒先生曾经建议，他将根据法文全译出《妓女对话》，叫我就原文给他校对一下，当时虽然很愿意，可是也因为找不到原本，所以作罢了。一九一二年美国勒布（Loeb）捐资议办英希对译的古典丛书，自此以后才买得到另种的原文古典，但是路吉阿诺斯的著作出得很迟，一九二一年才刊行第一册，预定共有八册，中间经过二次世界大战，所以有那四大对话——就是本书里的第一至第四篇——的一卷，即是原书的第七册，于一九六一年始行出版，在图书馆里找寻不到，是我托了一位在国外大学工作的朋友才给我买得一本。我在这里说起我和路吉阿诺斯著作的关系，对于戴君和这位替我买书的朋友的好意，不能不表示谢意。

一九六五年四月二十日

《路吉阿诺斯对话集》诸篇引言

第一篇 诸神对话

《诸神对话》（*Theôn Dialogoi*）是路吉阿诺斯主要著作四种对话之一，以希腊神话中诸神为脚色，虽然是神人的身分，可是一切言动却全是凡人的，这是作者讽刺之所在，可是也可以说是希腊神话的本色。因为希腊的宗教与各国的宗教有一个极大的不同，这便是没有圣书，因此也就没有所谓先知，它的圣书乃是诗人所作的诗篇，流传至今的有赫西俄多斯（Hesiodos）和荷墨洛斯（Homeros 今通称荷马）的三篇史诗，以及荷墨洛斯派的颂歌三十六章。换句话说，便是他们以诗人作为他们的祭师，而诗人却又照例是爱美与富有人情的，以是希腊的神话经他们的手写出来，显得那么的美妙，虽是神异，却也是很近情的。他们的神也动感情，搞恋爱，做出了好些不大可以佩服的事，在公元前六世纪时诗人克塞诺法涅斯（Xenophanês）以来，许多唯理的哲学家也群起批评，后来基督教早期的神学家更是振振有词，所以希腊的多神教在宗教上的确是表现了弱点，但同时在文艺上却未始不是它的一个优点，使得它在艺术上面占着长久的生命，这是为别

265

的神话所不能及的了。古来埃及，印度，以及希伯来的神们，非不伟大威严，但是太神圣了，这便是距离人间太远了，使人们觉得不好亲近，仿佛有一种异物之感。作者利用了这一点，就希腊神话的故事中择取一定的情景，加以描写发挥，虽是叙述诸神的事，把它写成一篇很好的小喜剧，仿佛是长短不一的拟曲（Mimos），就只是它不是用韵文所写，里边所讲的也并非市井间事，可是这些事情实在琐屑得很，大抵是神话故事里所应有，现在却给作者想象补足出来就是了。虽然意在讽刺，但是它在后世留给读者的，只是娱乐，读了之后会心一笑而已。

全篇共凡二十六节，各节不别立名目，只以上场人物为名。

第二篇　海神对话

《海神对话》（*Enalion Dialogoi*）共凡十五章，据说这在这些对话中是最愉快的一组。其理由是在海神里没有什么大人物，其中最大的便是波塞冬，虽然他是宙斯的兄长，但是分得的领土乃是茫漠无边的海洋，他的神话故事没有宙斯那么多，尤其是关于恋爱的冒险上面。他与他的妻子安菲特里忒（Amphitritê）似乎也还相处得颇好，他的那些儿子们也都不成材，有些给英雄们收拾掉了，如"圆目巨人"便是其一，在他身边的只是一个特里同（Tritôn），但他乃是一个人鱼，著者没有什么东西可以讽刺，这固然使他有本领没处使，但是因此却也使他写得更其和缓些，也就觉得平易可亲，说是愉快也无所不可吧。看他所用的材料多取自史诗，那两篇荷马的大作，还有荷马派的颂歌，以及忒俄克里托斯（Theokritos）和摩斯科斯（Moskhos）等人的牧歌——牧歌这字乃是"小品诗"（eidyllion）的意译，原意只是一种小诗，写田园农牧风景的，后来有人加上一个形容词云"饲牛人的"（boukolikon），因为是写乡村小景的，所以内容总是和平，而且有时带点滑稽色彩。有些情景，或者画家拿来作为图画，在著者当时看见得当不少，这些也或者取作对话的资料，因此使得它更有画趣了。上场的脚色既然多是小人物，不过是些小神或是神女，他无从发挥那讽刺的力量，这虽然似乎埋没了他唯一的长技，但因此也发见了他另一方面的本领，即是在对话里也有那牧歌一样的空气了。

第三篇　死人对话

《死人对话》（*Nekrikoi Dialogoi*）共三十篇，是著者最重要的作品之一，它与别的作品有一种不同的地方。神们的对话出场的都是些神话的人物，所讽刺的也就是他们的事，于后来攻击希腊多神教的时候（其实是基督正教的神父们利用资料罢了），很发挥些作用，但是在这里对象乃是些死人，即是那些英雄，他们虽然有"半神"之称，可是终于死了，多数是神话传说里的人物，有的也是历史上的，如马其顿的亚力山大王和斐尼基的汉尼拔，此外则是些哲学家，好的如犬儒大家墨尼波斯和狄俄革涅斯，坏的是一般假哲学家只作嘲笑的资料而已。此外也有些财主和帮闲，虽是有钱却还贪图别人的遗产，也在那里钩心斗角的竞争，不过这些都不是闻名的人，所以这几节只是描写社会风俗，与《妓女对话》已经很是相近了。

著者的思想是属于犬儒这一边的，上边所举的两位大家便是代表，在这三十篇对话里边也不断请出他们来，他们所说的差不多也就是作者的意见。一般希腊人对于人生的态度大都是现世主义的，虽然他们相信有死后的生活，但是既然没有了肉体，所以生活也是空虚的，如《俄底塞亚》里阿吉琉斯叹息说，在冥中为王不如在人世做无产的人的奴隶。犬儒派的哲学家，至少在著者是这样想，死却是很好的，因为死是最民主的，在它面前一切平等，没有贵贱贫富之分，可能还有贤愚之差别，但是这可尽足发人们的深省了。不过他还更进一步，不问是什么英雄美人，他悉一律以枯骨看待，这虽然有似庄子的一种说法，但是拿来应用在说海伦什么人的时候，未免有点杀风景罢了。本篇中主要的人物虽说都是死人，但有的是赫耳墨斯与卡戎，或是普路同与埃阿科斯，他们都是"不死的"，所以是神的一类，只是因为和死人有关系，所以也列入死人中间了吧。

第四篇　妓女对话

《妓女对话》(*Hetairikoi Dialogoi*)共计十五篇，是描写当时也实在永久的这社会里的情景的，所以出场的只是现时的人物，而不是历史上有名气的人。换句话来说，其所形容所讽刺的乃是社会的形象，所以有些人说他这一类的著作是受着所谓新喜剧的影响的。其实别的对话也一样地受着影响，不过那是古喜剧的影响罢了，借用古代历史传说的人物，讽刺宗教哲学思想的都是。只可惜古喜剧虽然尚有存留，新喜剧却几乎全部散佚了，剩下若干断片以及罗马诗人仿作，约略可以见个大略，但是结构和情节都很是简单，似乎还不及从这里出来的小喜剧的高明。所谓小喜剧，就是指希腊拟曲(Mimoi)而言，今存忒俄克里托斯(Theokritos)的牧歌里面有五篇，赫洛达斯(Hêrôdas)的拟曲七篇，加上四百年后的路吉阿诺斯的所作，分量不能算多，但是在成绩上却可以说是不错了。与著者差不多同时代，有名叫阿尔吉佛戎（Alkiphrôn）的人，著有尺牍三卷，模拟妓女与狎客的通信，也是取材于当时喜剧的作品，只是其中的一片段，却写得很是简要得神，有青出于蓝的称誉。

在这里关于妓女的名称，需要加以说明。原文赫泰拉（hetaira）本来只是赫泰洛斯（hetairos）的女性化，原义只是"伴侣"，从前许多学派和政党便都叫作赫泰里亚，例如梭格拉底的那些从游的人便是他的赫泰洛斯，女诗人萨福（Sapphô）的女学生则称为赫泰赖，可以译为女伴们了。可是因了社会上的变动，文字上也就随之发生了变化，于是作为男人的女朋友来说，这就发生了外宅，或妓女的意义，虽然还是那个字。后世堕落时期的文人甚至对于萨福的女伴也发生了流言，他们说勒斯玻斯（Iesbos）岛的女人们怎么样，在后来两性学上留下特别的术语，即如本篇的第五节对话，即是说这事的。讲到希腊的文化向来以伊俄尼亚（Ionia）为正宗，换句话说，这便是以雅典为主体，而关于妇女的教育与文化方面，这却老实地说是没有什么值得赞扬的地方。希腊文明是西方文化的前驱，但在这里它似乎是很株守着东方的传统，倒还是在小亚细亚沿岸诸岛的希腊人更是开放的，有一种新气象。公元前五世纪的历史家图库狄得斯（Thukydidôs）曾说："女人愈是不出现于街上，不被人谈论，便愈算是好。"梭格拉底的弟子有名文人克塞诺丰（Xenophôn）也说："她们应当尽可能地少看见，少听到，也少问一切的事情。"所以雅典的女人比起同族异派的埃俄利亚（Aiolia）的女人来，在教育技艺方面不免要相形见绌了。而且雅典这一邦里有一个法令，它规定凡雅典市民结婚的对手以市民为限，因此在婚姻上遂有一种异常的现象，这便是于正妻之外多有外宅，作为公然的次妻。因为法律规定，应娶一个雅典的妻子放在家里，而这多是无才便是德的，若是才色兼备的女子大抵都是异邦人，所以只好当作一个女伴罢了。外宅是长时期的，此外也有短时期的，时期长短虽异，但其关系无不同，于是由妾而妓，其名称亦随之而改变了。

在希腊历史传说上有过不少名妓，同中国的鱼玄机薛涛相似，她们多是才色双绝，与当代名流打过交道。顶有名的要算公元前五世纪的阿斯帕西亚（Aspasia），她为珀里克勒斯所爱，终身不渝，且也很有学问，梭格拉底也极佩服她。塔伊斯（Thaïs）也是一个，曾从亚力山大王东征，他攻略珀耳塞波利斯，举火焚宫殿以取悦于她。佛律涅（Phrynê）在雅典被人告发为不敬神，许珀瑞得斯（Hypereidês）为之辩护，叫她解衣袒胸，陪审员悉眩惑，遂得免罪，今所传阿珀勒斯（Apellês）所画爱神从波浪中出之图，即是以她为模范云。又有拉伊斯（Laïs），亦甚有名，雕刻家密孔（Mykôn）不见接纳，疑系白发之故，次日染为褐色再往，则曰，"愚人，昨日你的老子来，我已拒绝他了，今天你也来学他么?"但是在对话里出现的，现在却不是这些有名的人物，她们的故事也已经陈旧了，而且讽刺也没有多大的意思，倒还不如描写现实的平凡的赫泰拉的，于寻常的事件之中可以得到不少的悲喜剧。这里虽然只是寥寥的十五节，可是却尽有些不凡的描写，其写妓女方面，有天真老实的（第六和七各节），也有不中用或狡猾泼辣的（第九和一四节），客人有诚实不渝的（第二和一〇节），也有不然的，如一节讲跳槽，四节要找寻巫婆来作法均是，此外遇见大兵，便是横暴地打人，或是说大话丢脸罢了（第一五和一三节）。以上都是很好的喜剧资料，但是这里边也包含着悲剧，因为人世间有这么一个行当，虽然说是出于自然，却是有点不合人道的，所以尽管有些文人替它鼓吹，却是盖不住里边的一抹暗影。

我们读那几节母女的对话，如第三节里母亲对菲林那说：

"女儿，你不知道我们是同乞丐一样的么？你忘记了我们从他那里得到多少东西么，并且若是爱之女神没有打发他来，我们怎么样能够过得去年的冬天呢？"我们便自然地联想起《水浒传》里的一节来，那时白秀英在勾栏里说书，先唱下四句定场诗来，其末二句云：

"人生衣食真难事，不及鸳鸯处处飞。"这也是一联极好的反语，有如说古人云，饮食男女人之大欲存焉，但是民生贫苦难得两全，卖淫寓饮食于男女之中，所以可称是理想的办法。著者原意写这样对话是意在讽刺，教人当喜剧去看，却不意在这些文章上碰到了彻骨的悲剧，这大概是他自己所没有料到的吧。

第五篇　卡戎

《卡戎》（*Kharôn*），一名《观察者们》（*Episkopounter*），是卡戎和赫耳墨斯两个人的对话。卡戎是希腊神话里专门送死人过渡到阴间的船夫，这一日向冥王请了一天的假，心想走上阳间来——希腊人相信阴间在地底下，可是同井底下又是不同，似乎那里又是平原，那里有一条河，在阴阳交界处，这就须得卡戎渡过去，可是又有两条河做交界，在那里就没有渡船了——来一看阳间是怎么样的情形，因为在他船上的死人总是那么悲叹，好像生活得很有意思，舍不得离开它似的。他一上来，遇见了他的老伙伴赫耳墨斯，赫耳墨斯是主神宙斯的一个儿子，专给神们做使者，传达各事，也是商业这里包括买卖，欺骗以及劫夺之神，他又管把死人送往阴间的事，所以和卡戎是一向很熟的。卡戎便请他引导去观察人世，但这事似乎不很简单，所以他们便决定登上高山，望了一下子，并听了一回吕狄亚王克洛索斯和哲人索隆的对话，克洛索斯是传说非常有钱的人，生于基督前六世纪，正当中国春秋的时代。所以路吉阿诺斯在他的对话上所写也都是古时的情形，并不着重在描写现实，如赫洛达斯的《拟曲》那样，因为他乃是在假借古事讽刺现今，两者的用意是绝不相同的，虽然在形式上有许多相像的地方。

第六篇　过渡

《过渡》（*Kataplous*），一名《霸王》（*Tyrannos*），是说卡戎载一船鬼魂过渡到阴间去，其中有一个是霸王，这当初只是说他不依法定程序取得政权，后来渐成为暴君的意思了。篇名原意云往下航行，这里特别是指往阴间去，即是从上边到下界去的过渡，与普通的渡河不同，因为这条路是有去无回的。神话上有些英雄，如赫剌克勒斯，俄底修斯等，都曾到过阴间，但是他们并不经过这条河，是绕道从陆路去的。这篇里照例嘲笑世人的贪恋荣华富贵，特别借了那霸王来加以描写，中间用两个人做陪衬，即皮匠弥库罗斯与犬儒库尼斯科斯，这皮匠即是《公鸡》一篇中的主人，他似乎接受了公鸡的启发，已经放弃了发财的梦想，变成极端的乐观而且玩世了，犬儒则自有他那一套人生观，轻视世俗的所谓幸福，在著者的意思似以此为至善，应分发往"福地"里去。在公元前三世纪时，有一个犬儒派的哲学家，名叫墨尼波斯（Menippos），曾经著好许多讽刺文章，对于世人种种缺点加以嘲笑，他的著作虽然都已散佚，不曾流传下来，但路吉阿诺斯的对话却是模仿他的，有两篇对话还以他的名字为题目。有批评家曾说，墨尼波斯著有《召鬼术》（*Nekyia*），路吉阿诺斯仿之作《死人的对话》，并用其材料为此篇，虽无征不信，殆亦可能吧。

这一篇我于一九二二年曾据奥斯福丛书福娄（F.G.Fowler）的英译本译出，题名曰《冥土旅行》，这回能够于四十年后根据原本，再将此篇重译一过，实在是很可欣喜的事情。

第七篇　公鸡

《公鸡》（*Alektryôn*）一名曰《梦》（*Oneiros*），或者颠倒过来，也有叫做《梦》，一名曰《公鸡》的，但是这样地说似乎意思不大明了，所以普通总是叫作《公鸡》，因为主要的是一只哲学家转世的公鸡，说起人话来，和它的主人大谈人生问题，它的主人乃是在《过渡》篇中出现的皮匠弥库罗斯，当初也是羡慕世俗的荣华，梦想那富翁而生活，后来经过这番说服，变得安贫乐道的人了。

第八篇　宙斯被盘问

《宙斯被盘问》（*Zeus Elegkhomenos*）就只是一个名称，系记述犬儒学者往见宙斯，问询关于定命和神意的矛盾问题，因为万事都由前定，故归结到没有神的自由意志，即是失了神的存在意义了。这与《伊卡洛墨尼波斯》（*Icaromenippos*）的用意相近，但在那篇里讲怎样飞上天去，情形颇是详细，而于此则是略过去了，便直从和宙斯对谈说起。另外有一篇《宙斯在演剧》（*Zeus Tragôidos*），直译该是"在演悲剧"，说他听两个哲学家，一个犬儒派，一个斯多噶派，在辩论神的有无，斯多噶派是主张有神的，结果终于失败了。也是同一题材的，但要写得详细一点，可是没有这篇的那样尖锐。

第九篇　宙斯唱悲剧

《宙斯唱悲剧》(*Zeus Tragôidos*)，原文后边的这字是与宙斯同位的名词，意思是说他作为一个唱悲剧的人，不是表示他的动作的，虽然如为通俗起见，不妨译为"宙斯唱老生"，因为形容他气急败坏，力竭声嘶的神情。宙斯这样着急并非出于无因的，因为他听说下界有两派哲学家在讨论诸神之有无，事关神界的前途，所以心里忐忑不安，往来行走，独自说话，引起家里的疑问，结果因事情重大，主张开诸神大会，共同讨论。诸神开会以后，便来听取哲学家的议论，这里对决的两派的代表，一个是画廊派①的提摩克勒斯，是主张有神的，一个是厄庇枯洛斯派的达弥斯，是主张无神的。所以这篇的结构是显然分作两个场面，前边的重心是在天上，神们在会议场各自发言，后边则重心移到地上去了，重要在于两造的陈说，诸神只是旁听罢了。结果是主张有神的御用哲学家有点理屈词穷，渐渐不支，末了只好破口大骂，动手要打，实际上表明已是全盘输却了。这两个场面代表了古代雅典在民主时代的活动，即在议会和法廷的论辩，也即是辩士发挥他本领的地方，虽然时移世易，已是数百年前的事，著者利用这些来作材料，手段是很巧妙的。此篇特别起首用韵文，与散文夹杂，

---

① 画廊派系指在"画廊"(Stoa Poikilê)讲学的仄农(Zênôn)的一派，其学说承认神与物质并存，与唯物论的厄庇枯洛斯(Epikouros)派正相反。厄庇枯洛斯派承得摩克里托斯(Dêmokritos)的原子说，故主张无神，今人只知道这是"快乐派"，实在是一个大的误解。

这是所谓墨尼波斯①体，墨尼波斯是公元前三世纪中的一个犬儒派，所作讽刺诗悉已散佚不存，著者很推重他，在《死人对话》和别的对话中多以他为主角，也模仿他的文体著作，所可惜的只是这一篇留存着而已。在对话中写宙斯的很多，有些还保存着荷马诗里的威严，但是在这篇里却写得他很有点可怜相，目睹要垮台了，束手无策，可是实际上还是很高明的，他虽然心里希望提摩克勒斯得胜，实在是还是佩服达弥斯，看他末了答赫耳墨斯的话，可以知道他的意思了。

第一〇篇　提蒙

《提蒙》(Timôn)亦名《憎人者》(Misanthrôpos)——此语通常译作厌世家，但它的原意只是憎恨人，并不是厌弃世间，所以改用了这样一个生硬的译语。据传说雅典人提蒙本来家很富有，因为好客慷慨，所以挥霍光了，到得后来穷困的时候，旧时友好悉反眼若不相识，无人肯予以资助，乃怨恨世人，挥镐掘地为生。一世纪时普路塔耳科斯(Plutarkhos)著有《名人列传》(Bioi Paralleloi)，于安托尼乌斯(Antonius)传中说及提蒙的事，云安托尼乌斯在公元三二年阿克提翁海战大败之后，为亲友所弃，独自隐居埃及，住在一所叫作提蒙庄(Timoneion)的屋里，以提蒙自比。但是这篇里说提蒙后来又复发财，旧日一班恶友又聚集拢来，乃报以恶骂殴打，这大概是著者所创作的了。在路吉阿诺斯

---

① 墨尼波斯(Menippos)是公元前三世纪时的一个犬儒，著者时常称道，作为许多对话的人物。著有讽刺诗，以韵语及散文夹杂，今俱散佚不存，唯有著者这一篇略存遗意，此外罗马文人伐洛(Varro)生公元前一世纪中，曾有拟作，今亦仅存断片。

以前，有喜剧作家安提法涅斯（Antiphanês）曾经做过一本名叫《提蒙》的剧本，主人公贫而复富，对于那些势利之徒加以报复，这很是适合喜剧情节，但是剧本现已散逸，所以这是异同如何不可得而知了。可是它受古代喜剧的好些影响那是很明了的，第一是提蒙与财神的辩论，很像那里的所谓"对驳"，第二是宙斯叫财神来照顾提蒙，也像是受了阿里斯托法涅斯（Aristophanês）的影响，因为在他的一篇《财神》（*Plutos*）里，说财神原是瞎眼的，所以从前的富翁都不是什么好人，后来有人给他求那天医治好了眼睛，以后就改正过来了。（那篇《财神》经我翻译出来，收在《阿里斯托芬喜剧集》里。）但是在财神睁开了眼睛以后，一切就不一样，正直的人都有了钱，也没有人祭神了，以致一向跟神的祭司和赫耳墨斯也不得不来向财神求差使了。莎士比亚在所著史剧中，有一篇《雅典人提蒙》——这里或者应该照俗译作"泰门"亦未可知，但那是英国读法，这里为统一计，所以不用了——不过那是悲剧，所以只有它的前半，大概是照《名人列传》里所说的了。

第一一篇　伊卡洛墨尼波斯

《伊卡洛墨尼波斯》（*Ikaromenippos*）一名《云上人》（*Hyperphenelos*），后者的意思即是说在天上的人，前者则是集合伊卡洛斯与墨尼波斯两个名字而成。伊卡洛斯的父亲乃是古代希腊有名的匠人代达罗斯（Daidalos），他同中国的鲁班一样能造各样奇巧的东西，因犯罪被流放到克瑞忒岛，国王弥诺斯（Minos）怕他跑到别处去，便将他父子二人都关在迷宫里头。代达罗斯乃用鸟的羽毛做了两副翅膀，用胶粘在肩头，直从迷宫飞了出去，伊卡洛斯年轻好事，觉得很高兴，就愈飞愈高，渐渐接近太阳，那胶就熔化了，翅膀脱落，他也落入海里了，这一部分海后来便以他的名字叫做伊卡洛斯海，代达罗斯因为飞得低，所以没有危险，逃到了西刻利亚。这里因为墨尼波斯用了代达罗斯的方法飞到天下去，故题目是如此，但是为什么用掉在海里的伊卡洛斯的名字而不用代达罗斯呢，这似乎只是语音配合的关系，没有什么别的原因吧。墨尼波斯是一个古代犬儒哲学家，著有讽刺文数卷，今已失传，皆是诗文杂出，路吉阿诺斯所作《宙斯唱悲剧》（*Zeus Tragôidos*）起头的地方是模仿它的。因为墨尼波斯写过一篇《访问鬼魂》（*Nekyia*），所以这里便借用他上天去访问宙斯，作者对于犬儒较有同情，所以在对话上常用他们为脚色，而于墨尼波斯为尤多，这一篇和后来的《墨尼波斯》是以他为主人公的，此外《死人对话》（*Nekrikoi dialogoi*）三十篇中，有墨尼波斯参加的计有十篇之多。

第一二篇　墨尼波斯

《墨尼波斯》（*Menippos*）一名《死人占卜》（*Nekyomanteia*），亦可云《召鬼术》。墨尼波斯本犬儒派哲人，亦作对话嘲讽世人，今悉不传，一世纪时罗马诗人伐洛（Varro）曾有仿作，称"墨尼波斯杂体诗"（Saturae Menippeae），以诗文杂糅故名，亦已散佚，唯尚存著者的拟作，或能见其大略。《伊卡洛墨尼波斯》亦是讲墨尼波斯的，但说往天上找宙斯，此则是说往阴间找鬼魂，寻问人在世间应如何生活最为适当，因墨尼波斯亦曾写过《召鬼术》，故文体于散文中夹杂韵语，似更有意模拟，唯原文既不可见，亦遂无可依据。或谓对话中资料或亦多用前人意匠，其间更出己意，似未甚融和，似亦言之成理。盖观全文及死人决议，似重在抨击富贵的人，而篇中又杂出攻击哲学家的话，全体不甚调和，虽亦无可证明，但读去有此感觉，却也是事实。后人考证，此篇当是写于公元一六一年之后，因罗马出征帕耳提亚（Parthia），历时三载，多有损伤，终于无成，文中说过卡戎渡口的时候，遇见许多过渡的鬼魂，都是阵亡的，可以为证。

第一三篇　真实的故事

《真实的故事》（Alêthôn Diêgêmatôn），或有称为《真实的历史》（Alêthous Historias）的，但编订者以为系根据俗本，所以不足为据。原文皆用名词多数属格，似其前尚有一前置词，故其意当云"关于那些真实的故事"。本篇不用对话体裁，乃以第一人称叙述，大略如小说形式——关于代名词的第一二三位名称，向来承袭西欧文法成例，其源实来自希腊罗马，固古人质直故所说自近及远，首先说我，其次乃说你和他，次序乃与中国正相同，但是西欧却故作谦退，平常言说必说你和他和我，与文法背驰，这里所说却是文法上的本义，也就是中国的习惯了——其意本在讽刺历史家与哲学家之虚妄不实，因模拟其说，历述漫游奇境，所见率荒诞不经，唯其所模拟之书今多散佚不传，故嘲讽已失目的，唯所写故事乃极奇诡可喜，甚见重于后世，过于所作对话。这篇虽似继续那两篇墨尼波斯的升天与入地而作，但是改换了一个方法，有似小说的形式，而文笔轻妙，实较后来的小说家还要写的好，即如公元三世纪时的隆戈斯（Longos）的四卷《关于达佛尼斯与克罗厄的故事》（Ta kata Daphnin kai Khloên），看去只是幼稚的恋爱故事，虽然也别有一种趣味，但文艺价值则相差甚远了。《真实的故事》在后世文学上也很有影响，十六世纪法国的拉伯雷（Rabelais）作讽刺小说《巨人传》，其第二部中叙"胖大官儿"（Pantagruel）的漫游，十八世纪中伏尔德（Voltaire）作《老实人》，英国斯威夫忒（Swift）作《格列佛旅行记》，都是直接受着它的影响的。德国流行民间的明希豪曾男爵（Baron Münchhausen）旅行谈，也是出自同一源流，不过没有讽刺的意味，只是叙述一个说大话的人，讲他的离奇荒唐的经历而已。其实嘲讽的棘刺因了岁月久远也是要钝的，这篇故事写在一千八百年以前，其讽刺的对象——这里大半是书籍上的记载，现在已止存百一了——已经不大明了，所以其价值差不多全在它的故事方面了。中间对于梭格拉底和荷马史诗里女主人公海伦，亦加以讽刺，西欧的评家或有微词，以为对于古代的先哲及美人似缺少珍惜之意，其实这也是过苛的责备。故事第二部只是说梭格拉底在福人岛战功卓著，海伦则因为她曾再三出奔，所以难免旧性不改，与少年为第三次的逃亡，这实有操刀必割之势，不能怪作者的笔下不留情面了。作者对于宙斯还不表示客气，此外的人就不用说了。

这一篇不用对话式的，所以没有别的上场人物。

第一四篇　关于丧事

《关于丧事》（*Peri Penthous*）乃是一篇散文，不是对话体的，所以没有什么登场人物，只是作者出面来说话。他在这里仍然在很挖苦对于鬼神的俗信，不过对象不是那些讲诸神的故事的诗人了，却是民间对于人的死后的俗信以及行事，加以深刻的讽刺。这是一种所谓"骂倒"（diatribê）之词，为犬儒派哲学者所喜欢用的，他们见了人们有些不合情理的愚蠢的行为，往往不留情面地痛加诃斥，声音很大，因此赢得"狗"（kyôn）的尊号，作者在这里便很发挥了犬儒的本色了。奥斯福英译本的作者在序文中有云："这不必否认，他有点缺乏情感，在他分析的性情上是无足怪的，却也并不怎么不愉快。他所有的是一种坚硬而漂亮的智慧，但没有情分。他坦然的使用他的解剖刀，有时候真带些野蛮的快乐。在《关于丧事》这一篇里，他无慈悲的把家族感情上的幕都撕碎了。"作者的讽刺往往是无慈悲的，有时恶辣的直刺到人家的心坎里，但是我们怎么能恨他，因为他是那么明智的，而且又是那么好意的这样做。他在这一点上似乎可以同后来做《格利佛游记》（*Gulliver's Travels*）的斯威夫忒（J.Swift）相比，斯威夫忒在一七二九年著有一篇《育婴刍议》（*A Modest Proposal*）——原本题目很是冗长，经我缩译成四个字，很和平的痛骂了那穷人没有生路的社会。现在路吉阿诺斯的对话可以当作古典文学了，但是那篇斯威夫忒式的文章，虽然也是二百多年前的作品了，却还是活着，可以请天下的资本家地主们看一看。

第一五篇　关于祭祀

《关于祭祀》（*Peri Thysiôn*）与《关于丧事》一样，也是一篇散文，是说宗教行事的荒唐的，其中以祭祀为代表，但所讽刺的亦仍以关于神的故事为主，和作者的多数对话没有什么不同的地方。其实关于神话，希腊的并不见得特别的可笑，但是因为有那一班哲学者首先发难，来攻击它，接着是基督教徒因异教的关系，接续下去，结果诸神都变成了魔鬼了。希腊的宗教很是特别，它虽有先知却是只管占卜，没有人著书立说，说是得到神的启示，成为后世不刊之经典，但只是凭了两个诗人的作品，据为典要，后来却也逐渐推广，并采及诗人戏剧家的著作。所以神话里的故事，有些很是美妙，却也有很粗野的，杂有原始时代的思想，但是其趋势乃是渐进于美化，这是与别国的神话显著的不同的。不过在唯理的哲学家看来，虚妄还是虚妄，仍是一样的值得讽刺罢了。据编者说，这两篇关于丧事和祭祀的文章，当是一贯相承的，虽然著作年代不可考，看两篇语气前后似有连贯的地方，这话似有几分的道理。

第一六篇　爱说诳的人

《爱说诳的人》(*Philopseudês*)一名《不信者》(*Apistôn*)，这题目说明了两面，一面是那边那些专爱说诳话的人，一面是不相信的，这里是堤吉阿得斯代表了著者。著者的态度这里与平素有点不大相同，平常讲到神话里的虚妄故事他总喜欢嘲弄那古代的诗人，以为他们扯谎，这回却有恕词，因为诗与真实差不多是对立的，运用空想就会脱离了现实，所以做得好诗好小说的人免不了要说些假话。他所攻击的乃是当时的哲学家，实在就是所谓学者，他们乃是"爱智慧"的人，论理应该是切实懂得事理的人了，但是他们只凭了传统，各立门户，有所主张，可是也只用空想，弄些诡辩，实际是和庸众没有什么不同。古来的哲学家虽然也不免是空论居多，但不少杰出的人物，如公元前六世纪有那伟大的唯理派哲学诗人克塞诺法涅斯(Xenophanês)，他首先非难荷马、赫西俄多斯的以人间种种恶行加于诸神，又反对神人同形的神话道，假如牛马狮子有手能绘画作诗，那么牛就会造出像牛的，马就会造出像马的神来吧，又说道，埃提俄庇亚人说，神们是塌鼻子黑脸的，特刺刻人说是碧眼红毛的吧，同时还有唯物的原子论者得摩克里托斯（Dêmokritos），如本文中也曾引到他的故事。但时移世易，在经过五六百年之久，情形大不相同了，有如在《渔夫》（Alieus）里所说，各种学派已经名实不符，变成了庸俗以下的东西了，他们不但不足为群众的表率，简直同流合污地成为他们的先进了。在《伪预言者亚力山大》里第二五节说，柏拉图派，画廊派，皮塔戈剌斯派成为他的朋友，与他和平共处，这就足以作本篇的注脚。这个伪预言者是著者同时代的人物，种种利用迷信骗人的事情写的很是详细，但写的时候是真有点动了感情，文章不大写得很好，所以这回没选择，虽然觉得很是可惜的。本篇中著者露出本相来，侃侃与说诳者争辩，不免减少讽刺之趣，似亦是一个缺点。

第一七篇　拍卖学派

《拍卖学派》（Biôn Prasis）与它的后编《渔夫》（Alieus）可以说是相连续的，这里须要一个说明才好。《拍卖学派》这篇文章给予读者一个误解的可能，这误解起原于两方面，一是题目，它原文可以读为"生活的拍卖"，二是人物，其被拍卖者乃是古代的许多哲学者，从皮塔戈剌斯以下一一列举，其所陈说又多依据传说，故易被当作对于哲学诸大家的讽刺。其实却是不然，因为这里所讽刺的只是当时所谓哲学者，这时已是公元二世纪了，距梭格拉底之死已是五百几十年了，时移世易，而学派流传，因袭前人，转益可笑，文中以古人作各派代表，其时描写则实为后世的情形。但此节在本文中无从说明，须得后篇才能明了，这两篇都是著者重要的作品，唯因内容关系，不很能够通俗，以本篇为尤甚，因为不了解古代希腊哲学大要，便难免觉得没甚兴趣。

第一八篇　渔夫

《渔夫》(*Alieus*)，一名为《再生的人们》(*Anabiountes*)；一本则名《再生的人们》，一名《渔夫》。普通所用的多是第一种格式，虽然所据原本却是第二种格式的。在著者的对话里常有这样两个名称的，如第六篇《过渡》一名《霸王》，第一一篇《伊卡洛墨尼波斯》一名《云上人》就是，这是因为过渡的鬼魂中间有一个霸王，仿佛是这一幕中的重心，墨尼波斯到了天上，却又被打发回来，好像伊卡洛斯的从半空掉了下来，所以虽然有这样一个别名，却并无什么特别意义。这篇里似乎有点不同，因为这里边所说前后分作两起，前半是古代众哲学家因为得知著者在前篇对话里将他们拍卖了，并且形容尽致，有失真实，所以都向冥王请了假，来向著者问罪，结果在爱智女神面前公开审判，说所卖的乃是后代自称各学派的人们，并不是在说古代的哲人，于是"再生的人们"心开意解，与著者言归于好。这是上半的叙述，虽是说明路吉阿诺斯对于古代哲学家的意见，可以除去他的文章里的有些误解，和他的另一篇对话，叫做《双重告发》(*Dis Katêgoroumenos*)的，同样的有意思，可以知道他的本心，但是以讽刺的文章论却并不是他的最有特色的地方。后半著者为的证明自己所说，将后代学派的末流加以揭露，乃同检察之神共赴高城，用无花果与金子作钓饵，把怕被盘问而逃走的学者们，钓了起来。"再生的人们"在前半是原告，著者原是被告的地方，到了后半却变作原告了，开始活泼行动起来了，题名叫作"渔夫"，意思便在这里。我们从讽刺的对话着眼，所以也觉得以用第二种称为《渔夫》为合适。

第一九篇　苍蝇赞

《苍蝇赞》(*Myias Enkômion*) 这篇名直译起来是"苍蝇的赞辞"，这个名字有点定的尖头把戏，其实是这样的。这篇小文在路吉阿诺斯作品里并不占什么重要的位置，因为这里边既没有他的拿手的讽刺，也并没有关于动物生态出色的描写，实在只是他辩士生活的一种习作罢了。英译者的一人哈蒙 (A.M.Harmon) 说："这篇既不能说属于美文范围，也不好说是科学。正像文艺复兴时期的伊大利诗人一样，衰颓时代的辩士每喜欢表示他们的灵巧，来写文章'赞颂'各种的事物，好的，坏的，以及不好不坏的。"这里说的很好，《苍蝇赞》便是这种灵巧的文章。我们选择了他拿手的讽刺的杰作，再译一两篇别的文章来看看，似乎于了解作者也是必要，可见他的作品不只一样，不过那或者多是他的少作，就也是应当了解的。

第二〇篇　关于琥珀或天鹅

《关于琥珀或天鹅》(*Peri tou Êlektrou ê tôn Kyknôn*) 也是作者的一篇不重要的作品，但是值得译出来，以供读者的比较与参考。这是那辩士 (Rhêtôr) 在宣读他的辩论时的引言，就是中国说部上所说的楔子，虽是在宋人话本里的得胜头回，也有些写得颇漂亮的，但究竟是一种附属物，没有什么很大的价值。不过在这里却仍旧可以看出作者的特色，他的文词的干脆利落固是其一，就是他的"疾虚妄"的特性，在他拿手的讽刺文字里所表现出来的，也照样存在，这是很足以供我们参考的。

翻译计划的一项目

　　中国过去在翻译事业上有过两个伟大的时期，它的伟大是因为成绩不小，而且都是国家的或社会的事业，在这一点上是很值得重视的。这都与宗教有关系，在以前也是当然的事，因为只有他们有组织，能够办规模大一点的事情，一般的人便没有这能力了。这所说的两个时代，其一是六朝至唐，翻译出那许多佛教经论，其二是清末，译出了《新旧约全书》。

　　上面帽子说的很大，但是写下去要具体地说明那两个翻译事业的内容，我却是手头没有一点材料，所以说不出什么来。我只记得鸠摩罗什、实叉难陀、玄奘、义净这些名字，他们一个人名下所译的书自三百至一千多卷，就这一点看也就很伟大了。他们的工作大抵是政府支援的，不然也是寺院所主办。都是大规模的，由各方面集合许多人来合作，这用新名词大概可以称为集体翻译吧。梁任公集中有文章讲起这种情形，一时无可查考，只从《玄奘传》内抄引几句，也可以窥见一斑：

　　　　自前代以来，所译经教，初从梵语，倒写本文，次
　　乃回之，顺同此俗，然后笔人乱理文句，中间增损，多

堕全言，兹所翻传，都由奘旨，意思独断，出语成章，
词人随写，即可披玩。

我们从这里可以看出大略的情形来，一个人执梵本念下去，一人
照原样记录，一人把它钩过，变成中文的次序，再有人加以修正，
最后经文人酌定。佛书中有些未曾"回"过来的，还是印度文法，
读去简直不能懂，杨仁山在《等不等观杂录》中举有例子。像玄
奘便把前三段并起来了，鸠摩罗什懂得中文，他翻译《维摩诘所
说经》的时候，也是由他兼任，僧肇在《维摩诘经注》中记有他
口译时发挥说明的话，可以为证。我们现在说到翻译，感觉到的
总是孤苦伶仃的个人工作，其实这是翻译事业衰歇时期的情况，
在那盛时是集合多人、通力合作的，不是那样便不能完成那巨大
艰难的工作，有那么良好的成绩。

清末的《新旧约全书》翻译事业，关于这事我简直不清楚，
但是看那一大册书，总计一千四百余页，有一百万字，不能不说
是一部大著作，它的翻译法我们不知道，推想起来也当是集体的
吧。这是外国的圣经会刊行的，是宗教团体的也即是社会的工作，
我们所要说的就至此为止，关于新旧约的古典性质，等后来要说
到的时候再说。

现在，中国的翻译事业的第三个伟大的时期应当到来了。
十九世纪后半以来，中国人搞翻译实在也有许多年了，方面相当
地广，数量大概也不算少。我们只凭记忆笼统地一说，在大官们
讲时务、主张船坚炮利的时期，江南制造局主办的出版，声光化
电，工程武备，很出过一批，那些大抵是木刻，也有些小板石印
的。这之后是进了一步，要考求政法的时期了，那时承办这译书
工作的是留日学生，铅字两面印，洋式装订的书又制造出了许多，

但是这风潮又烟消火灭了。继之而起的是文化运动，这个时期很长，可以说是从辛丑以后至解放以前，将近五十个年头。这其间自然又可以分作许多段落，不过在这里没有什么用处，因为在这时期，翻译者都是个人手工业，又是做短工，枝枝节节地替书店供给货色，书店则以营业为目的，劳资关系既弄不好，也不可能真是为社会服务，有计划地实现翻译事业。在旧社会里这是不可免的，我们也不必多加责难，总之现在幸而这不合理的旧社会是过去了，来在面前的是一个新时代。以翻译工作者的身份来说话，新的翻译事业的伟大的时代之到来原是最所希望，也觉得极是可能的。在人民政府之下，自不必别求社会团体的支持，最正当适宜的是由政府来主办。我们回顾前代的成绩，深信现在可以更好，而且也应该更好，因为这回基础更坚固，范围也更广大了。这是国家的事业，可以动员全国人力，有计划地分别从事，不像从前的人员只限于僧众，工作只限于佛书，乃是大规模地接受世界文化遗产，吸收世界文化知识，对于中国实有很重大的意义，非过去的事情所能比例的了。这里只是想说中国翻译的伟大时代将要到来，要有计划地做去，开场说得太长了，占去了稿子一半的地位，所以关于计划的本题说不了多少话，但其实这也尽够了，因为这整个计划是很广大的，各专门部门的事我们没法来插嘴，可以有一点意见的只是很小很小的自己感觉有兴趣的一只角落，所以如精简地说来，有几百字也就很可以了。

中国以前在不合理的旧社会下零零碎碎地也出过好些外国文学课本，但是世界古典作品却很稀少，差不多没有怎么动手，现在便来就这个问题说几句话，算作全个大计划中的一个小项目吧。古典作品说得远一点，要从埃及说起才对，他的文明在世界上算最古。据说现存的写本有的还在四千年前，希腊文明的前驱者克莱德岛也很受他的影响。可是他没有什么大著作，现今流传的所谓"死人的书"，乃是属于宗教和礼式的，目前还不必传译，所以这一部门可以暂且搁起。其次是希伯来，他们的圣书《旧约》，发展为基督教与回教，影响及于全世界，这部书的本身包含历史哲学诗歌小说在内，虽然一直被看作经典，其实乃是一部古希伯来文学全集，单从这一点来说，也是原来值得翻译过来的。如今已经有了译本，这工作可以省下了，而且因为学希伯来文的人很少，如要新起炉灶来译，实在大是不易。旧译本年代太早，又出于草创，可能有些缺点，但是在句法和译语方面，却亦不无可供我们参考之处。我想如有人将它整理一下，就用英文本对照也罢，把译语一一排比起来，里边会得有许多字句，比一般字典所注的还要适宜，也未可知。我只记得有"掠物"一字，虽是生造，但比较一般沿用外来的"战利品"要好得多，似乎战利品是战胜者得意的口气，掠物则是客观的看法也。这与本题无关，现在只顺便说及罢了。

亚剌伯文化与中国也是关系很深的，唐宋时大食胡与波斯胡居住在广州扬州的就很不少，大抵他的影响只限于美术方面，文学上就少明显的痕迹，虽然回族同胞中通亚剌伯文的很不少，回教经典也译成中文，外边却不流通，不大有人知道。亚剌伯最大的文学遗产是《一千零一夜》，俗称《天方夜谈》，是世间少有的真的民间文学，在我个人的意见是宁可放弃但丁的《神曲》与歌德的《浮士德》，却要这部亚剌伯的话本的。我们只有奚若译的《天方夜谈》四小册，记不清是白话还是文言了，此外看见的也是英文的选本，可是渔夫和瓶里的妖怪，老人和他的三只母狗，亚拉丁的灯盏，阿里巴巴和四十个强盗，水手辛八这些人物故事，都一直记得，像小时候听过的童话一样。这一部古典作品，中国如开办翻译事业，我想是非译不可的。碰巧英国出了一个非圣无法的理查白登（Richard Burton），他避过了他正统思想的天主教妻子的妨害，将《一千零一夜》全译加注，私费出版，凭了他对于亚剌伯言语和风俗的了解，这部翻译可以说是很可凭信的了。现时我们如根据这本子重译，大抵也可以用得，我个人如能分得一部分，也十分高兴尽力，因为没有别的能力，但喜欢这些故事总是确实的，自信这也可以算是一种力量吧。

关于印度，我们可以不必多说。那一大部藏经，大部分固然是宗教哲学，但文学部分也很不少，如《佛所行赞经》等简直是大史诗，说因缘譬喻的则全是故事小说，虽然汉译本都是文言，也值得我们的尊重，或者加以整理和译注，使它现代化。此外婆罗门教方面的，其宗教哲学部分应由专家来主持，我们不能怎么说，但《诃摩布罗多》与《罗摩衍那》等史诗，以及各种故事集，自当翻译过来。现今学梵文巴利文的人颇不少了，工作当没有什么困难，我们这里不过提一下，别的越俎的话可以无须多说了。

末了说到希腊罗马，这里很是简单，大抵只要根据一种简要的古典书目，按图索骥地找去，就也不会怎么错了。为得清楚一点，将希腊部分分类列表于下：

一、哲学科学，以柏拉图、亚列士多德为主，别派的哲学则厄苉克忒托斯（Epictetus）与玛耳科斯奥瑞利俄斯（Marcus Aurelius）二人也不可少。

二、历史，以赫若多托斯（Herodotus）图库狄得斯（Thucydides）为主，传记方面有普鲁塔耳科斯（Plutarchos 通称 Plutarch）的《名人列传》，拉厄耳忒的狄俄革涅斯（Diogenes Laertius）的《哲人言行录》，克什诺丰（Xenophon 通称芝诺芬）所写的史传也可加在里边。地志附，翻译或稍从缓。

三、史诗，以荷马为主，但赫西俄多斯（Hesiodos 通称 Hesiod）与阿波罗尼俄斯（Apollonius）等也当收入。

四、戏剧，悲剧三大家，喜剧新旧二家，这是无须列举出名字来的了。

五、杂文小说，所谓杂文大抵是指后期作家路吉亚诺斯（Loukianos 通称 Lucian）所写的那些文章，大部分用柏拉图的对话体，可是性质不同，差不多全是文艺的，其《信史》（Alethes Historia）一篇几乎是小说体裁，在后世的影响很大，英国斯威夫忒的《格利佛游记》是最有名的例子。希腊小说现存的只有四种，忒俄佛剌斯托斯（Theophrastos）的《人品》一卷，虽时代早得多，可以附加在这里。

六、诗选，这部书是很有名的，但是否可译，或如何译法，我还不敢下意见，不举出来又嫌遗漏，所以记在这里，以备查考。

上边所说实在不成其为什么计划，因为题目说的是计划，所以说这一番话，却是头重脚轻，也就只能这样算了。关于罗马部分今且从略，反正只是举例，将来须得大家提出方案来，商议决定，我这里算是来做一个"嚆引"罢了。

（一九五一年五月）

八十心情

——放翁适兴诗

"老翁垂七十，其实似童儿，山果啼呼觅，乡傩喜笑随。群嬉累瓦塔，独立照盆池，更挟残书读，浑如上学时。此放翁适兴诗，今予又增十岁，自愈益可笑矣。"这是我近来写了些给朋友的文句，因为他们刻了图章送我，一共有五块，都是八十岁后所作的话。我没有法子请他们吃一杯酒，便用了这个去还报他们，正如俗语说的秀才人情纸一张，而这纸又只有一尺见方。本来字如"蟹爬"，见不得人，现在盖上那个印章，不过聊作纪念罢了。我自己也托人另刻了一块图章，文曰"寿则多辱"，这是古代圣王对华封人所说的话，我觉得很有意思，便借了来作为倚老卖老的客气话，似乎比较"将寿补蹉跎"什么要切贴得多了。

从前的人称三十年为一世，说起三十年前的事情来，真是如同隔世了。那时是一九三四年，在一月下旬偶然用了蛇麻的险韵做了一首七律打油诗，寄给林语堂去看，其时他正在办《人间世》半月刊，便在那里登了出来，却换了一个五十自寿的题目，其实是不是的，原来写的只是"偶作"。有些人觉得好玩，做了些和诗寄来，但也有人觉得讨厌，引起一场嘲骂，这实在是很难怪的。因为那是打油诗，所以有点油腔滑调，里边一点讥讽的意思混在难解的文句里，青年人不大理解，正如鲁迅在回答曹聚仁杨霁云二君的信中所说似的，但这在作者自己也可以说是咎由自取吧。

在五十岁的时候还没有"倚老卖老"的意思，所以人家也不曾来送那样的图章——我确有一方石章说："五十五岁以后所作"，但那是刺客事件的特别纪念。现在已经证实那是从日本方面来的，但是听说中国却有一个会写英文的人，在美国出版一书，承认自己是承办这事的特务，可是所说牛头不对马嘴，也是一件值得一提的怪事。且说那时我所得到的，乃是一幅木炭画的肖像，是燕大的旧学生司徒乔君给我画的，至今我还保存着，可是司徒君却已去世好久，想起来实在是很可悼惜的。

三十年前到底还是年青，有这勇气写诗，但是到了现在，却是学得谦虚多了，决不敢再来出手，只好借了别人的一首诗来，聊且作为解嘲。放翁是有名的爱国诗人，做了许多慷慨激昂的诗，也有些平易浅近之作，总共可能有万把首吧，我却无缘把它们浏咏一过，这还是一个在青岛的朋友发见告诉我的，所以我就做了一回文抄公，把原诗抄了过来了，这是上边引用那一首诗的经过事实。

放翁的诗虽然是做得好，不过据那一首来说，要说它写的乃是事实，这也似乎是有问题的。试想年将七十的老翁，无论怎样的似童儿，难道真会想摘墙角落的覆盆子，而哇哇的哭叫吗？若是第二句，却似很有可能，因为所谓乡傩，实际上就是地方上的迎神赛会，在本地通称"迎会"，有的是在神的诞日，但是最盛大的乃是夏天的这一回，普通说保平安，这即是古语"傩"的今译了。所迎的神大概是专管瘟疫的黄相公，也可能是城隍神之类，"会伙"（出会的仪仗脚色）极为繁多。旗纛高二三丈，称为"高照"，一大汉捧柱，数人左右以绳牵引而行，又有"大敲棚"，制木棚如小床，中有乐人敲锣鼓，四人在角舁之行走，如是者率以十数。老幼聚观，往往逐队而去。但是我所最为赏识者，乃是在末一联，即所谓"更挟残书读，浑如上学时"是也。

　　古人有过一句咏周末的侯生的诗道："七十老翁何所求？"假如去问放翁，我想大约不过读书消遣，未必有什么别的意思，只是情形不同小学生上学一样，觉得有点好玩罢了。但是这里由我抄了来时，却不免要加上一点解说去。从前我是以教书为"职业"，没有我能做的"工作"，自误误人，赚钱而已，解放后十多年这才有了译书的"工作"。不过我有一种偏好，喜欢搞不是正统的关于滑稽讽刺的东西，有些正经的大作反而没有兴趣，所以日本的《古事记》虽有名，我觉得《狂言选》和那《浮世澡堂》与《浮世理发馆》更有精彩。希腊欧里庇得斯的悲剧译出了十几种，可是我的兴趣却是在于后世的杂文家，路吉阿诺斯的《对话》一直蛊惑了我四十多年，到去年才有机缘来着手选译他的作品，想趁炳烛之明，完成这多年的心愿，故乡有儿歌云："二十夜，连夜夜，点得红灯做绣鞋。"很能说出这种心情。这又好有一比，正如书房里商家的学生有念完《论语》之后，开始读《幼学琼林》，读到"笑人齿缺曰狗窦大开"，不禁喜笑起来，这时便又觉得好玩，仿佛他的工作比跟着那"大敲棚"也就差不许多了。

（一九六四年三月）

敝帚自珍

俗语有一句话，文章是自己的好。这一句话既然成为熟在人口的俗语中，想必一定是有些道理，但是就我个人来说，却似乎不觉得对。这是当然，一定要说文章是自己的最不好，那也并不见得，而且也无此必要，总之就是自己看来，也就不过如此，平常得很，距离所定的理想还差得远。可是人这东西实在是很奇妙的，你以为他在右边明白一点，但同时在左边便很胡涂了，我觉得平时也有敝帚自珍的地方，不过这不是自己的文章，不是我的而是曾经由我抄过来的别人的东西。老实不客气的说，这里露出文抄公的本色来，想把别人的文章经过一道翻译就算是自己的了，世界上哪里有这样便宜事情。这个道理我是十分清楚，我决不想侵犯他们的著作权所有，但是他们的著作给我抄录的愉快是很大的，所以表示一种珍重之意。本来翻译的工作有如积薪，后来居上，不是凭空所能霸占得了的，日后有更适当的译文出来，在前的自当欣然引退，有如古代火把竞走的人等接力的人上来，便可以将火把交出，退到暗黑里去了。

我所说的敝帚自珍的翻译工作，大约有两点。其一是现今所从事的《希腊对话选集》，乃是公元二世纪（中国后汉桓灵时代）

罗马帝国的叙利亚人路吉阿诺斯用希腊古文所写，其时希腊语已经通俗化，有如《新约》里用的那种文字，而这位夷人所用的却是数世纪前的正统古文，说的尽是些讽刺讥笑的话。他的著作我老早就知道了，还是在民国以前已经读到他的作品，这时候全是凭了英译，民国十年买到"奥斯福译本丛书"，曾经陆续译出《妓女对话》中的两篇，《冥土旅行》和《论居丧》各一篇。但是总没有能得选译他的对话集的机会，因为一来得不到他的希腊文本，二来译了恐怕也没有人要。近年来人民文学出版社决定选译此书，由我担任这一件愉快的工作，一年多以来的工夫陆续译成了三十万言，大约再有三分之一，这事便可以成功了。这件事情搁在我的心上，历五十年，不料在垂暮之年得此机会，得以完成夙愿，安得不加珍重，看作比自己的文章还要重要呢？但是虽然鼓足干劲的做去，只是炳烛之明，不能达到多快好省的理想，所以常怀杞忧，生恐一旦溘然，有不能完成任务之虑。假如我能预先知道，我定要恳求活无常老爹为我转请冥王宽限一年半载，俾得译完对话，实为公便。若是我写的是自己的文章，那时我就二话不说，搁笔就走，不误刻限的。

第二点是关于《日本狂言选》的。我译狂言还是从民国十年（一九二一）起手，到了十五年共成十篇，印了一册《狂言十番》，副题是"日本古代小喜剧集"。其时称室町时代，足利氏世袭将军，幕府设在京都室町地方，当中国的明朝，即公元十四世纪后半至十六世纪。狂言是民间的一种喜剧，以讽刺调笑为主，脚本传世者有二百余篇，均历代狂言师所作，最早板本有德川时代的木刻，明治后始有活字本通行。我最初得到的是芳贺矢一编选的《狂言二十番》，是"袖珍名著文库"之一，定价日金廿三钱。这一册小书却给了我不少的启发，因为狂言向来有不少的派别，有大藏流、和泉流和鹭流三种，最古的《狂言记》虽说是和泉流，但不大靠得住，芳贺的系采用鹭流，很有一种特色，我便根据此本，并参照幸田露伴所编《狂言全集》的大藏流，译了十篇出版。其后芳贺又增订为《狂言五十番》，我也把旧稿加添为廿四篇，改名《日本狂言选》，刊行于一九五五年，现在也已经售缺了。好几年前出版社计划增订再版，拿来一册苏联译本，嘱照样翻译，计共有译文三十九篇，除与我所译的重出五篇外，悉数新译加入，所以我的增订本《日本狂言选》一总有五十八篇之多了。但是我看俄译所根据的原本还是用"日本文学大系"里的《狂言记》，觉得不大满意，便径自尽可能的改用别派的作底本了。这是一九五九年的事，到了第二年春天收到了一册寄赠的《狂言之世界》，乃是日本狂言研究家古川久的著作，见附录之二《在海外的狂言》里，对于拙译大加恭维——不，不是说译得好，乃是说译得早，在日本还不大有人注意的时候，《狂言十番》却已经出版了。其次是底本选得不错。他历举英法德各国以及最近苏联所译，大抵都用的是《狂言记》，只有中国的译本参用鹭流及大藏流。这其实是侥幸的，倘若说是根据杂驳，岂不是也可以。我们平常对于西洋人，尤其是苏联老大哥，往往有一种自卑感，总觉得他们是不可及，我们是应该亦步亦趋的。这回我却于无意中得到一种体会，我们于翻译日本的东西上面，不是亦步亦趋的做，却是对的。

我的敝帚自珍的故事是说完了，此外还有一个人的著作，我本来也很想去弄，但那人的著作是英文写的，这使我没有勇气去动手了。此人便是斯威夫特，他的大著《格里佛游记》全译总已有人搞出来了吧，我只译了他一篇《育婴刍议》和十几节的《婢仆须知》，他的那一种深刻的讽刺也是我所喜欢的，所译虽然只是点点滴滴，附记在这里，于我也是与有光荣的。

一九六五年四月八日的日记

　　余今年一月已整八十，若以旧式计算，则八十有三矣，自己也不知怎么活得这样长久。过去因翻译路吉阿诺斯对话集，此为五十年来的心愿，常恐身先朝露，有不及完成之惧，今幸已竣功，无复忧虑，既已放心，便亦怠惰，对于世味渐有厌倦之意，殆即所谓倦勤欤。狗肉虽然好吃，久食亦无滋味（猒字本意从甘，犬肉）。陶公有言，聊乘化以归尽，此其时矣。余写遗嘱已有数次，大要只是意在速朽，所谓人死消声灭迹，最是理想也。

遗嘱

余今年已整八十岁，死无遗恨，姑留一言，以为身后治事之指针尔。死后即付火葬，或循例骨灰亦随便埋却。人死声消迹灭，最是理想。

余一生文字，无足称道。唯暮年所译希腊对话，是五十年来的心愿，识者当自知之。（但是阿波多洛斯的神话译本，高阁十余年尚未能出版，则亦是幻想罢了。）

以前曾作遗嘱数次，今日重作一通，殆是定本矣。

（一九六五年四月二十六日）

图书在版编目（CIP）数据

知堂两梦抄 / 周作人著；黄德海编 . -- 北京：作家
出版社，2018.5

ISBN 978 - 7 - 5063 - 9801 - 5

Ⅰ . ①知… Ⅱ . ①周… ②黄… Ⅲ . ①中华文化 –
研究 Ⅳ . ①K203

中国版本图书馆 CIP 数据核字（2017）第 312323 号

知堂两梦抄

作　　者：周作人
编　　者：黄德海
责任编辑：李宏伟　杨新月
装帧设计：孙惟静
出版发行：作家出版社
社　　址：北京农展馆南里 10 号　　邮　　编：100125
电话传真：86 - 10 - 65930756（出版发行部）
　　　　　86 - 10 - 65004079（总编室）
　　　　　86 - 10 - 65015116（邮购部）
E - mail: zuojia@zuojia. net. cn
http: // www. haozuojia.com（作家在线）
印　　刷：三河市兴博印务有限公司
成品尺寸：145 × 210
字　　数：231 千
印　　张：10
版　　次：2018 年 5 月第 1 版
印　　次：2018 年 5 月第 1 次印刷
ISBN　978 - 7 - 5063 - 9801 - 5
定　　价：58.00 元